D. J. AUGUSTINE

Örvény

Rivercastle-i tavasz

novum 🔷 pro

Ez a könyv
e-könyvként
is elérhető

www.novumpublishing.hu

© 2024 novum publishing

ISBN 978-3-99146-828-8
Lektor: Sósné Karácsonyi Mária
Borítókép: D. J. Augustine
Borító, tördelés & nyomda:
novum publishing

www.novumpublishing.hu

Nyomtatva az Európai Unióban
környezetbarát, klór- és savmentes,
fehérített papírra.

Print product with financial
climate contribution
ClimatePartner.com/16547-2311-1001

Fények, villanások... helyek, személyek – némelyiket látta már, a többi ismeretlen. Érzések, hullámok, hangok, gondolatok – az egész kezd egy kaleidoszkópra hasonlítani. Vagy inkább... valami egészen másra.

Valami zavarosabbra.

Valami érthetetlenebbre.

Valami megmagyarázhatatlanra.

Az biztos, hogy itt aztán semmi sem függ össze. Legalábbis a fiú szerint, akinek szinte minden éjszaka ezzel kell szembesülnie. Nos, igen, álmodik – néha ő is tudja ezt, néha csak sodródik az árral –, de szemlátomást nem igazán élvezi a dolgot. Az élmény, amit átél, inkább felkavaró, mintsem megnyugtató. Nem az a fajta könnyed szundikálás, ami kitisztítja a fejünket egy lomha tavaszi délutánon, vagy segít megoldani egy mérnök – esetleg egy nagy matematikus – problémáját, ha az éjszakába nyúló agyalás már nem hoz eredményt.

Nem, ez egészen más. Még csak nem is olyan, mint amilyeneket kiskorában álmodott a fiú. Hosszú, terjengős mese – vagy inkább filmszerű álmok, melyekből legszívesebben sosem ébredt volna fel, vagy éppen remegve bújt takarója alá, miután felriadt belőlük, és őszintén hálás volt, hogy amit átélt, az nem valóság.

De már régóta nem így álmodik. Talán az elméjét fertőzte meg valami. Ki tudja, mi?

Elvégre éppen hogy csak átlépte a felnőttkor küszöbét, ahová – mint ahogy a legtöbb gyermek számára – kusza és rejtelmes kamaszkor vezetett. Nem csodálkozhatunk hát, ha kissé zavaros egy fiatalember, aki ráadásul apa nélkül nőtt fel. Sőt, a pszichológusok nagy részének szilárd meggyőződése, hogy akik csonka családban nőnek fel, csekély eséllyel kerülhetik el a komplexusokkal és mindenféle zavarodottsággal teli életet. Szóval, hogy mi is okoz rendre nyugtalan éjjeleket és fáradt, enervált reggeleket hősünk számára, azt most nehéz lenne kideríteni. Mint ahogy azt sem könnyű megfejteni, hogy ebben a kavargó gondolattengerben mi az, aminek értelme van, és mi az, ami joggal landol aztán – ébredéskor – a felejtés emésztőgödrében.

Azt hiszem, hogy az alvó fiú most hág kalandjának tetőfokára, mert egyre inkább hatalmába keríti a nyugtalanság. Biztos benne, hogy élményei mások számára felfoghatatlanok, elvégre ő sem érti meg őket igazán, s bár tudatállapota vibrál csupán – mint halvány lámpafény a ködben –, mégis vár valamire. Álmaiban az évek során ugyanis csak egy biztos pontot fedezett fel ezidáig. Hogy mi az, azt ő sem tudja, de a jelenlétét érezni lehet. Sokszor látta már. Férfi, nő, kecskebak, szörnyeteg, kiskutya, csecsemő, fák, mindenféle természeti jelenségek. Ez volt az.

És ez az, ami most is körülveszi.

Nem látja, de érzi, hogy egyre közelebb kerül hozzá. Talán meg is tudná érinteni, de most először megszólal:

– Ratio!

1. Ratio...

Ahogy felébredt, még mindig ott csengett fülében ez az egyszerű szó. Mintha csak megszólították volna.

Merthogy igen, őt csakugyan Ratiónak hívták.

Körbenézett szobájában, melyben – minthogy északi fekvésű volt – rendszerint félhomály uralkodott egész délelőtt s ebből a homályból szépen, lassan előbújtak azok a megszokott tárgyak, melyek ezt az álmos ifjút kezdték a szobájára emlékeztetni. A nagy, barna foltból szekrény lett, a hatalmas farönkön ücsörgő fehér bagoly egy számítógép monitorjává változott. Az asztal, a polcok a rajtuk lévő holmikkal együtt, valamint az egyre színesedő poszterek is a falon kezdtek élesedni, ráadásul arról a nagy, bizarr, vibráló lámpáról is kiderült, hogy végül is az az ablak.

Azonban ami Ratiót leginkább izgatta, az közvetlenül mellette – a kis éjjeliszekrényen – foglalt helyet. Bizony az ő vörös szemű ellensége volt ez.

Az ébresztőóra.

Többször is meg kellett dörgölnie álmatag szemeit, hogy le tudja olvasni a pontos időt, s mikor ez végre összejött, visszadobta fejét a párnára és felsóhajtott:

– Fantasztikus! – mondta iróniától eltelve. – Már megint sikerült felébrednem ébresztő előtt tizenkét perccel!

Tovább gondolkodott:

– Nem elég, hogy amúgy is botrányosan korán kell kelni suliidőben. Nem! Mr. Stanson még rátesz egy lapáttal, és felébred tizenkét perccel előbb, igaz?! Nem tudna, mondjuk... két-három órával előbb felébredni, hogy esetleg érdemes legyen még viszszaaludni. Ah... Ráadásul természetesen klotyóra is ki kell mennem, hogy még reménytelenebb legyen a visszaalvás.

Ahogy ezeken elmélkedett, egyre mérgesebb lett, s a düh valamelyest kiűzte az álmot a szeméből. Ledobta hát magáról a takarót, belebújt papucsába, és szép lassan kibattyogott a mosdóba.

Mire Ratio összeszedte magát, felöltözködött és kivánszorgott a konyhába, édesanyja, Myriam, már feltálalta reggelijét

7

és éppen becsomagolta az uzsonnáját. Mindig jóval előbb kelt fiánál, hogy mindent el tudjon végezni munkába indulás előtt. Ám amennyivel előbb kelt, szemlátomást annyival frissebb is volt Rációnál.

Igen. Csak úgy áradt belőle az üdeség reggelente, s olyan lendülettel végezte teendőit, hogy az a fiú számára mindig is csodálatra méltó volt. Akarva-akaratlanul felpezsdítette őt is, és az igazat megvallva, szüksége is volt erre a lendületre, hogy fel tudjon pörögni nap mint nap.

Myriam alig múlt negyven éves, és a korához képest igencsak szép asszony volt. Hosszú, sötét haja, karcsú alakja és puha, bársonyos bőre miatt jóval fiatalabbnak tűnt, s ezt életének feszes tempója sem hazudtolta meg. Tanárként dolgozott a helyi nyelviskolában, és gyakran adott magánórákat is otthonukban. Mindig szakított időt a testmozgásra is a házimunka és egyéb teendői mellett, melyekbe fiát csak nagy ritkán tudta bevonni.

Mindig törekedett rá, hogy a lehető legtöbbet hozza ki magából életének minden területén, ám a gyermeknevelésben – bármennyire igyekezett is – nem igazán jeleskedett.

Alaposan elkényeztette Ratiót.

– Jó reggelt, kisfiam!

Kis hatásszünet után Ratio is visszamormogott valami köszöntésfélét, s leült az asztalhoz.

– Jó étvágyat, fiam!

Ratio nem felelt. Még csak egy „köszi"-t sem – nem volt szokása reggelente. Pontosabban szokása volt nem válaszolni semmire sem, amíg nem érezte elég ébernek magát a társalgáshoz. A „jó étvágyat" és az efféle sablonos köszöntéseket különösen feleslegesnek tartotta, mert hát a családjának amúgy is mindig a legjobbat kívánja az ember. Nem igaz? Minek mondja, hogy: „Jó étvágyat!", ha a másik enni kezd, vagy „Egészségedre!", ha éppen tüsszent?

Persze társaságban – iskolában, edzésen, alkalmakon –, az más. Mindannyiunknak zsigereiben van, hogy ott bizony annak is jó étvágyat kívánjunk, akinek szeretnénk, ha inkább a torkán akadna a falat, és akkor is azt mondjuk: „Egészségedre!", ha az illető halálát inkább kívánnánk. Nem is igazán tudjuk, hogy mit is mondunk, csak mondjuk a helyes időben vagy szituációban. Ratio is pontosan így volt ezzel, s mint formalitást, idegennek érezte családi körben.

Csak meredten nézett maga elé, miközben szépen lassan a szájához emelte a kanalát, és komótosan rágcsálni kezdte száraz kukoricapelyhét.

Az emberiség döntő többségével szemben ugyanis ő kifejezetten gyűlölte, ha felöntötték tejjel, s ezt dühösen kifejezésre is tudta juttatni, ha édesanyja nagy ritkán figyelmetlen volt. Természetesen éppen ezért aznap reggel is gondosan a kukoricapehely mellé volt tálalva a tej, kakaó gyanánt.

Csakhogy a felelőtlen anya aznap másként volt figyelmetlen, és mintegy megfeledkezve önmagáról – és persze a ház szigorú íratlan szabályairól –, vakmerően kérdést mert intézni a fiatalúrhoz.

– Hogy aludtál, édesem?

S kérdezte ezt arcán olyan mosollyal, s hangjában olyan kedvességgel, hogy még az egyiptomi fáraó szíve is meglágyult volna tőle Mózes idejében.

Csakhogy Lord Stansont keményebb fából faragták az összes fáraónál és királynál, és szíve legalább olyan rideg volt, mint a kanál, amely megállt félúton tálkája és a szája közt. Komor, lassú tempóban emelte fel pillantását édesanyjára, ki ekkor már tisztában volt vétkének súlyával.

– Szarul... – s a szavak elejét úgy nyomkodta meg, mint mikor az ember a bőröndjébe akarja betuszkolni az utolsó pár papucsot nyaralás előtt. – Szokás... szerint... szarul!

A kegyetlen alliteráció olyan volt édesanyája számára, mintha apró késekkel döfködnék szívét.

Ezzel véget is ért a beszélgetés.

Bár jól ismerte fiát és tisztában volt személyiségének minden apró kis megnyilvánulásával, mégis igen rosszul estek neki ezek a jelenetek. Annyi ilyet kapott már, és mégis mindig belesajdult a szíve, mikor kicsi, egyke, elkényeztetett gyermeke nem bírt magával. Főleg azért, mert általánosságban nem is volt ilyen.

Napközben – mikor nem volt fáradt – sokszor kenyérre lehetett kenni. Segítőkész és kedves volt. Néha még rosszkedvében is szelíd és közlékeny volt anyjával, és sok mindent megosztott vele. Olyan dolgokat is, amelyekre egyáltalán nem is számított. De amikor Ratio ideges volt, sértett és undok, mindig úgy érezte, hogy ő a hibás, s hogy nem kellett volna felidegesítenie vagy megbántania. A szülői felelősség ilyenkor nyomasztóan nehezedett gyönge lelkére, és akarva-akaratlanul is az járt a fejében, hogyan engesztelhetné ki. Erre azonban már csak délután lesz lehetősége, annál is inkább, mivel Ratio szó nélkül felkelt és elrohant az iskolába. Csak félig ette meg kukoricapelyhet, de legalább az uzsonnáját elvitte.

Tavaszodott. Rivercastle virágzott. Szó szerint. Az útmenti cseresznye-, meggy- és barackfák már hullatták is szirmaikat, s ez sok helyütt tarka szőnyegként borította be a járdákat reggelente. Ráadásul szinte minden villanyoszlopról kaspók lógtak, bennük különféle színes virágokkal. Nem is beszélve a beültetett közterekről, parkokról, ligetekről, és persze a polgármester kedvenceiről, a körforgalmakról, melyek közepét – ahol csak lehetőség volt rá – szökőkutak díszítették.

Carl Dawson – a város polgármestere – csakugyan vonzódhatott ezekhez a mesterséges közúti képződményekhez, legalábbis ez tűnt ki abból a statisztikai adatból, miszerint csupán akkori ciklusa alatt majdhogynem megduplázódott a körforgalmak és szökőkutak száma a városban. Többen viccesen meg is jegyezték: „Lassan a körforgalmak és szökőkutak városa lesz, nem a csak virágoké!"

A város amúgy is különlegességnek számított New York állam szívében. Merőben eltért a környező településektől. Alapítói révén – a környéken kimondottan szokatlan – tizenkilencedik századi, európai stílus jellemezte, főként a központját. A házak építészeti és stílusjegyeinek keveredése kellően színessé és érdekessé tette a városkát, s ez kissé úgy hatott, mintha különböző nemzetek és kultúrák egyesültek volna benne, mégis egyfajta egységet, harmóniát képezve egymással.

Klasszikus köralakú, térkövezett főtere egyedinek számított az egész államban, nem beszélve nagy, gótikus katedrálisáról és a patinás, barokk stílusú városházáról. Utcarendszere is eltért az arrafelé megszokottól. A szokásos párhuzamos rendszer helyett itt többnyire a központból kiindulva, pókhálószerűen futottak az utak, rendszertelenül itt-ott összekapcsolódva. A turisták vagy látogatók gyakorta eltévedtek, vagy nem találták következő úticéljukat a GPS kora előtt. Volt is belőlük bőven az év szinte mindegyik szakában. Sokak szerint a város legfőként belőlük élt. Nos, ha ez nem is volt teljesen igaz, tény, hogy jelentős bevételhez juttatták a települést, és Rivercastle rendkívül jó vendéglátónak bizonyult.

Egymás mellett sorakoztak a hotelek, panziók, éttermek, kávézók, magán szállásadó helyek, nem beszélve a városi fürdőről és a „kisvasútról", mely reggeltől estig rótta az utcákat, útba ejtve minden látványosságot, ami csak egy idegent érdekelhet.

Ezek közé tartozott többek között a Lafayette Gimnázium is, ahová Ratio járt. A nemrégiben műemlékké nyilvánított épület valaha vadászkastély volt, melyről gazdag birtokosai lemondtak a város javára annak idején, a tudomány és a bölcsesség szolgálatába állítva azt. Legalábbis így tartja a városi legenda.

Talán csak a hiszékeny diákokat etették ezzel a tanárok, hogy még inkább elmélyítsék az iskola „dicső múltját" a fejekben, s még büszkébbé tegyék tanulóikat. Igaz, ami igaz, a gimnázium csakugyan jelentős múltra tekinthetett vissza, hiszen pár éve múlt, hogy emléktáblát avattak az aulában az intézmény fennállásának századik évfordulója alkalmából, s ezzel messze a legöregebb iskolának számított a városban.

Az épületet nemrégiben korhűen restaurálták, s kibővítették egy igencsak tekintélyes tornacsarnokkal, mely a testnevelésóráknak, a házibajnokságoknak, és az iskolai fórumoknak, egyaránt teret adott.

Utóbbiból persze volt bőven. Az új igazgatónak mondhatni heppje volt összehívni a diákokat és a tanári kart, hogy közölhessen velük olyan dolgokat, melyekről valószínűleg addigra már mindenki értesült a hangosbemondóból vagy osztályfőnökétől.

Ki tudja? Talán csak szerepelni akart, de lehetséges, hogy így kívánta megszilárdítani a tekintélyét új pozíciójában.

Tény azonban, hogy a felújított iskolaépület felettébb mutatós volt. Megőrizte klasszikus jellegét, mely leginkább a tetőzetén és nyílászáróin mutatkozott meg. Rusztikus, vörös betoncserepek fedték, míg falai sárgára voltak festve. Autentikus fa ablakkeretei fehérlettek a napfényben, akárcsak tágas bejárata, melyen sietve esett be éppen Ratio.

– Épp időben! – mondta a portás. – Ha egy perccel később jössz, ugrik az ellenőrződ!

A Lafayette-ben ugyanis minden késő ellenőrzőjét begyűjtötték, hogy aztán továbbítsák az osztályfőnököknek.

– Nehéz kiesni belőle – válaszolt Ratio félvállról.

– Na, menj már, mert elkésel!

Ezt a fiú már meg sem hallotta. Átviharzott az aulán, majd hármasával szedte a lépcsőket egészen a harmadikig, ahonnan csak pár lépésnyire volt a 39-es tanterem.

Mire betoppant, a létszám már nagyjából teljes volt, leszámítva az állami versenyen résztvevőket, és persze Joeyt.

Joey lakott a legközelebb az iskolához. Tulajdonképpen vele srégen, szemben az utcasarkon, s ebből természetszerűen következett, hogy mindig utolsónak ért be az első órára – már ha beért egyáltalán.

Ratio köszönt, és sietve leült a középső padsor utolsó előtti padjába, Phil mellé. Most nem köszönt és kezelt le mindenkivel, mint szokott. Még mindig nem volt valami nagy társasági kedve.

Philnek viszont annál inkább.

– Ratty! Mi újság, haver?

– Nem sok. Minden oké... legalább már csütörtök.

– Az ám! Holnap végre péntek! Nagy buli lesz a Gardenben. Belecsapunk, ugye, haver? Szombaton meg ott a Crown! Oda is benézhetünk...

– Nyugi van, Phil – mosolyodott el. – Meghúzzuk a hétvégét, ígérem.

Phil az utóbbi időben nagyon fel volt pörögve. Nem volt túlzottan népszerű srác, s ebből kifolyólag a lányoknál sem volt túl nagy szerencséje. Többen nem is értették, hogy Ratio miért barátkozik vele egyáltalán, hiszen szinte semmiben sem hasonlítottak.

Ratio magas volt és jóképű, bár egy kissé vékony. Nem ő volt a legnépszerűbb srác a suliban, de sok barátja volt, szinte mindenki ismerte, és a legtöbb körben otthonosan mozgott.

Ezzel szemben Phil a középszerűség illusztrációja lehetett volna az enciklopédiában: átlagos magasság, átlagos testalkat, átlagos arc – melyet még mindig pattanások tarkítottak, ezzel is rontva az amúgy sem valami fényes összképet. Nem beszélve a rendkívül gyorsan zsírosodó, seszínű hajáról, melyet próbált ugyan belőni mindig az aktuális divat szerint, de valahogy sosem jött neki igazán össze.

Végzősök voltak, és bár valamennyi osztály- és évfolyamtársa kimászni látszott a pubertás mély és mocskos medréből, Phil mintha épp a közepében vergődött volna.

A kinézetével még nem is lett volna akkora baj, hiszen sok nála szerényebb külsejű fiú volt népszerű, vagy legalább volt csaja. Ám belőle hiányzott az, ami bennük nagyon is megvolt: az attitűd, a szöveg, és az indokolatlan önbizalom.

Nem arról volt szó, hogy nem tudott volna szót váltani lányokkal, de az a típus volt, akin egyből látszik, ha zavarban van vagy izgul. Felelések alkalmával például rendszerint elváltozott arcának nem csak a színe, de formája is, miközben a tanár a naplót lapozgatta áldozatot keresve. Ezért nem ment neki többek között a puskázás sem. Bár kilencedikben még megpróbálkozott vele párszor, hamar rájött, hogy ez nem az ő műfaja. Minden egyes alkalommal lebukott, kivétel nélkül.

Viszont amióta Ratiónak sikerült elcsalnia egy iskolai buliba, ahol véletlenül összekeveredett egy elsős kiscsajjal egy tánc erejéig, vérszemet kapott, s attól fogva szinte minden hétvégén bulizni akart. Persze csak ha Ratio is ráért. Az sem izgatta különösebben, hogy az érettségi időszak már vészesen közeledett.

13

Nem mintha Ratiót izgatta volna. Már rég nem érdekelte az iskola. Nem aggódott a továbbtanulás miatt, mert fogalma sem volt róla, hogy akar-e egyáltalán továbbtanulni. Pedig édesanyja rengeteg időt szánt rá hogy együtt orientálódjanak bármiféle pálya felé, ami csak egy kicsit is megpiszkálja fiacskája érdeklődését, de hiába. A fiú már rég feladta a harcot, pedig nem volt rossz tanuló: átlaga 4,5 körül volt eddig minden tanévben.

Mindig is irigykedve hallgatta azokat, akik már szinte gyerekkoruktól kezdve egy pályára készültek, s makacsul ki is tartottak mellette. Már az általánosban eldöntötték, hogy orvosok, tanítók, ügyvédek, vegyészek vagy mérnökök lesznek. E szerint választottak középiskolát, majd később egyetemet.

Titokban ő is vágyakozott erre a végtelen biztosságra, erre az elhivatott céltudatosságra.

Vagy talán csak arra az identitástudatra, ami lényegében határozza meg az embert. Ami biztossá teszi lépéseit, ami irányítja akaratát. Ami értelmet és célt ad életének.

Ennek tudatában választ az ember hivatást, s így a hivatás nem cél lesz, hanem eszköz. Mégpedig az önmegvalósítás végső eszköze.

Sokszor sóvárgott – tudva vagy tudatlanul – ez után a valami után, mely sosem adatott meg neki.

De már nem törődött vele. A jelentkezését ugyan beadta a UoR-ra, őszintén nem érdekelte, felveszik-e vagy sem. Nem volt benne izgalom vagy várakozás, sem félelem vagy bizonytalanság.

Egyszerűen tett rá. Tett a továbbtanulásra, tett az iskolára, a tanárokra, a házi feladatra...

A házi feladat!

– Phil, a házid!

– Mi van vele?

– Kész van, megcsináltad?

Phil egyből tudta, hogy mi a pálya. Sietve kotorta elő a füzetét, kinyitva a fogalmazásnál, és Ratio elé tolta.

De már későn.

A Cigány sietve lépett be a tanterembe.

14

Nem az első eset lett volna, hogy barátjáról másolja le a feladatot. Ami azt illeti, ebben igazán jó is volt. Mondhatni tehetsége volt hozzá, hogy ha kell, egy titkárnő gyorsaságával körmöljön le bármiféle idegen szöveget, s az sem okozott neki gondot, hogy mindeközben átfogalmazza azt. Ilyenkor az agya csúcsteljesítményen pörgött s kreativitása az egekben szárnyalt.

A legtöbben remekül teljesítenek otthon, nyugodt körülmények között, mikor minden feltétel adott, hogy felkészüljenek, ám amint versenyhelyzet van, leblokkolnak. Minden felkészültségük, minden munkájuk semmivé lesz, mert az izgalom gúzsba köti őket.

Ratio azonban a kevesekhez tartozott.

Azokhoz, akik ilyenkor teljesítettek csak igazán. Nem egyszer készült fel felelésekre vagy dolgozatra az azt megelőző szünetekben. Az izgalom csak felspannolta.

De elkésett.

Mr. Benett már a teremben volt.

Zilált, szapora légzése rögtön elárulta: sietnie kellett, hogy időben beérjen az órára. Zavartan szórta le cuccait a tanári asztalra, majd kinyitotta a naplót, és gyorsan befirkálta a kötelezőt.

Még csak nem is köszönt.

– Van hiányzó?

– Joey! – hangzott szinte kórusban.

– Oh... persze, Joey... ki más? És jön, vagy érkezik valamikor... – Egy pillanatra letette a tollat, és megdörzsölte a szemeit.

– Elnézést kérek tőletek, de ma nagyon szétszórt vagyok. Azt sem tudom, hol áll a fejem, pedig már a második kávémnál tartok ma reggel.

Az osztály csendben, értetlenül nézett rá, ő nemkülönben rájuk. Félretolta a naplót, hátrébb húzta székét, hátradőlt, és gondterhelten, de azért büszkén kezdett hozzá:

– Tudjátok, az igazgató úr. A mi drága igazgatónk, intézményünk bölcs feje tegnap döbbent rá, hogy mégis csak elő kéne adni az iskolai színdarabot. És ki mást bízott volna meg a rendezéssel, mint engem? – Hevesen gesztikulált, és az „engem" szót különösen megnyomta. – Na, nem mintha nem vállalnám szívesen az ilyesmit, de tudjátok, ha az embernek ilyen kevés ideje marad egy ilyen grandiózus...

Az osztály hirtelen sokkal nagyobb érdeklődést mutatott. Szerették hallgatni az irodalomtanárt, mert mindig jól mulattak azon, ahogy előadta magát. Arról nem is beszélve, hogy Mr. Benett elég könnyen eltévedt az élet kalandos országútján, és nem egyszer fordult elő, hogy végigmesélte a teljes órát.

A házi feladat miatt sem kellett tovább izgulni: nyilvánvaló volt, hogy Mr. Benett legutolsó teendője is előbbre való volt, mint a házi leellenőrzése.

Elpanaszolta, hogy nem egészen egy hónappal a premier előtt mennyi teendő szakad a szerencsétlen rendező nyakába. Mesélt a rögtönzött castingokról, a díszletépítés nehézségeiről; arról, hogy a jelmeztervező nem hajlandó az együttműködés szikráját sem mutatni, és persze mekkora szerencse, hogy az igazgatónak sikerült találnia egy olyan balekot, aki még ezen mostoha körülmények között is elvállalja a rendezést.

– Teljességgel biztosak lehettek benne, hogy senkit sem találtak volna, aki ilyen körülmények között ezt elvállalná. – Kis hatásszünet után hozzátette: – Már ha lenne bárki ebben az intézményben, aki képes lenne rá egyáltalán...

Mr. Benett harminc év körüli, vékony fiatalember volt. Olyan fickó, akiről első pillantásra lerí, hogy művészlélek. Izgága mozgása, mindig rendezetlen frizurája és kirívó öltözködése már a tanári karban is nemegyszer port kavart. Idősebb kollégái gyakran tettek kétes megjegyzéseket a jelenlétében. Egy alkalommal az igazgató még bohócnak is titulálta. Nem igazán illett bele az iskola komoly, nagy múlttal bíró arculatába. Mégsem tűnt úgy, hogy egyszer is a szívére vette volna ezeket az incidenseket.

Ellenkezőleg.

Pontosan azt kapta, amire mindig is vágyott.

Figyelmet.

Csak nemrégiben kezdett tanítani a Lafayette-ben. Sosem rejtette véka alá, hogy közvetlenül az egyetem után majdhogynem öt évet vándorolt egy nevenincs társulattal szerte az országban.

Órái kalandos történeteinek nagy részét is ez az időszak szolgáltatta, és emiatt ragasztották rá diákjai a „Cigány" gúnynevet is.

Meglehetősen büszke volt színész múltjára, s ezt sem beszéde, sem gesztusai nem hazudtolták meg. Néha olyan teátrálisan tudta előadni magát, hogy az már önmagában felért egy komédiával. Ilyenkor olyannyira átszellemült, hogy fel sem tűnt neki a különbség egy színpad és az osztályterem között.

Míg a bohém irodalomtanár elöl mondta a magáét, a hátsó padsorokban többnyire zavartalanul lehetett beszélgetni vagy mobilozni. Igaz, ezt a házirend szigorúan tiltotta a Lafayette-ben. A telefonoknak – legalábbis elméletben – kikapcsolt állapotban, a táskákban lett volna a helyük tanórák alatt.

Ha valakit rajtakaptak, attól kegyetlenül begyűjtötték készülékét, amit a legtöbb esetben csak a szülőknek adtak vissza a fogadóórák alkalmával.

Mr. Benett azonban még sohasem tett ilyesmit. Még magát is nehezére esett megfegyelmezni, nemhogy a diákokat. Ha észrevette valakinél a telefont, csak figyelmeztette az illetőt, hogy azt mielőbb el kellene tennie, a beszélgetés pedig szinte egyáltalán nem zavarta, ha nem állt be különösen nagy zajszint az óráján.

– Vágod, hogy Christine Jeff-fel kavar? Állítólag együtt vannak, meg minden.

– Melyik Christine? – Ratio pontosan tudta, hogy kiről van szó. A gimiben bárki tudta volna.

– Hát Christine White, haver!

– Honnan veszed?

– Többen látták őket mostanában együtt a városban, suli után... meg hogy együtt mennek haza. És állítólag mindig megvárja Jeff-fet, míg végez az edzéssel...

– Én még sosem láttam őket együtt – vágott közbe Ratio olyan higgadtan, ahogyan csak tőle telt. – Pedig mi is a sportcsarnoknál edzünk.

Minden idegszálával azon volt, hogy elrejtse zavarát. Nem sok minden kavarta fel a lelkét mostanság, de Philnek sikerült éppen a kellős közepébe trafálnia.

Ratio az utóbbi időben tudatosan figyelt rá, hogy ne mutassa ki az érzéseit. Talán mert félt, hogy társai gyengeségnek vélhetik, vagy előnyt kovácsolhatnak belőle, de az is lehet, hogy egyszerűen így akarta kifejezni közönyét az őt körülvevő világ felé. Apa híján nem volt tiszta képe arról, hogyan is kellene egy férfinak viselkednie. A körülötte lévő felnőttek szokásai, a média kreálta, „megcsinált" személyek és a társadalom általános elvárásai sűrű, zavaros keverékként ülepedtek le tudatalattijában. Tizenhét éves korára már nemigen maradt tanítás, amiben biztos lett volna, vagy erkölcsi törvény, amit ne kérdőjelezett volna meg. Benső bizonytalansága távolságtartóvá és közönyössé tette környezetével szemben.

De amikor csak meghallotta Christine nevét...

Sőt, sokszor, ha csak hallott egy hasonló hangzású szót, a szíve a torkában kezdett dobogni. Ilyenkor a légzése is megváltozott, és ez jelentette a legnagyobb problémát, mert ez volt leginkább kihatással beszédére.

Hogy le ne leplződjön, ahhoz tudatos gyakorlás és megfontolt, jól időzített technikai manőverek szükségeltettek.

Meg kellett tanulnia lelassítania és lehalkítania a levegővételt, finoman a torkát köszörülni, vagy úgy tenni, mintha éppen akkor eszmélt volna fel gondolataiból.

Ha a válaszadást már sikerült észrevétlenül késleltetnie, akkor jött a legnehezebb és egyben legnagyobb önkontrollt igénylő rész: természetesen felvenni a kérdezővel a szemkontaktust, de mégsem túl erőltetetten.

Ratio nem kis erőfeszítéseket fektetett az ilyen és ehhez hasonló fortélyok elsajátításába majd tökéletesítésébe, de megérte.

Phil semmit sem vett észre.

Tény, hogy vele soha nem is volt túlzottan nehéz dolga: a legnyilvánvalóbb jelzéseket is nehezére esett levenni. Olyan volt ezen a téren, mint vak az ismeretlen szobában.

A lányok általánosságban bunkók voltak vele, mert ha valamelyik rámosolygott vagy szépen szólt hozzá, az biztosra vehette, hogy nem tudja lekoptatni egykönnyen. Valódi analfabétának számított ezen a területen, de Ratio számára ez egyáltalán nem volt lényeges. Csak egyetlen dolog számított:

Megúszta.

Nem leplez ődött le.

Nem vált kiszolgáltatottá.

Bár Philnek fogalma sem volt róla, hogy milyen érzékeny pontot is érintett, szerencsére hamar témát váltott.

– Átjössz gépezni délután?

– Ma délután? – Hirtelen eszébe jutott, hogy aznap délután edzésük van. Teljesen kiment a fejéből. Előző nap sem gondolt rá egyáltalán, pedig a mester nem tűrte a kimaradásokat. Ha valaki mégis hiányzott, annak nagyon komoly családi vagy egészségügyi problémára kellett hivatkoznia.

Ahogy ő fogalmazott: „Ha a lábaidat a kezedben hozod!" Nem egy tehetséget zavart már el a csapattól, mert nem volt megfelelő a hozzáállása. Ratio nagyon jól tudta ezt, mégsem szólt.

– Egy kis NBA? Tuti, hogy lealázlak.

– Álmodban.

– Múltkor is szarrá vertelek.

– Ja, mert azzal a régi, szar controllerrel kellett játszanom. A *szerelés* gombra már nem is reagál. Mikor veszel már újat?

– Persze – mondta gunyorosan Phil, miközben lassan, megértően bólogatott. – Fogd a controllerre...

Hirtelen éles, pattogó hangok szakították őket félbe.

– Hohohoho!

Mindketten azonnal elhallgattak, és szépen, lassan a hang irányába fordultak. Ösztönösen mozgatták a tagjaikat, tudván, hogy minden hirtelen mozdulat csak sokkal nagyobb feltűnést kelt.

Természetesen Mr. Benett volt. Az első pár másodperc kisebb örökkévalóságnak tűnt. Nehezükre esett eldönteni, hogy miért is adta ki magából ezeket a meglehetősen idegesítő hangokat, melyek Ratiót kifejezetten irritálták. Ráadásul olyan vidámsággal és pajkossággal tette, hogy a fiú úgy érezte, be tudná verni a képét, valahányszor csak meghallja ezt az idétlen, pattogó zajt.

Nem volt könnyű hirtelen megmondani, hogy mi is volt a ki-
váltó oka ennek a – Mr. Benettől amúgy teljesen megszokott –
hóbortnak.

Talán meghallotta, miről beszélgettek? Nem valószínű. Négy
pad volt köztük és a tanári asztal közt. Különben is, halkan pus-
mogtak. Igaz, hogy nem suttogva, de azért elég halkan ahhoz,
hogy beleolvadjanak a háttérzajba. Vagy mégsem? Hiába, ilyen
helyzetekben mindenkinek rögtön az az érzése támad, hogy őt
kapták rajta valamin, s még ha ez volt a legvalószínűtlenebb le-
hetőség is, meg kellett győződnie az ellenkezőjéről.

Óvatosan emelte egyre feljebb a fejét. Magas termete miatt
nem okozott problémát, hogy bárki fölött átnézzen. Ha teljesen
felegyenesedett a székben, akkor majdhogynem egy fejjel kitűnt
az egész padsorból. Persze ez nem volt mindig előny, főleg nem
a feleltetéseknél. Ezért is húzta mindig kicsit hátrébb a székét,
hogy vészhelyzet esetén könnyedén a padra tudjon borulni. Ilyen
pozícióban beszélgetett Phillel is a biztonság kedvéért, de mégis
csak meg kellett tudnia, hogy mi izgatta fel hirtelen azt a pojácát.

– Majd' el is felejtkeztem róla! – mondta Mr. Benett, miköz-
ben lassú, finom mozdulatokkal magához húzta a naplót, és el-
kezdte lapozgatni.

Több sem kellett!

Ratiónak egyből leesett, miről is van szó.

Eszébe jutott! Mégsem úszta meg!

Phillel együtt visszahúzódott korábbi pozíciójába: szabályo-
san ráfeküdtek a padra.

– Hogy is felejtkezhettem meg a mi drága Longfellownk-
ról, és az ő csodálatos Természetéről. – Még el is kuncogta ma-
gát, amiért ilyen borzasztóan szellemes volt. – Szóval, szóval...
kinek a remekművét is hallgassuk meg? Kié lehet a legfeleme-
lőbb értelmező verselemzés Longfellow egyedülálló, Természet
című alkotásáról?

Egyesével lapozta végig a naplót, minden oldalon el-el időz-
ve kicsit, majd a közepéhez érve kissé rákapcsolt a tempóra.

Az osztály zajszintje persze alábbhagyott. Nem túlzottan,
csak éppen annyira, hogy hallani lehessen a régi antik falió-

ra ketyegését. Már a névsor vége felé járt, mikor ismét lassított a tempón.

Megállt, majd visszalapozott egyet.

– Ahh, meg is van! Mr. Stanson!

Érdekes, hogy amint meghallotta, hogy kimondták nevét, visszacsúszott ugyanabba a nyugodt közönybe, mely amúgy is jellemző volt rá. Az izgalom csak múló szeszély volt, átmeneti ösztönös megnyilvánulás.

Szó nélkül, lassan, méltóságteljesen állt fel. Mozgása, kiállása és tekintete pimasz eleganciát sugárzott.

– Oh, nem, nem. Nem kell kihoznod. Csak olvasd fel. Maradhatsz állva, ha úgy érzed, így könnyebb előadni.

Phil ezalatt rutinosan odalapozott a fogalmazásához, és már kezdte is barátja elé tolni.

Sima ügy lett volna.

Bár az irodalom sohasem volt Ratio kedvence, inkább a reál tantárgyak iránt érdeklődött, mégis mindig feltalálta magát és jól tudott improvizálni. Meg sem kellett volna erőltetnie magát túlságosan. Kreativitásának egy kicsinyke szelete is elég lett volna ahhoz, hogy kimásszon ebből a csávából.

Elég lett volna.

De már döntött.

– Nincs kész.

– Oh... – Mr. Benett szemében mintha elhalványult volna valami. Vontatottan eresztette egyre lejjebb üresnek ható tekintetét, majd halk, elhaló hangon kérdezett hozzá. – Van... van estleg még más is, aki nem készítette el? – Közben elfordította fejét, és bal kezével megpróbálta eltakarni szemeit.

Szinte már maga is elhitte, hogy csalódott. Persze válasz nem jött. Senkinek sem hiányzott egy rossz jegy év vége előtt. Ráadásul ilyentájt már egyik tanár sem erőltette túlságosan a házi feladatokat a végzős évfolyamban. Az iskola büszke volt az átlagban kimondottan magas érettségi pontszámaira, melyeket szinte minden évben produkálni tudott. Nem is beszélve a sikeres felvételi eredményekről, hiszen Lafayette-ben végzettek döntő többsége valamelyik elit egyetemen folytatta tanulmányait.

A tanárok nem igazán akarták leterhelni a diákjaikat az utolsó félévben, ebből következett, hogy a végzősök sem vették túl komolyan az ilyesmit. Nem mintha Mr. Benett túl komolyan vette volna. Ő semmit sem vett igazán komolyan, kivéve talán az előadásokat. És az előadás már elkezdődött.

– Nos, hát – és egy hirtelen fejrándítással visszaváltott az éles, pattogó hangnemhez, melyet Ratio annyira utált –, legalább te beismered!

Egy mozdulattal kilökte maga alól a széket, felpattant, és elkezdett téblábolni fel-alá a tanári asztal előtt. Kecses, hoszszú léptekkel ballagott, miközben ábrándozva nézelődött, sóhajtozott, és alig érthetően dudorászta hogy: „...beismered bűnödet... bűnödet...".

Ratio unottan nézte a műsort: nem ez volt az első, amit látott. Az egész osztály jól ismerte már a teljes repertoárt, ami nem sokkal volt szélesebb egy utcai mutatványosénál. Rendre ugyanazokat a figurákat hozta, ráadásul nem is váltogatta őket túl gyakran. Lenézően követte tekintetével, ahogy rövid sétáját egy frappáns félfordulattal, a napló fölé hajolva fejezte be. Egyik kezével az asztalnak támaszkodott, másikkal a tolláért nyúlva gesztikulált.

– Nos, hát, Mr. Stanson. Mit is kezdjek most önnel? Mit kellene tennem nekem naiv ítészként? Hogyan is szolgáltathatnék én igazságot? Talán... éppen az ön segítségét fogom kérni. Igen – és a tekintete újra felragyogott. – Hiszen, hogy Dosztojevszkijt idézzem: „Mert e földön senki sem lehet bírája egy bűnösnek, amíg a bíró maga rá nem ébred, hogy ő is pontosan ugyanolyan bűnös, mint az előtte álló..." – mondta olyan átéléssel, hogy a végén kénytelen volt tartani pár másodperc hatásszünetet, hogy meggyőződhessen róla, mindenkiben leülepedett magvas mondanivalója. – Ennek fényében megkérdezem önt, Mr. Stanson, bevéssem-e önnek ezt az elégtelent, avagy sem? – És tolla hegyét már oda is biggyesztette a megfelelő rubrika sarkába.

Az osztályteremben minden szem Stansonra szegeződött. Még állt. Padtársak súgtak össze, innen-onnan elfojtott kacajtöredékek hallatszottak.

Ő kihúzta magát, állát megemelve jobb kezével tett egy-két túlzó mozdulatot, majd kinyújtotta a tanár felé, s olyan teátrálisan, ahogyan csak tőle telt, szinte affektálva jegyezte meg: – Hogy Shakespeare-t idézzem: „Ahogy tetszik!" – Még a szemeit is lehunyta a végén.

A röhögés és a csengő hangja egymásba olvadt. Az óra véget ért. Mr. Benett elmosolyodott és felemelte a tollát.

2. Töltsétek, töltsétek...

Az osztályterem most egészen másképp festett. Érdekes, hogy a nap pillanatnyi állása mennyire befolyásolni tudta a látképét. A kora délutáni fényben apró szikrákként szálltak a porszemcsék. Kavarogtak a meleg tavaszi szellőben, ami lágyan lengette a vörös műselyem függönyöket. A színek és a formák élénkebbek lettek, ahogyan a diákok is.

– Akkor egy kicsit csendesebben! – lépett be Mr. Miller az osztályterem vastag, nyikorgó tölgyfaajtaján, oldalán egy nála valamivel alacsonyabb, szakállas fickóval. – Erre tessék.

Az óra nem kezdődött el. Még legalább öt perc volt csengetésig, de az osztályfőnöktől már-már megszokott volt, hogy előbb érkezik. Mr. Miller mindig is komolyan vette a hivatását és rendszerint hagyott magának időt a felkészülésre. Sohasem kapkodott, sietni sem látta még senki az iskolában, mégis mindenhová odaért időben. Biztos pont volt a tanári karban és az osztályában egyaránt. Ha valamit megígért vagy elvállalt, azt kézpénznek lehetett venni. Egy matematikatanár pontosságával és egy osztályfőnök alaposságával dolgozott. A szakállas fickót leültette előre a tábla mellé, az osztállyal szembe, pár szót váltott vele halkan, majd elkezdett kipakolni a kis kézitáskájából a tanári asztalra.

– Ki ez a tag? – lökte oldalba Ratio Philt, aki épp a telefonján játszott.

– Ne most, Ratty... ne most! – mondta izgatottan. Tudta, hogy nincs sok ideje, ha be akarja fejezni a pályát becsengetés előtt. Ratio szinte le sem vette a szemét az idegenről, pedig ez nem volt szokása. Szándékosan odafigyelt rá, hogy még a csajokat se bámulja meg túl hosszan, mert degradálónak tartotta önmagára nézve, hogy bárkire is túl sok figyelmet pazaroljon csupán a megjelenése vagy kisugárzása miatt.

Ám ez a vékony, szakállas fickó valami elemi erővel ragadta meg az érdeklődését, s úgy tűnt, nem is akarja egykönnyen elengedni.

A középső padsor utolsó előtti padjából – ami Ratio és Phil örökös helyének számított abban a tanteremben – éppen rálátott az illetőre Mickie és Judy között, mégis elég jó takarásban volt ahhoz, hogy ne legyen túl feltűnő. Csak bámulta úgy, mint talán még soha senkit azelőtt. A testalkata hasonló volt az övéhez, leszámítva, hogy jóval alacsonyabb volt nála. Harmincöt-negyven év körüli lehetett, de ezt meghazudtolandó, rendkívül fiatalosan öltözködött. Edzőcipőt és farmert viselt, a pólóját pedig akármelyik tinédzser hordhatta volna. Mr. Benett stílusára hajazott, de közel sem volt annyira szétszórt és feltűnő.

Azonban ami Ratiót igazán megfogta, az az idegen arca. Jóképű volt, de nem úgy, mint a csöpögős mozifilmek donhuánjai. Sötét haja, rövid pofaszakálla és barna szemei egyből szimpatikussá tették a fiú számára – maga sem tudta, hogy miért. A stílusa is megnyerő volt már első látásra. Szerényen, mégis magabiztosan várakozott a székén, arcán enyhe mosollyal mérte végig az osztályt, mely teljesen természetesnek hatott. Ugyanis Ratio ki nem állhatta az erőltetett vigyorgást. Minden mozdulata, gesztusa, megbízhatóságot, kedvességet és nyugalmat sugárzott.

A fiút egy megmagyarázhatatlan érzés kerítette hatalmába. Talán kisgyermekkorában élte át először, de azóta többször is része volt már benne, ezt biztosan tudta. Ahogyan jött, úgy el is illant mindig.

Mint mikor az ember orrát megüti egy ismerős illat. Egy aprócska élettöredék a múltból, melyből elég egy kósza szippantás, s máris ezernyi érzelemszilánk karcolja vagy csiklandozza a bensőnket. Egyes kutatók szerint az emberi agy a szagokon keresztül kapcsolódik legintenzívebben az emlékeinkhez, és Ratio számára pontosan ezt jelentette az idegen.

Egy illatot, mely visszavitte kiskorának egy távoli, talán csak elképzelt zugába. Egy helyre, ahol mindig biztonság és béke van. Teljesen ellazult. Próbált megkapaszkodni a pillanatban. Az elméje tudta, hogy hamarosan vége szakad. Hogy nem tarthat örökké.

Hogy nemsokára szertefoszlik az egész és visszatér az a fojtogató légkör, ami már-már annyira természetes, hogy az ember egyébként észre sem venné maga körül. Akár a hideg víz. Ha elég soká úszkálunk benne, megszokjuk hőmérsékletét, de a kellemes melegből belecsobbanni, az mindig fájdalmas.

Ami azt illeti, ennél fájdalmasabb talán már nem is lehetett volna. Mindig is utálta a csengő zaját, mert alattomosan harsánynak tartotta, de most úgy érezte, mintha szándékosan akarták volna beszakítani a dobhártyáját.

– Akkor osztály vigyázz! – rikkantotta Mr. Miller katonásan, hogy a szóvégek szinte összeértek. – Nem kérek jelentést. Rendkívül jól kezelte az osztályt, és minden diákját általában. Nem volt túl szigorú, de nem is volt rá szüksége. A személye önmagában tiszteletet parancsolt. Erős testalkata, szúrós tekintete és férfias, mély hangja még a legvagányabb diákokat is meg tudta szeppenteni.

Mindig rend volt az óráin.

– Bemutatom nektek Eteelle... Elnézést, jól mondom? – A tiszteletes csak mosolyogva bólintott egyet. – Etele tisztelettest, aki a mai osztályfőnöki óránk vendége lesz. Mielőtt elkezdené megtartani az előadását, pár fontos dolgot szeretnék veletek megosztani a végzős bállal kapcsolatban. Próbáltam meggyőzni az igazgató urat több kérésetekkel kapcsolatban is, de...

Hát erről volt szó!

Ratiót egyáltalán nem érdekelte a végzős bál, mert biztos volt benne, hogy nem fog elmenni. Mióta szakított Samanthával, teljesen érdektelenné vált számára az egész, és amúgy sem rajongott túlzottan az iskolai rendezvényekért.

Igaz, hogy megígérte a töriszakos Jasmine-nek hogy elviszi, de hát az egy totálisan elhamarkodott és meggondolatlan döntés volt. Nyilván ő sem gondolhatta komolyan, hiszen mondhatni csak általánosságban beszéltek a dologról. Különben is, olyan régen volt már. Még februárban, a szakítás után – csoda, hogy össze volt zavarodva? Azóta szinte nem is találkoztak. Valószínűleg nem is emlékszik már rá.

Ratio sem emlékezett.

Esze ágában sem volt Jasmine.

„Tiszteletes"

Ez az egyetlen szó járt a fejében, amióta csak meghallotta.

Egy újabb idióta hittérítő az osztályban! Persze minden az eszébe jutott hirtelen.

A Lafayette-ben akkorra már kisebb hagyománnyá vált, hogy minden hónapban egy osztályfőnöki órát vallási oktatásra, hitterjesztésre kellett fordítani. Ezeket általában az osztályfőnökök egyeztették le előre egy külsős kapcsolattartóval, így szabadabban tudtak tervezni a fennmaradó – havi három – órájukkal.

Át tudták tenni, vagy legvégső esetben le is tudták mondani őket. Erre azonban csak nagyon ritkán került sor, mert ilyenkor írásban kellett benyújtaniuk egy részletes indoklást az igazgató úr felé. Mondanom sem kell, hogy a legtöbb osztályfőnök szemében csak plusz teendő volt az egész, ami ráadásul megfosztotta őket egy „szabad" órájuktól. Ezt különösen nehezményezték az évvégi időszakban, mert ilyenkor gyakran előfordult, hogy ezeken az órákon próbálták behozni az esetleges szaktantárgyi lemaradásukat.

Mr. Miller osztályában – általában – a hónap utolsó csütörtökjén voltak megtartva ezek a különös alkalmak, melyeket a legnagyobb jóindulattal sem lehetett volna hitoktatásnak nevezni. A hivatalos nevük „Vallási ismeretek és hitvilágunk általános tágítása" volt, ami jórészt ismeretterjesztő előadásokból állt, a legkülönfélébb emberek tolmácsolásában. Ezek a „foglalkozások" ugyanis – a hagyományos hittanórákkal ellentétben – nem egy – mondjuk a katolikus, protestáns, vagy mormon – vallás nézeteit voltak hivatottak terjeszteni vagy propagálni. Ellenkezőleg.

Az volt a céljuk, hogy a diákok minél több nézettel ismerkedjenek meg középiskolai tanulmányaik során, ezzel is tágítva szemléletüket, problémamegoldó, valamint érvelési képességeiket. Ráadásul ez remekül beleillett nem csak a szólás- és vallásszabadság sérthetetlen eszményébe, de az iskola haladó, szabadszellemű arculatába is.

Minden alkalommal más és más előadók érkeztek az ország különböző részeiből, s mindnek más volt a hite vagy elképzelése a világról és az emberi létről. Nem volt mindegyik pap, rabbi vagy jógi. Megfordultak köztük mezei gondolkodók, filozófusok, sőt egy nem mindennapi alkalommal még egy furulyázó hippi is. Közös jellemzőjük volt, hogy csak ritkán tudtak elfogadható magyarázattal szolgálni a sokszor nehezen megérthető téziseikre, viszont azokat biztosan állították.

A legnagyobb sikert talán az a japán származású buddhista szerzetes aratta, aki a manapság oly divatos karmikus körforgásról alkotott zavaros nézeteit próbálta alátámasztani – állítása szerint – megtörtént eseményekkel. Fura akcentusa és rendkívül lomha beszéde még évek múlva is poénok alapját képezték. Mikor kimondta a „karmikus" szót, először mindenki azt hitte hogy kerámiáról beszél, és ez csak egy volt a számos szó közül, amit nem tudott rendesen kiejteni.

Kevesen voltak, akik meg tudták állni röhögés nélkül, de Ratio köztük volt.

Gyűlölte a vallást, és általában mindent, ami nem volt tudományosan alátámasztható.

Még fantasyt sem nézett vagy olvasott, de a sci-fit is fenntartásokkal kezelte. Egy alkalommal – még kisebb korában – felkelt anyja mellől a kanapéról és kijelentette, hogy nem hajlandó tovább nézni egy filmet, mert nem a valóságról szól. Együtt választották ki ugyan a televízióműsorok kínálatából, de az nem szerepelt benne, hogy a főszereplővel megmagyarázhatatlan dolgok fognak történni. Soha nem tudta megérteni, hogyan hihet valaki olyan dolgokban, mint a halál utáni élet vagy a teremtés, de nem is akarta tudni. Számára jóformán mindenki idióta volt, aki ilyesmivel akár csak a legkisebb mértékben is érintkezett. Mind közül a legroszszabbak pedig kétségkívül a „hittérítők" voltak – ahogyan Ratio nevezte őket –, akik nem voltak hajlandók megtartani a nevetséges nézeteiket maguknak.

Míg az osztály nagy része potya órának fogta fel az egészet, addig ő az elméjének szándékos – előre megfontoltan elkövetett – mérgezésének tekintette.

Tiszteletes.

Miért?

Nem akarta elhinni, hogy így meg tudták vezetni.

Úgy érezte magát, mint az a nő a dezodorreklámban, aki olyan magabiztosan sétál az utcán, hogy fel sem tűnik neki, amikor rátéved egy építés alatt álló szakaszra. Könnyedén libben át az őt csodáló munkások között, s csak akkor veszi észre, hogy egy nála is jóval keskenyebb pallón lépdelt át egy árok felett, mikor a brigádvezető megállítja.

Ratión is hasonló ijedtség lett úrrá. Már rég nem érezte magát ilyen sebezhetőnek. Hogy nem esett le neki egyből? Egyáltalán hogy lehet, hogy nem emlékezett erre az egész marhaságra? Hogy lehet, hogy ez az ember…

– Akkor én át is adnám a szót a tiszteletes úrnak – fejezte be mondandóját Mr. Miller, s már háttérbe is húzódott. – Parancsoljon.

– Köszönöm, tanár úr – mondta a tiszteletes, miután felállt. – Sok szeretettel köszöntelek benneteket. A nevem Etele, és utazó szolgáló vagyok. Hogy mit is takar ez pontosan, azt majd ki fogom fejteni – nem sokban különbözik a helyi szolgálóktól, egyébként. A családommal csak nem régen érkeztünk Európából, de nagyon jól érezzük magunkat itt nálatok. Igazán szép a városotok, ahogy az iskolátok is, és rendkívül vendégszeretők vagytok. Legalábbis eddig mindenhol ezt tapasztaltam. Ez az első alkalom, hogy nálatok járok, így ti vagytok az első osztály, akikkel találkozom. Nem is igazán előadásnak szánom ezt az egészet, inkább szeretnék veletek kötetlenül beszélgetni egy kicsit.

– Azért csak kulturáltan – jegyezte meg Mr. Miller, fenyegetően a magasba emelve mutatóujját. – Egyszerre csak egy beszéljen. Bocsánat, folytassa csak.

– Köszönöm – mosolyodott el a tiszteletes. – A tanár úr a főnök. Először, ha megengeditek, szeretném röviden elmondani, hogy mi is lenne a célja ennek az egész beszélgetésnek. Hogy mit szeretnék veletek megosztani, megkérdezni a véleményeteket egy-két dologgal kapcsolatban, azután pedig szabadon kérdezhettek bármiről, amiről csak akartok. Ígérem, igyekszem majd mindenre válaszolni.

Lehengerlő volt.

Egészen más, mint az addigiak.

Beszélt távoli hazájáról, az utazásairól, még a gyerekkoráról is. Elmesélte, hogyan állt be a szolgálatba, hogy milyen nehéz volt akkoriban a „vasfüggöny mögött" a hitét gyakorolnia és hogy hogyan találkozott azzal a személlyel, aki végül megmentette.

Akit egész addigi életében keresett könyvekben, a tudományban, az okkultizmusban, de még a harcművészetben is, mégsem találta meg.

Tulajdonképpen róla szólt az egész történet.

Egy személyről, aki nem kér, hanem feltétel nélkül ad.

Nem elvár, hanem képessé tesz.

Egy személyről, akinek szüksége van rád akkor is, ha senki másnak nem kellesz.

Valakiről, aki mindent odaadott azért, hogy veled lehessen.

Még Mr. Miller is elgondolkozott azon, amit hallott. A legtöbb szolgáló egészen más képet festett Jézusról, Istenről, vagy bármelyik vallásról.

Egytől egyig arról beszéltek, hogy mit kell vagy mit nem szabad megtenni ahhoz, hogy jó életet éljünk. Hogyan tudunk megfelelni istenségeknek, eszméknek, vagy vallási normáknak. Ez a fickó ellenben gyógyulást, szabadságot, jólétet és mind e mellé csekély örök életet kínált, ráadásul feltételek nélkül. Azt állította, hogy nem a cselekedetei, hanem csakis a hite számít.

Hogy az ő hite nem a teljesítményről szól egy folyton elégedetlen Isten felé, ellenkezőleg. Elfogadásról egy bőkezű, adakozó és szerető személytől. Az osztály csak úgy itta a szavait; még a legrenitensebbek – Eric és Joey – is csendben hallgatták.

Ratio is.

Képtelen volt gyűlölni, pedig ha valamiben, ebben aztán igazán jó volt. Bárkit tudott gyűlölni különösebb indok nélkül, vagy, ha úgy vesszük, akkor egyszerűen csak mindig talált rá okot, hogy másokat utálhasson.

Utált embereket, mert rosszabbak vagy éppen jobbak voltak nála valamiben. Utálta őket a kinézetük, a viselkedésük, beszédük vagy gondolkodásmódjuk miatt. Gyűlölte őket előítéletből, ki nem állhatta őket irigységből, megvetette őket féltékenységből, egyszóval kedvtelése volt a mások felé való rosszindulat.

Soha nem okozott neki problémát, hogy lenézzen vagy elítéljen másokat anélkül, hogy bármit is tudott volna róluk.

Most valahogy mégsem ment.

Heves harcot vívott benne a vallással szembeni mérhetetlen ellenszenv és a tiszteletes iránt érzett, megmagyarázhatatlan szimpátia. Kavarogtak benne az érzések és a gondolatok. Hallani sem akart arról, amit a tiszteletes mondott, mégis úgy érezte, hogy egész nap tudná hallgatni. Egyszerűen magával ragadta a férfi személye. Minden gesztusa, még a legapróbb mozdulatai is kedvességet és magabiztosságot sugalltak, de a legnagyobb hatással a fiúra egyértelműen a hangja volt.

Olyan nyugalmat és békét árasztott, melyet csak azok ismerhetnek, akik érezték már magukat teljes biztonságban. Egy helyen, ahol senki sem bánthat, ahová a félelem leghalványabb árnya sem képes behatolni.

Mint a kisgyerek a szülő ölelő karjaiban.

Arra gondolt, bárcsak ne szólítaná meg. Bárcsak sosem kellene beszélnünk. Akkor barátok lehetnének. Akkor nem kellene elutasítania, vagy ellenségesnek lennie. Csak csendben hallgatná a szelíd, megnyugtató hangját, aztán elválnának és sohasem látnák egymást viszont, mégis barátok lennének.

Megmaradna egy kellemes kép a lelkében – amihez visszatérhetne, amikor csak akar – egy személyről, aki mindig ugyanaz marad. Aki nem okoz csalódást, nem csap be, nem változik meg. Aki valahol tökéletes.

Egy kép, aminek minden fiú életében jelen kellene lennie, de az övéből mindig hiányzott.

– Ti mit gondoltok erről, hm?

Ratio és a tiszteletes tekintete éppen találkozott.

– Neked mi a véleményed?

– Egészen pontosan miről? – kérdezett vissza Ratio zavartan.

– Igazságosnak tartod-e, hogy valaki más vállalja fel a te tetteid következményeit? Úgy értem, képzeld el, hogy mondjuk ti, az egész osztály, kitervetek és el is követtek egy bűncselekményt...

– Lenne egy-két ötletem... – hallatszott halkan a szélső padsorból. Mindenki nevetett, még Mr. Miller is.

– Azt elhiszem – folytatta a tiszteletes, már az egész osztály felé. – Szóval kiterveltek valamit, de a dolgok rosszul sülnek el, és elkapnak benneteket egytől egyig. Aztán eljön a tárgyalás napja, és kiderül, hogy mindegyikőtökre hosszú börtönévek várnak. De megjelenik egy ember. Egy ember, aki nem követett el semmit sem, akinek nincs priusza, büntetlen előéletű... mondjuk, a tanár úr.

Még nagyobb erővel tört ki a röhögés.

– Kizárt dolog – rázogatta csuklóját Mr. Miller. – Kizárt dolog.

– Ez csak poén volt – jegyezte meg az osztályfőnökök felé Etele. – A lényeg az, hogy egyetlen ember felvállalhatná mindannyiótok büntetését, mi több, a legsúlyosabb ítéletet kérné magára nézve. Lemondana az ő saját, ártatlan életéről azért, hogy ti minden vád alól tisztázva legyetek sőt, többé soha, semmilyen bűnért vagy kihágásért ne legyetek elítélhetők. Tulajdonképpen úgy, ahogy van, mentesülnétek a törvény betartása alól. – Most újra Ratióhoz fordult. – Szóval, mit gondolsz? Ne azon gondolkodj, hogy mit tart helyesnek ma a társadalom, most csak a te személyes véleményed érdekel. Mit gondolsz erről, hm? Jó lenne? – A hangjában most még nagyobb szelídség érződött. – Te élnél a lehetőséggel?

Ratio hallgatott.

Minden figyelem rá irányult – mint korábban, az irodalomórán –, de hiába vártak.

Nem volt min mulatni.

Elmaradt a megszokott szellemes gúny és a csípős megjegyzések. Tanácstalan volt, de nem a kérdés tartalma miatt – arra könnyedén megfelelt volna. A lényeg a kérdés természetében volt. Abban a valamiben, ami élővé teszi a beszédet. Ami megkülönböztet két köszönést egymástól, vagy a barátod szavát egy idegenétől. Most – talán egész életében először – úgy érezte, hogy nem egy kérdésre kell választ adnia, hanem valakinek kell válaszolnia.

– Akkor közelítsük meg máshonnan. Mit szólnál, ha neked kellene más miatt bűnhődnöd? Te nem követtél el semmit, ott sem voltál, nem is tudsz az egészről semmit, mégis elítélnek. Sőt, mindenki mást is. Az egész osztályt. Az egész világot. Egyetlen ember bűne miatt. Hm? – kérdezte mosolyogva. – Erről mi a véleményed?

A fiú nyert egy lélegzetvételnyi időt, hogy észhez térjen, s így végre felszínre tudott törni belőle a mélyen dédelgetett materialista cinizmus.

– Nem tudom – lökte oda hidegen. – Nem vagyok vallásos.

És a tekintete ismét ugyanolyan fagyos volt, mint mikor az anyja kérdezgette reggelinél. Fanyar undorral az arcán eresztette egyre lejjebb a fejét, de ami ezután következett, arra egyáltalán nem számított.

– Én sem vagyok vallásos – mondta a tiszteletes mosolyogva, s a hangja még kedvesebben bongott, mint azelőtt. – Hívő vagyok.

Ratióban a szégyen és az indulat elegye kavargott.

Szégyellte magát, amiért ilyen bunkó volt egy hozzá kedvesen viszonyuló emberrel, és dühös. amiért ezt nem viszonozták.

Nem ehhez volt hozzászokva.

A világ, amit addig ismert maga körül, egyszerű volt. Ott, ha rosszul viselkedett, akkor rosszra is számított. Természetes volt számára, hogy ha bunkó, arrogáns, lekezelő vagy rosszindulatú valakivel – ami jó párszor előfordult élete során –, akkor hasonlóképpen bánnak vele is. Ilyenkor egyszerűen elvárta a rosszat, mint egy törvényszerűséget.

Mégis mit képzel magáról ez az idegen, hogy így viselkedik vele? Teljesen meg akarja alázni? Nevetségessé akarja tenni az egész osztály előtt? – Így dühítette fel magát egyre jobban és jobban, míg a harag teljesen el nem öntötte az elméjét.

A tiszteletes az osztály felé fordult.

– A vallás kegyetlen dolog. Betarthatatlan törvények szerint szabályoz, hogy aztán azok alapján is ítélhessen el. Olyan dolgokat vár el tőled, amiket képtelenség megtartani, majd mikor ez be is következik, szembesít a hibáiddal és megbüntet. – A hangja most elhalkult kissé, s a dongása szomorkás csengéssé változott. – Emberek százezreit, millióit nyomorította meg a vallás, és ez nagyrészt a mi hibánk. Tanítóké, szolgálóké, prédikátoroké. A mi hibánk, mert becsaptuk az embereket. Elferdítettük az igazságot, nem mondtuk el nekik a jó hírt, inkább megterheltük őket. Miattunk gyűlölik ilyen sokan Istent és e miatt saját magukat is. De én a kegyelemben hiszek. – Újra elmosolyodott, s a hangjába is visszatért az a megnyugtató dongás. – A feltétel nélküli kegyelemben, ami tiszta szeretetből született és csak annyit kér tőled, hogy fogadd el és élj vele.

A mondat végén éppen Ration állt meg a tekintete.

A fiú haragja ellanyhult; most a szégyen kerekedett felül. Ez az ember nem haragudott rá, pedig nyíltan ellenséges volt vele. Nem utasította el, pedig ő elutasította. Nem nyomta rá a felelősséget, épp ellenkezőleg. Felvállalta helyette. Elgondolkodott azon, amit Isten és önmaga gyűlöletéről hallott.

Lehetséges, hogy valóban rossz képe van saját magáról? Még sohasem gondolt erre azelőtt. Lehet, hogy egész eddigi életében rosszul viszonyult önmagához? És talán... lehet ennek bármi köze ahhoz, hogy mit gondol Istenről?

Utált mindent, ami csak kapcsolatos volt vele, ez igaz. De valóban utálhat-e valaki egy olyan személyt, akiről nem is hiszi, hogy egyáltalán létezik?

– Most pedig nyugodtan kérdezzetek – mondta Etele. Eric volt az első, aki kérdezett a tiszteletestől. Szemlátomást már jó régóta tartogatta magában.

– Mindig azt hittem, hogy az Etelle női név... A tiszteletes sem tudta visszatartani nevetését.

– Igazad van – válaszolt. – Jól tudtad, de engem nem úgy hívnak. Persze, igazad van, megértem, hogy a nevem szokatlan errefelé. Még valaki? Csak bátran.

– Azt mondod, nem vagy vallásos – szólalt meg Gillian az első padsorból. – De mi van azokkal, akik nem is hisznek?

– Nem hisznek?

– Én sosem tudtam igazán hinni semmiben. Vagyis, hogy is mondjam, amolyan hiszem-ha-látom típus vagyok. Az ilyenekkel mi van?

Gillian sosem tartozott az osztály legértelmesebbjei közé, viszont mindig tele volt kérdésekkel.

– Én úgy gondolom, hogy mindenki hívő – mondta a tiszteletes. – Hadd mondjak valamit a „hiszem-ha-látom" típusról. Az az ember, aki azt mondja: „Hiszem, ha látom", valójában rengeteg dolgot elhisz, amit nem lát. Vagy te talán mindenről meggyőződtél saját szemeddel, amit igaznak tartasz?

– Hát... – Gillian elgondolkodott.

– Amit történelemórán tanítanak neked, például, honnan tudod, hogy a valóság-e? Számtalan példa van rá, hogy különböző érdekek miatt meghamisították a történelmet. Honnan tudod, hogy amiről jelenleg tanulsz, az tényleg megtörtént-e? De nézzünk egy objektívabb témát. Ott van például a fizika. Manapság szinte napról napra változnak az elméletek az újabb és újabb felfedezések fényében. Régen az atomot tartották a legkisebb részecskének, azóta számos modell megjelent már róla. Honnan tudod, hogy az, amit most tudsz a részecskékről, igaz-e? Sosem láthattad ezeket, mert még azok sem látták, akik az elméletet kidolgozták. Mégis elhiszed nekik, igaz? Az evolúciós elmélet mind a mai napig nincs bizonyítva, csupán napjaink legelfogadottabb hipotéziseként tartják számon, mégis tényként kezeli a fél világ. És tudod miért, hm?

Gilliannek a fele is túl sok lett volna egyszerre. Mélyen hallgatott.

– Mert valójában mind hívők – válaszolta meg szelíden saját kérdését Etele. – Folyamatosan hisznek anélkül, hogy tudatosulna bennük. Ne félj beismerni, hogy hiszel valamiben. A hit is egy meggyőződés, csak olyan dolgokról, amiket még nem láttál vagy tapasztaltál meg.

Az óra lassan a végéhez közeledett. Majdnem mindenki megpróbált kérdezni a tiszteletestől, akinek – úgy tűnt – mindenre volt válasza. A legkényesebb témák sem tudták zavarba hozni. Még Mr. Miller is csodálkozva hallgatta. El nem tudta képzelni, hogy egy egyházi szolgáló miként rendelkezhet ilyen mély és széleskörű élettapasztalattal. Legutolsónak Brenda kérte meg, hogy beszéljen kicsit a saját családjáról.

– És hány gyermeked van? – kérdezte izgatottan.

– Három fiacskám van – válaszolt büszkén Etele. – A legidősebb egészen nagy már, középiskolás, mint ti.

– Hova jár?

– Múlt héten iratkozott be a Jeffersonba... – Az ováció áthallatszott a szomszédos termekbe. – Tudom, tudom, hogy a rivális gimi.

– Nekünk – rikkant fel Joey – az a suli nem lehet rivális!

– Ésszel, srácok! – állt fel Mr. Miller. – Ésszel – mondta, majd a tiszteleteshez lépett.

– Hogyne – bólintott a tiszteletes. – Persze. Sajnos be kell, hogy fejezzük – fordult az osztály felé –, de nagyon remélem, hogy találkozunk még. A tanév végéig biztosan a városban maradok. A tanár úrtól el tudjátok kérni az elérhetőségeimet, ha úgy érzitek, hogy bármikor szükségetek lenne egy szolgálóra, vagy csak szeretnétek beszélgetni valakivel. Bármivel megkereshettek. Ígérem, senkit sem fogok elutasítani.

Hitt neki. Nem tudta, hogy miért, nem lett volna képes megmagyarázni. Egyszerűen biztos volt benne, hogy a tiszteletes igazat mond, hogy tényleg nem utasítaná el, ha felkeresné. Számára is érthetetlen módon bízott meg benne. Ratio Stanson bízott egy ismeretlenben.

3.

Mire kiértek az iskola kapuján, már szinte nyári meleg volt. Egyetlen felhő sem takarta a napot, sugarai tisztán tündököltek a halványkék égbolton. Délután kettő felé járhatott, így már azok is megebédeltek, akiknek hét órájuk volt aznap. Csak néhány diák szállingózott lomhán kifelé; nagy többségük régen hazament már. A járda aszfaltja felett látni lehetett, ahogyan a meleg levegő felfelé áramlik. Minden tűzforró volt, csak az útszéli platánok árnyéka nyújtott némi menedéket a hőség elől, s bár a tavasznak még a felén sem léptek túl, megérezték a nyár izzó leheletét.

Ez nem volt túlságosan jó hír Ratio számára. Nem szerette a nyarat, mert nehezen viselte a kánikulát és a vele járó kellemetlenségeket, például a folytonos izzadást. Nagyon hamar leizzadt, főleg ha fülledt volt az idő – ilyenkor megesett, hogy kétszer-háromszor is lezuhanyozott egy nap, ha nem érezte magát eléggé tisztának –, ráadásul az agya is eltompult a nagy melegben. A téllel is hasonló viszonyt ápolt: ki nem állhatta a fagyot. Az enyhe tavasz volt az ő évszaka, ilyenkor érezte igazán elemében magát. A kellemes nappalok és a hűvös éjszakák időszaka.

Ezért is érintette olyan nagyon érzékenyen, ha rövidebb volt a kelleténél, s a nyár bekebelezte egy részét.

– Mekkora szar! – jegyezte meg undorral, ahogy a gimi udvara mellett sétáltak el.

– Micsoda? – kérdezte Phil meglepetten. Neki semmi baja nem volt az áprilisi nyárral, sőt. Nagyon is élvezte.

Ratio nem szólt, csak fejével a díszes, kovácsoltvas kerítés felé biccentett. Mindketten megálltak.

- Ja, az a szobor! Tényleg elég gáz – mondta érdektelenül Phil. – Egy tekercs? Semmi értelme.

Az iskolaudvaron, nem messze a kaputól, a gondosan nyírt zöld gyepen, egy nagy gránittömbből kifaragott kőtekercs díszelgett. Simára csiszolt felületén úgy játszott a napfény, mint egy kristálycsilláron. Egyfajta emlékműnek szánták, rajta arany betűkkel sorakoztak a nevek egymás alatt. Zenészek, tudósok, írók, költők, politikusok nevei. Híresség eké, akikben talán csak egyetlenegy közös vonás volt: mind a Lafayette-ben végeztek. A szobrot csak nemrégiben avatták fel.

– Én nem a szoborról beszélek, ember! – vágta oda Ratio ingerülten. – Arról, ami rajta van. Olvastad már?

– Miért – értetlenkedett Phil –, kellett volna?

„Lafayette csillagai" – hirdette büszkén a fejléc. Alatta, a nevek mellett gondosan feltüntetve, a születési illetve a halálozási adatok – amennyiben az illető már elhunyt –, valamint végzés éve. Nem ABC, hanem kronológiai sorrendben haladt szépen lefelé.

– Ja, igazad van. Ennyiből „Charlie angyalai" is lehetett volna... – poénkodott Phil. – Amúgy nem értem, mi bajod vele. Igaz, a felsőkről azt sem tudom, hogy kik, de szerintem egész menő dolog, hogy ugyanabba a gimibe járunk, mint például Victorian, vagy... Lord Cycle. Őket mindenki...

– Kihasználja!

Phil most még értetlenebb képet vágott, mint előtte.

– Egyszerűen csak kihasználják őket.

– És mégis hogy csinálják?

– Philly! – Hangjából kihallatszott az együttérzés mögé bújtatott szánalom. – Mondd, törődik itt veled bárki is? Mármint a tanárok közül. Már negyedik éve, hogy ide járunk, de törődnek velünk egy kicsit is? Lefogadom, hogy az igazgató még a nevünket sem tudja. Mondjuk, az enyémet lehet, megjegyezte a legutóbbi balhé után – tért ki viccesen –, na, mindegy. A lényeg, haver, hogy senkit sem érdeklünk. Mindenki szarik ránk, ahogy szartak ezekre a csicskákra is itt.

Phil arca elkomorodott; le sem tagadhatta volna, hogy gondolkozik.

– Pontosan, haver. Azt hiszed, ők mások voltak, mint mi? Most nagy ívben szarnak a fejedre. Nincs kint a képed a büszkeségek falán azok közt a majmok közt, akik országost nyertek vagy diákolimpiát, de majd ha tíz vagy húsz év múlva befutsz és Hollywoodban hűsölsz a luxuskéród udvarán a medencédben, akkor majd elővesznek ezek a köcsögök. – Alig bírta egy levegővel, a végén fel kellett sóhajtania. – Szépen felkerülsz majd erre a tákolmányra anélkül, hogy tudnál róla! Ne legyen kétséged! Ugyanúgy kihasználnák a sikereidet ezek az élősködők, mint ezekét a szerencsétlenekét.

Phil számára elhalkultak a szavak, a végét már meg sem hallotta. Addigra már rég Hollywoodban volt. Gondtalanul sütkérezett egy medencében a luxuskéglije udvarán.

Ratiónak nem voltak ennyire derűs gondolatai. Magának sem vallotta volna be – mégis jól tudta –, hogy az egész felhajtás az emlékmű körül csak színjáték volt. Szimpla elterelés egy sokkal nyomasztóbb problémáról. Valamiről, aminek a sötét, jéghideg karmai reggel óta fojtogatták torkát, és bármire képes lett volna, hogy akár csak egy kis időre is megfelejtkezzen róla.

Christine és Jeff!

Ez a páros járkált egész délelőtt fel és alá fejében fájdalmas, gennyedző sebeket hagyva minden lépéssel törékeny lelkének érzékeny felületén. A sosem látott képek újból megelevenedtek. Találkáról, pillantásokról, mozdulatokról, csókról... Mindkét barát máshol járt, mikor elindultak.

A közvilágítás ódivatú kandeláberei éppen felvillantak. Úgy pislákoltak, mint az ébredező ember a villanyfénynél. Talán eltart pár másodpercig, de végül teljesen kinyitja a szemét – legalább is Ratiónak mindig ez jutott az eszébe róluk, ahányszor csak látta őket kigyúlni.

Gyengéd, lágy mozdulattal tette kezét bejárati ajtajuk kilincsére. Enyhe nyomás után mindjárt el tudta dönteni, hogy kotrásznia kell-e a kulcsa után, vagy simán benyithat.

Teljesen lenyomódott.

Valami különös módon élvezte, mikor így alakult. Egyszerűen szerette azt a tompa kattanást, ahogy a zár elfordult a tömör tölgyfa ajtóban. Rendkívül ódonnak, mi több, fenségesnek hatott a számára.

– És milyen volt az edzés? – kérdezte Myriam a vacsoraasztalnál. Fogalma sem volt róla, hogy fia edzés helyett egész délután a barátjával lógott.

– Elment – válaszolt Ratio unottan. – Mint amilyen szokott lenni. Neked milyen volt a napod?

Mialatt anyukája gondosan beszámolt neki mindenről, ismét előtörtek a képek a szerelmespárról, akik ha nincsenek is együtt, de talán már találkozgatnak. A feje csak úgy visszhangzott. „Többen látták őket együtt..." „A városban, suli után..." „Christine Jeff-fel kavar..." „Christine Jeff-fel kavar..." „Együtt a városban..." „Jeff-fel kavar..."

– Minden rendben, édesem? – szakította meg a gondolatfolyamot anyukája. – Olyan gondterhelt vagy. Mi a baj, a suliban volt valami?

Itt volt a lehetőség. Minden adott volt, hogy végre elmondhassa. Hogy beszélhessen róla valakinek, akiben teljes mértékben megbízik, aki nem él vissza a helyzettel és nem ítélkezik. Mégsem volt rá képes, bármennyire is vágyott rá. A szégyen, mint sovány fekete kígyó kúszott egyre felfelé a testén. Először a lábujjait csiklandozta meg, majd szépen lassan vonaglott végig a combjain keresztül a hasán át, míg a mellkasához nem ért.

Szinte érezte, ahogy rátekeredik a szívére.

Szégyellte magát, amiért nem volt biztos magában; amiért nem tudta, hogy egy fiatal férfinak hogyan kellene éreznie. Szégyellte, hogy nincs apja, akiről példát vehetett volna, de leginkább azt szégyellte, hogy képmutató.

Csak nagyon kevesen ismerték ezt az érzékeny oldalát. A legtöbben meg voltak győződve róla, hogy Ratio Stanson egy igazi beleváló srác, aki nem törődik senkivel és semmivel. Akivel bármi is történik, egyből túllép rajta, és akinek semmi sem képes fájdalmat okozni.

Mindenkivel el tudta hitetni, hogy egy hűvös, kemény fiú. Csak önmagával nem.

– Persze, anyu, minden rendben, csak nagyon elfáradtam.

– Tudod, hogy velem bármit megbeszélhetsz.

– Persze, anyu – mondta halkan a fiú. – Köszi a vacsit, finom volt.

Úgy tolta be maga után a széket, hogy közben félig elfordult. Nem akarta, hogy az anyukája lássa az arcát. Mire a szobájába lépett, a két könnycsepp már összeért az állán. Hanyatt feküdt. Csak bámulta a sötét plafont, miközben végtagjai szanaszét hevertek az ágyon. Többről volt szó, mint egyszerű szerelmi bánatról. Fogalma sem volt, hogy mit kezdjen az életével. Sorra tolultak fel benne a régi szorongások. Félelem a magánytól, aggodalmak a továbbtanulása miatt, kétségek a jövőjével kapcsolatban. Vad vízeséskén zúdult rá az elfeledett gondok tajtékzó áradata, és úgy tűnt, bármelyik pillanatban megfulladhat.

Mintha a matrac magába akarta volna olvasztani, úgy süppedt egyre mélyebbre és mélyebbre, míg csak a sötét plafon teljesen szerte nem foszlott. Talán még ő sem tudta volna megmondani, hogy mikor esett meg utoljára vele ilyesmi, de aznap este spontán elaludt az ágyán.

4.

Az ébresztő hangja még sosem volt ilyen gyengéd és kellemes. Nem is értette, hogy eddig miért is utálta annyira. Pedig nem szólt másképpen, mint azelőtt, csak most valahogy nem volt olyan bántó a csörömpölése. Régen nem ébredt már ilyen üdén és kipihenten. Nem emlékezett rá, hogy egyszer is felkelt volna idő előtt.

Végigaludta volna az egész éjszakát?

Nem morfondírozott rajta sokat. Kipattant az ágyból, öszszeszedte a cuccait és ment a fürdőbe. Lent az étkezőben Myriam már szokás szerint elkészült mindennel és feltálalta a reggelit. Ratio mindet megette, édesanyjával sem volt semmilyen konfliktusa. Még beszélgettek is evés közben. Vidáman köszöntek el egymástól, és már suhant is az iskola felé, mint a madár. Az időjárás nem volt olyan derűs, mit Ratio kedve. Sötét, borongós felhők tarkították az égboltot mindenfelé. Kellemes, enyhe idő volt, de – ahogy mondani szokták – lógott az eső lába a levegőben. A járókelők nagy többsége esernyővel járkált, és az idős nénikék már nézegették az eget. Néha-néha messziről halk mennydörgés hallatszott. Egyáltalán nem volt olyan barátságos idő, mint előző nap, de Ratio nem bánta.

Számára minden tökéletes volt.

A tegnap gondjai már sehol sem voltak. Mintha csak tíz vagy húsz éve történtek volna. Eszébe sem jutott semmi, ami miatt aggódnia kéne. Csak élvezte a könnyed sétát a gimi felé, ami most még könnyedebbnek tűnt, mint valaha. Olyan fittnek érezte magát, hogy ki tudott volna gyalogolni a világból. Kifejezetten tetszett neki, hogy borús az idő és nincsen olyan tikkasztó hőség, mint azelőtt. Érezte az eső dohos illatát a levegőben, nagyokat szippantott belőle. Érezni akarta, ahogy megtölti a tüdejét a nehéz, párás levegő, mielőtt még beérne az iskola száraz falai közé.

Éppen fordult volna rá a Postal Streetre, ahová a gimi főbejárata nyílt, mikor megszólították.

– Ratio! Drága barátom, ezt nézd meg!

Csak mikor megállt, akkor vette észre a fickót, aki tőle nem is messze, az iskolaépület sarkának támaszkodva olvasott újságot.

– Már megint esett a kőolaj világpiaci ára, majdhogynem egy dollárral. Te beveszed ezt a maszlagot? – Bal kezével lazán meglegyintette a lapot. – Szerintem csak humbug az egész. Áltatják a népeket. Hihetetlen, hogy a sajtónak manapság mekkora hatalma van. Legközelebb mit találnak ki? Hogy a szabadságszobor Franciaországból jött? Hah, kész röhej.

Ratio szóhoz sem jutott. Csak bámulta a középkorú férfit, aki valamiért borzasztóan ismerős volt számára, de a világért sem tudta volna megmondani, hogy honnan. Mint mikor az ember találkozik valakivel, akit kisgyermekkorában látott utoljára, de az is lehet, hogy csak a TV-ben. Ódivatú, de elegáns úriembernek tűnt. Gengsztercsíkos gyapjúöltönyt és kalapot viselt. Stílusa és megjelenése leginkább a negyvenes évek Amerikáját idézte, de Ratiónak ez fel sem tűnt. Úgy érezte, mintha közük lenne egymáshoz, csak azt nem tudta, hogy mi. Talán egy távoli rokon, vagy a család egy rég nem látott barátja? Hiába törte a fejét.

– Nem emlékszel rám? Darius! Édesapád régi cimborája! – Hosszú vékony karjait ölelésre tárta, és azzal a lendülettel el is hajította az újságot. – Nem emlékszel, mennyit bolondoztunk együtt? Keblemre!

Ratio simán átölelte; jólesett neki, hogy nem kellett hajladoznia, mint általában, mert nagyjából egy magasak voltak.

Hirtelen minden eszébe jutott.

Az apukája; Darius; és ahogy együtt játszottak, kirándultak még kisgyerekkorában. Minden megelevenedett. A régi helyek, az érzések, a színek, az illatok mind-mind életre keltek egyetlen pillanatban.

Hosszan és szorosan ölelték egymást.

Mindketten érezték a másik lélegzetét.

– Oh, Ratio! – fújta ki magát végül megkönnyebbülten Darius. – Ha tudnád, milyen régóta kereslek, és most itt vagy... a karjaimban.

– De hát hogyhogy? – kérdezte a fiú értetlenkedve. – Ugyanott lakunk, mint eddig. A belvárosban, a Poppy Streeten. Sosem költöztünk. Hogyhogy nem találtál meg?

– Ezidáig sajnos nem volt módom rá. Meg kell, hogy értsd – sóhajtott elégedetten Darius, és Ratio vállaira tette kezeit. Most szemtől szemben álltak egymással. – De a lényeg, hogy itt vagyok, és ezentúl sokkal több időt töltünk majd együtt. Legalábbis úgy fog tűnni – nevette el magát.

Miközben Darius beszélt, Ratiónak kezdett feltűnni valami.

A csend.

Minden elcsendesedett körülöttük.

Körbenézett, de nem látott senkit sem az utcán. Nem jártak autók, de még gyalogosok sem mászkáltak semerre, pedig a belvárosban ez idő tájt szokott tetőzni a reggeli csúcsforgalom. Hétköznaponként ilyenkor mindig tele voltak az utak siető emberekkel, akik nem akartak elkésni munkahelyükről vagy az iskolából, most mégis üres volt minden. Újra Dariusra pillantott, aki széles, bizalomgerjesztő mosollyal szólt hozzá.

– Rengeteg dolgot kell majd átbeszélnünk később... a palotámban.

– Van egy palotád? Merre?

– Nem messze. Gyönyörű, majd meglátod. Felettébb kedvedre való lesz, ígérem. Meglátogathatnál, mondjuk... ma este. Igen, a ma este tökéletes lesz! De nem is tartóztatlak tovább, hiszen sietsz az iskolába.

Mialatt Darius ezeket mondta, Ratio érezte, ahogy elkezd mozogni körülötte a levegő. Ijedten nézett szét és látta a lehullott leveleket, virágszirmokat kavarogni a szélben. Hirtelen úgy tűnt, mintha egy óriási porszívó akarná felszippantani... és akkor egyszer csak elengedte a föld.

Iszonyatos sebességgel kezdett zuhanni felfelé. Egyre csak gyorsult, míg már a szemét sem bírta nyitva tartani. Csak forgott, kalimpált, vergődött a levegőben, mint egy rongybaba. Saját ordítását is alig hallotta a széltől. Az utolsó dolog, ami a fülébe csengett, mégis Darius kedélyes hangja volt:

– Akkor este!

5.

Légszomja volt és borzasztóan szédült.

Ami addig a gyomrában volt, az mind a padlón végezte. Beletelt egy kis időbe, mire fel tudta ismerni a szobáját. Fordítva feküdt az ágyon, és a matrac úgy járt fel-le, mintha ugráltak volna rajta.

Kisfiúként egyik kedvenc szórakozásának számított az ágyakon, kanapékon és fotelokon való önfeledt ugrándozás. Odavolt a rugózásukért. Minden egyes szökkenésnél úgy érezte, mintha a fellegekben járna, most valahogy mégsem tudott lelkesedni érte.

Szilárd talajt akart a lába alá, méghozzá azonnal!

Ledobta magát az ágyról. Épphogy nem fordult bele a hányásába, de az állapota valamicskét javult. A hideg padlószőnyeg még soha sem nyújtott akkora kényelmet számára, mint aznap reggel.

Próbálta összeszedni a gondolatait, de minél jobban agyalt, annál inkább pánikba esett. Fogalma sem volt, hogyan került a szobájába, mint ahogy arról sem, hogyan lehetett pár perccel előtte még egészen más helyen. Képtelen volt összerakni a dolgot. A feje lüktetett, a gyomra kavargott, gondolatai zabolázatlanul cikáztak szerteszét, de a legaggasztóbb az egészben mégis Darius volt.

Tiszán emlékezett arra, hogy találkoztak és beszéltek. Minden szava, minden mozdulata a legkisebb gesztusig ott csücsült a koponyájában, csak egyetlen dolog nem: hogy ki a fene is ő.

Tudta, hogy az apja barátjaként mutatkozott be, akivel régen sok időt töltöttek együtt. Még látta is maga előtt az emlékeket. Mindezzel csak egyetlen egy baj volt: Ratio nem ismerte az apját.

Sohasem találkozott vele, csak képen látta még gyerekkorában. Ahogy erre gondolt, a légzése még sebesebbé vált, s érezte, ha nem szedi össze magát, biztosan elájul. Egész testében zakatolt szívverése, mikor megpróbált nagy nehezen felállni. Végül visszahuppant az ágyára.

Még mindig forgott vele a szoba egy kicsit, de a hányingere kezdett enyhülni. Nem tudta felfogni, hogy mi történik vele. Legutoljára akkor volt ennyire rosszul, mikor az egyik buliban jóval többet ivott a kelleténél és a barátai taxival vitették haza. Legalábbis így mesélték el neki. Utána jó ideig rá sem tudott nézni a whiskys üvegre.

A helyzet hasonló volt. Most sem emlékezett rá, hogyan keveredett haza, viszont azon kívül minden másra tisztán.

A zuhanás!

Képtelenség, hogy ilyesmi megtörténjen, de ha mégis, az biztos, hogy nem élhette volna túl.

Egyszerűen lehetetlen!

Ez volt az egyetlen biztos pont koncepciójában, mégsem tudott elvonatkoztatni attól a jelentőségteljes ténytől, hogy átélte. Nem olyan volt, mint mikor álmában zuhant.

Ez nem olyan volt, „mintha".

Ez „az" volt!

Bármikor meg tudta volna különböztetni a képzelettől, pedig sohasem zuhant le sehonnan. Nem ejtőernyőzött, még csak nem is bungee jumpingolt előtte, viszont minden érzékszervével felfogta, ahogy a gravitáció magával rántja. Érezte a légellenállást, ami a bőrét nyújtotta, a fülsiketítő szelet, még a szálló port is, ami kis híján sebesre dörzsölte.

Ijedten tapogatta végig magát, sérülésekre utaló jeleket keresve. Mire kitántorgott a mosdóba, már teljesen meztelen volt. Alaposan megmosta az arcát, mielőtt egy pillantást is vetett volna a tükörre – nem mintha sokat segített volna rajta. Mindig is vékony alkat volt, de az arca most még beesettebbnek tűnt, a szemei pedig mintha teljesen kifakultak volna. Az egykor erőteljes mélykék retinák olyanok voltak, mint a napon kiszikkadt hajnalka szirmai. Alig ismert magára, viszont egy karcolást sem vett észre a testén.

Édesanyjának egyből feltűnt kisfia zavarodottsága, pedig klasszisokkal jobban nézett ki, mire a konyhába lépett.

– Kicsim! Minden rendben? Jól vagy? Csak nem vagy beteg?

Ratio szó nélkül hozzá lépett és szorosan magához ölelte. Érezni akarta a teste melegét.

A lélegzetét, a bőre tapintását.

Azt, hogy valóságos.

Myriamet kevés dolog érhette volna váratlanabbul, de nagyon megörült neki. Ratio kicsi kora óta nem emlékezett hasonló esetre. Gyengéden szorította magához. Boldog volt, hogy annyi év után végre újból öleléssel köszönti reggel a gyermeke – amíg fel nem tűnt neki, hogy remeg és izzad.

– M-milyen nap van ma, anyu?

– Péntek – mondta Myriam magától értetődően. – Hiszen tudod. Édesem, mondd el, mi a baj! – könyörgött neki. – Beszedtél valamit? Tudod, hogy nekem bármit elmondhatsz. Nem lesz semmi baj...

– Szeretlek, anyu – mondta Ratio elhalkuló, szelíd hangon, mint akkor régen.

Mikor még az édesanyja karjaiban volt, s ő könnyedén a magasba emelhette. Mikor még nem tépte ki magát a gyengéd szorításból, s nem lökte el magát az anyai kebeltől. Nem kapta fel a táskáját és nem rohant el otthonról reggeli nélkül.

Úgy nézett utána az ablakból, mint lekésett hajó után a móló végéből.

„Szeretlek, anyu."

Csak ezt az egy mondatot őrizgette féltő gonddal a lelkében. Nem engedte halványodni az érzést, erőszakkal kapaszkodott minden kis rezdülésébe. Emlékezni akart rá még nagyon, nagyon sokáig.

Mintha csak tudta volna, hogy akkor hallotta tőle utoljára.

Az ég ugyanolyan tiszta volt, mint csütörtökön. Itt-ott kóborolt néhány bárányfelhő, de egyik sem árnyékolta be a kelő nap szikrázó sugarait. A harmat szinte már teljesen elpárolgott, csak az árnyékos részek nem száradtak meg teljesen. Percről percre, lépésről lépésre érezni lehetett, ahogy egyre melegszik a levegő. Az utcák fényesebbek, az árnyak pedig kurtábbak lettek, ahogy haladt az iskola felé.

Ugyan arra ment, mint mielőtt az ágyában találta magát. Szép, komótos tempóban ballagott, miközben mindent alaposan szemügyre vett. Nem akart lemaradni egyetlen apró részletről sem. Nézte az embereket, a járműveket, az épületeket. Figyelt a levegő mozgására, a szagokra, zajokra. Mindent vizsgált, beleértve önmagát is.

Meg kellett bizonyosodnia róla, hogy tisztán érzékeli a körülötte lévő világot, de leginkább arról – amitől talán a leginkább tartott –, hogy az elméje nem indult bomlásnak.

Egész testében reszketett amint a sarokhoz közeledett.

Léptei egyre nehezebbé váltak, meg is torpant néha-néha. Az utca forgalmas volt. Jóllehet csak néhány gyalogos sétált a járdákon, de az úttesten tömött sorokban robogtak a gépek. Érezte a nehéz kipufogófüstöt a levegőben.

Mi lesz, ha ott van Darius? Ha ugyanott várja, miközben a New York Times-t lapozgatja. Mit fog akkor tenni? Tehet egyáltalán bármit is? Szemeit lesütve, óvatosan araszolt egyre közelebb és közelebb, míg szíve a torkában dobogott. A méterek mérföldeké nőttek, de minden egyes lépés újabb és újabb adrenalinlöketet pumpált a vérébe. Az erei szét akartak robbanni a nyomás alatt, összevissza kapkodta a levegőt. Tudta, hogy már közel van.

Csak fel kellene emelnie a fejét.

Az egész csak egy mozdulat.

Csak a szemeit. Behunyta őket. Talán ettől a pillantástól függött egész további léte, de a józan ítélőképessége biztosan.

Megtörtént!

Kinyitotta szemeit és nyelt egy óriásit a szmogos, párás, kisvárosi levegőből. Ott állt előtte a magas, derűs, okkersárga melléképület.

De a sarkánál senki.

Nyoma sem volt Dariusnak, sem senki másnak.

A fiút, akit éppen egy öregasszony kerül el, kis kézikocsiját vonszolva maga után, szépen lassan egy furcsa érzés kezdte hatalmába keríteni. Pillanatnyi megnyugvása úgy szőtte körbe agyát, mint pók az áldozatát. Egyre csak vastagodott a homályos burok, mely behálózta egész testét, míg végül már képtelen volt tiszta fejjel gondolkodni.

Ahogyan a terek szélesednek, a tárgyak és az emberek úgy kerülnek egyre távolabb tőle. Mintha a jelen, amiben létezne, csak egy kopott, sercegő videófelvétel lenne, amit csupán csak visszajátszanak, ő mégis most látja először. Van, hogy akadozik, és van, amikor csúszik. A tanórák elrepülnek mellette. Nem tudná biztosan megállapítani, hogy amit átél, az korábban megtörtént-e már, vagy csakugyan a jelen, mint ahogyan azt sem, ébren van-e egyáltalán. Valahol messze, értelmének perifériáján mintha hallaná, de legalábbis érezné, ahogy forog.

Mindig csak forog!

Lehetséges, hogy ennek a halvány zajnak, ennek a távoli, örvénylő zúgásnak értelme van? Lehetséges, hogy a monoton, egyenletes morajlás érthető hangokra osztódjon szét? Hogy valaki vagy valami szóljon hozzá?

– Haver, várj már meg! – kiáltott utána Phil az iskola kapujában. – Alig érlek utol. Mi van veled? – Hagyott egy szusszanatnyi időt, hogy ki tudja fújni magát. – Egész nap máshol jársz, alig beszéltünk. Sosem láttalak még ilyennek. Mi bajod van? Velem van valami bajod? Kerülsz engem...

A tekintetük találkozott.

Üde tavaszi szellőként suhant el mellettük, mikor egymásra néztek.

Christine!

Tudata hirtelen kitisztult. Úgy érezte magát, mint az ember, aki éppen felbukott a víz alól s újra képes érzékelni a felszíni világot. A tompa hangok kiélesedtek, a fények felerősödtek, a terek, az emberek, az egész univerzum visszaállt eredeti helyzetébe.

Nem számít. Már csak utánuk bámulhatott.

Két barátnőjével cseverészve ballagott tovább a Main Street felé.

Olyan kecsesen lépdelt, akár egy gazella Afrika végtelen szavannáin. Hátulról sem nyújtott kevésbé gyönyörű látványt. Testhezálló cicanadrágja és lenge, világos felsője remekül kiemelte tökéletes alakjának legizgatóbb idomait. Szőkébe halványuló, hosszú, világosbarna haja a derekát verdeste, ám szerencsére nem takarta el teljesen fedetlen, hamvas vállait, melyek még messzebbről is egyből szembetűntek a tavaszi napsütésben.

Nőiesen széles csípője és formás kerek feneke ritmikus öszszhangban ringatózott végig a járdán, míg csak el nem tűnt egy távoli utcasarkon.

Csak egy szemvillanás volt az egész. Egy kósza pillantás, de a lány ránézett. Ebben egészen biztos volt.

– Hallod egyáltalán, amit mondok? – rázta meg Phil barátja karját. – Éppen beszélek hozzád!

– Persze – válaszolt Ratio riadtan. – Bocs, haver, figyelek rád tényleg, csak... nem tudom. Valami gáz van velem.

– Az nem kifejezés, haver! A tegnapi cuccodat hozod el pénteken? Egy tonnával nehezebb, mint a mai! Mi a...? – Hirtelen elhalkult. A vállára tette kezét, közelebb hajolt hozzá, és jóval nyugodtabb hangnemben, szinte suttogva folytatta. – Figyu... Ha otthon van valami, megértem. – Ratio felkapta a fejét! – Tudod, hogy sokáig mi is egyedül voltunk anyuval. Mikor megjelent az a köcsög Frank, én is totál ki voltam bukva. Azt hittem, végem van. Szóval, ha gázos a szitu, nekem nyugodtan elmondhatod.

– Mi? Nem, dehogy! – dörzsölte meg szemeit. – Egész másról van szó. Reggel óta szarul vagyok, nem kellett volna bejönnöm. Csak tudod, az érettségi. Kevés óránk van már hátra. Nem akartam bajt, de hülye voltam. Bocs, hogy nem figyeltem rád. Asszem, hazamegyek ledőlni.

– Ugyan, haver, tudod, hogy semmi gáz! Tényleg elég szarul néztél ki egész nap. Ne kísérjelek el? Veled megyek!

– Köszi, nem kell, megvagyok – tiltakozott Ratio. – Tudod, nem lakunk messze. Minden oké. Megpróbálom kicsit összekapni magam.

– Oké, haver! – ölelte át barátját Phil. – Menj, dőlj le és aludd ki magad. Este rád csörgök, hogy mi a szitu. Tudod, hogy nem muszáj mennünk.

– Bocs, haver, tudom, hogy megígértem. – Ratio teljesen megfeledkezett a hétvégi bulikról, mint ahogy nagyjából minden másról is. – Ha most nem jön össze, ígérem, bepótoljuk!

– Persze, haver! – kiáltotta lelkesen Phil. – Mi sosem állunk le! Durván fogjuk csapatni!

Talán elmondhatná neki.

Elvégre Phil az egyik legjobb barátja, amióta csak megismerkedtek. Még kilencedikben, az első osztályfőnöki órán ültek egymás mellé, s onnantól fogva – leszámítva az idegennyelv kurzusokat, és az előkészítőt – örökös padtársak lettek. Emlékezett rá, milyen félénk és izgatott volt akkor Phil. Összevissza beszélt és ettől úgy tűnt, mintha asztmás lenne, vagy ilyesmi. Szinte minden mondat közben levegőt kellett vennie, hogy folytatni tudja. Szerencsétlen balféknek tűnt, aki valahogyan próbál a kegyetlen tinédzsertársadalom posványos felszínén maradni, Ratio mégis egyből megkedvelte. Ő egészen mást látott benne, mint a legtöbben. Valakit, akinek végre szüksége van rá. Ő biztosan megértené. Mindig is más volt, mint a többiek. Ő bízik benne. Tiszteli és felnéz rá. Bármilyen őrültséget, még ha a legmerészebb, leglehetetlenebb elképzeléseit is tárná elé, ő akkor sem nevetné ki, nem nézné hülyének, és ami a legfontosabb, megőrizné a titkát. Sosem árulná el. Igen! Nincs mitől tartania. Neki nyugodtan elmondhatja. Nem lesz baj. Nyugodtan beszélhet neki Christine-ről is, és arról, amit iránta érez. Végül is erre valók az igazán jó barátok.

Sokáig elmélkedett ezen hazafelé menet.

Újra eszébe jutott Jeff és a nyomasztó gondolat, hogy Christine-nel együtt vannak.

Pedig ránézett.

Egyenesen a szemébe.

Olyan szögben állt, hogy mikor elmentek mellettük, a lánynak még el is kellett fordítania a fejét, hogy rápillanthasson. Nem lehetett véletlen. De miért éppen ma? Biztosan borzasztóan festett, hiszen még Phil is megjegyezte.

Ratio valamiért az első pillanattól fogva úgy gondolta, hogy bejön Christine-nek, de mivel csak ritkán látták egymást – és akkor is csak véletlenül; iskolagyűléseken, vagy az aulában két tanóra közt –, ezt nem tudta volna egészen biztosra venni.

Pedig ha valakinél, nála aztán tutira kellett mennie. Alapvetően nem volt problémája ezen a téren. A legtöbb esetben könnyedén megjátszotta magát. Szinte minden csajjal egyből el tudta hitetni, hogy ő a magabiztosság megtestesült szobra. Többen oda is voltak érte a suliban. Kilencedik óta alig győzte lerázni őket magáról, végzősként pedig már első látásra le tudta venni, ha bejött egy lánynak.

De Christine-nel egészen más volt a helyzet.

Volt benne valami vad, ősi titokzatosság. Akár az érintetlen dzsungel egy tisztás szélén. Kies, buja vadon, aminek bár nem látni mélyebbre sűrű felszínénél, mégis felfedezésre csábít. Ratiót is hajtotta az efféle kalandvágy, akárcsak kortársait. Amióta csak először meglátta a suliban, késztetést érzett, hogy felkutassa dús rengetegének minden egyes kis elrejtett zugát.

Eggyel alattuk járt történelem szakra, de gond nélkül szégyenítette meg a végzős divathercegnőket. Egzotikus szépsége teljesen természetesnek hatott, amit könnyed, letisztult stílusa koronázott meg. Nem volt olyan srác a gimiben, aki nem akarta – vagy legalábbis nem ábrándozott róla – megkapni.

Számtalanszor elképzelte már, ahogy összefutnak véletlenül, suli után valahol a városban. Mindketten egyedül. Mindketten fantasztikusan néznek ki. Meglepődve egymásra köszönnek, szóba elegyednek, és pár perccel később már a „soron" üldögélnek, egy nívósabb vendéglátóhely teraszán. Szürcsölgetik az italaikat és szenvedélyesen belemerülnek egymás társaságába. Legalábbis agyának belső mozitermében legtöbbször így vetítették.

A valóságban mégis másképp rendezték a filmet, és az alternatív forgatókönyv már egyáltalán nem volt az ínyére. Kevés dolgot akart jobban elkerülni, mint a megszégyenülést Christine előtt. Hogy rosszul nézzen ki, vagy hülyén viselkedjen, mikor találkoznak, de úgy érezte, most mindkettő összejött.

Mereven bámulta a bejárati ajtót, mikor kattant a kilincs. Egy ideig még rajta hagyta a kezét, mielőtt benyitott volna.

Mégis mi ez az egész?

Képtelen volt összerakni a délelőttjét. Eszébe jutott előző napi beszólása a portásnak:

„Nehéz kiesni belőle."

Nehéz kiesni az időből. Milyen frappáns. Még önmagát is meglepte ez a mondat, de arra sosem gondolt, hogy egyszer át is fogja élni. Pedig pontosan ezt érezte. Mintha egyszerűen kiesett volna a világból, s pillanatról pillanatra esne vissza belé.

Ijesztően zavart volt. Hol Dariusról és a vele átélt dolgokról feledkezett meg, hol Christine-ről. Nem értette, mi történik vele, de össze kellett szednie magát. Muszáj értelmes magyarázatot találnia a történtekre! Méghozzá teljesen egyedül, a szobájában.

Ahogy belépett, egyből a rohant volna a lépcsőhöz – mely szobájához vezet –, ha Myriam nem siet elé.

– Szia, anyu! Bocsi, most nem igazán érek rá – hadarta, és hosszú kezével már rántotta is volna fel magát a korlátba kapaszkodva.

– Szervusz, fiam! – üdvözölte kedélyesen édesanyja. – Kérlek, várj egy kicsit. Csak pár perc az egész. Bemutatnálak valakinek. Vendégünk van.

A fiú arcából kiszállt a vér.

Vendég!

Karácsony óta nem fogadtak vendéget. Mégis ki lehet az? Csak nem?

Megborzongott.

Lehetséges, hogy itt van? Hogy megtalálta a saját otthonában? Ráadásul ő maga árulta el, hogy merre laknak. Hogy lehetett ekkora idióta?

– D-Darius? – kérdezte reszkető hangon.

– Hogy ki? Miket beszélsz, kisfiam? Gyere, hadd mutassalak be egy barátomnak, csak pár perc, ígérem.

Nagy kő esett le a szívéről, mégis meg kellett nyugtatnia magát. Muszáj volt valahogyan elterelnie a figyelmet zaklatott lelkiállapotáról, így hát engedett édesanyájának és követte a nappaliba.

Amint beléptek, a fotelből egy – az anyjával nagyjából egyidős – fickó állt fel, s már udvariasan nyújtotta is kezét Ratio felé.

– Erwin, bemutatom a nagyfiamat! – jelentette be büszkén Myriam.

– Dr. Erwin March – mutatkozott be a vendég széles vigyorral az arcán. – Nagyon örvendek.

– Ratio Stanson – mondta közömbösen a fiú, de kezet nem rázott vele, mert egyből levette azt, amit az anyja eltitkolt előle.

– Erwinnel egy ideig csoporttársak voltunk az egyetemen – folytatta rögtön Myriam, mert érezte, hogy lassan melegszik az a bizonyos pite. – Csak nemrég érkezett New Yorkból. Egész véletlenül futottunk össze a Washington téren.

- Így igaz - tette hozzá Erwin. - Kész csoda, hogy egymásba botlottunk abban a forgatagban.

- Mért jöttél? - szakította félbe hidegen Ratio.

- Fiam...

- A vendégünket kérdeztem, drága anyám! - nyomatékosította a fiú. Újra Erwin felé fordult. - Tehát?

- Ahogyan anyukád is mondta - kezdte kis szünet után mondandóját -, csak nemrégen érkeztem New York Cityből egy konferenciasorozat erejéig, melyet a Rivercastle-i egyetemen tartanak meg.

- Tőlem mit akarsz?

Myriam nem mert megszólalni. Tudta jól, hogy ezt már végig kell szenvednie, bármi történjék is.

- Nos - váltott fokozatosan hivatalosabb hangnemre. - Az igazság az, hogy okleveles pszichológus vagyok, és jelenleg New York Cityben működtetem magánpraxisomat.

- Nem mondod - ironizált Ratio. - Komolyan?

- Óh, igen. Nagyon is komolyan beszélek - ment bele a játékba Erwin. - Mi több, a rossz alvás, valamint a kialvatlanság lelki eredetű okai az egyik szakterületem.

A fiú hirtelen azt sem tudta, mivel vághatna vissza. Régen érezte már magát ennyire elárulva. A lüktető indulat lassan kezdte szétfeszíteni a koponyáját s egyre inkább úgy érezte, hogy ha megszólalna, nem lenne képes türtőztetni magát.

- Az édesanyád beszélt nekem a te - itt egy pillanatra megállt, mintha keresné a megfelelő kifejezést - nehézségeidről.

- A nehézségeimről - sziszegte halkan Ratio, akár egy mérgeskígyó.

Erwin mindjárt észrevette, hogy egy lélegző időzített bombával van dolga, így azonnal lelassított, és hangnemet is váltott egyben.

- Tudnod kell, hogy különféle alvászavarok a népesség több mint felénél előfordulnak valamilyen formában - próbálta tompítani a helyzet élét, nem sok sikerrel. - Különösen a te korosztályodnál ez szinte természetesnek mondható, de ami még fontosabb, lehet rajta segíteni. Ez ugyanis az esetek jelentős részénél lelki eredetű probléma, Ratio – mondta, majd lassan előrehajolt és mélyen a fiú szemébe nézett.

Tenyérbemászó alak volt. Jóképű és elegáns, mégis volt benne valami megmagyarázhatatlanul visszataszító. Mintha a mozivászonról lépett volna le egy középszerű film kifinomult főgonosza. Nehéz megmondani, hogy mitől is válik szimpatikussá, vagy éppen unszimpatikussá valaki a szemünkben. Mik azok a vonások, azok az apró, ösztönös folyamatok, amik pozitív vagy negatív irányba taszítják embertársainkat lelkünk végtelen egyenesén, de annyi bizonyos volt, hogy Ratio esetében Erwin elásta magát. Nem volt olyan szava vagy gesztusa, ami ne váltott volna ki ellenszenvet a fiúból.

– Azért vagyok itt, hogy segítsek – mondta Erwin, miközben öntelt mosoly ült ki arcára.

Ratio elgondolkodott. Nem sokkal később mintha valami megnyugtatta volna. Szemlátomást békésebbnek tűnt.

– Szóval – kezdte lassan, mialatt kölcsönösen Erwin szemébe bámult – én most a páciense vagyok, doktor úr? – kérdezte gúnyosan.

– Dehogy is, fiam! – vágott közbe Myriam hevesen.

– Éppen a pszichológusommal konzultálnék, ha megengeded – nézett megvetően anyjára, majd ismét Erwin felé fordult. – Jól mondom, doktor úr?

– De kisfiam...

– Kisfiad? – tTört ki erélyesen Ratio. – Az előbb még a nagyfiad voltam – mondta, és már kezdte is teátrálisra venni a figurát. – Úgy mutattál be, mint nagyfiadat, most meg hirtelen a kisfiad lettem? Érett, felnőtt férfiból kis pisis gyerek lettem, aki azt sem tudja, mit beszél? Érdekes. Kérlek, folytasd! Ugye meghallgatja őt is, doktor úr, mert nyilvánvalóan személyiségzavarral küszködik. Oh, értem. Ne is mondjon semmit. Tudom, ketyeg az óra, nincs már sok időnk. Te majd csak később jössz, anyu, kérlek, addig várakozz odakint!

Színpadiasan rángatta fejét Myriam és Erwin között. Teljesen belemerült a szerepébe. Hiába, valamit azért ő is tanult

Mr. Benett óráin. Erwin finoman intett Myriamnak, hogy nyugodtan kimehet, majd összekulcsolta kezeit, és már kezdetét is vette a terápia.

– Kérlek, helyezd magad kényelembe – mondta kimért szakmaisággal.

– Még szép! – vetette magát a kanapéra Ratio. – Hisz' itthon vagyok.

– Mióta vannak alvászavaraid?

– Mégis honnan a büdös francból tudjam? – válaszolt lenézően. – Oh, bocsánat. Tiszteletlen voltam. Pedig anyukám hányszor elmondta, hogy nem illik kérdésre kérdéssel válaszolni. Várj csak, azonnal korrigálok. – Szépen, tagoltan kezdte, mint aki tanulja a nyelvet. – Nem tudom, – a végét viszont alaposan megnyomta –, nem vagyok online naptár, cseszd meg!

Erwin egy cseppet sem ijedt meg Ratio közönséges modorától; nem ez volt az első problémás esete. Sejtette, hogy legtöbb kérdésére hasonló választ fog kapni, mégis meglepően nyugodt és magabiztos maradt végig.

Ez hamar be is igazolódott. A fiú ott szólt be neki, ahol csak tudott, s cinizmusa legtöbbször megvető arroganciával párosult. Rettentően sértette önérzetét, hogy az anyja pszichológust hívott hozzá, de valahol titkon mégis jól szórakozott. Élvezte, hogy még ha csak egy rövid időre is, de róla szól minden. Hogy bármit megtehet, bárhogyan beszélhet, még sincs semmilyen közvetlen következménye. Körülötte forgott a világ, s számára ez maga volt a hatalom.

Ilyenkor kezdett úgy viselkedni, akár egy uralkodó, kinek mindenki – az ő kizárólagos – kegyeire van bízva, vagy mint egy véres kezű gengszter, akitől mindenki tart.

Sosem okozott nehézséget számára, hogy azonosuljon efféle szerepekkel, már egészen kiskorában sem. Valahol a lelke mélyén, tudatalattijának egy sötét, elfeledett hasadékában, halkan szunnyadt egy meggyőződés. Egy homályos kép önmagáról – vagy sokkal inkább valakiről –, akivé válhatna, akihez hasonlíthatna.

Valami, ami egyre csak arra késztette, hogy emelkedjen felül önmagán, másokon, az egész világon, mégsem tudott soha igazán a felszínre törni. Mintha mindenki – a családja, a barátai, az egész társadalom – el karta volna fojtani benne ezt a képet, s általánosságban elmondható, hogy sikerült is nekik.

Pedig ő soha nem akart másokat szolgálni, vagy bárkinek az alárendeltje lenni. Nagy akart lenni. Igazán nagy. Mindig úgy érezte, hogy többre hivatott, mint az átlag, de ezt sohasem volt lehetősége bebizonyítani, s így végül az egészből mindig csak egy hiú ábránd maradt. Egy halovány folt jelentéktelen életének fakuló vásznán.

Ez volt az egyik fő oka annak, hogy tele volt kétségekkel, és pontosan ezért jött kapóra neki ez a szerencsétlen pszichológus is, akinek talán fogalma sem volt róla, hogy a fiú mennyire kihasználja őt.

Végre szabadon randalírozhatott az önsajnálat, s féktelenül tombolhattak az indulatok. Élő bokszzsáknak használta Erwint, és ezt nem is rejtette véka alá. Egyre jobban kezdte irritálni a férfi kimért, nyugodt magatartása, s elhatározta, hogy mindenáron ki fogja billenteni komfortzónájából.

– Akkor most hadd tegyek fel én egy-két kérdést – mondta Ratio, miközben lassan felült a kanapén s igyekezett a doktoréhoz hasonló pózt felvenni. – Ugye nincs ellene kifogásod, Erwin?

– Csak tessék – válaszolt a doktor, majd valamivel nagyobb kényelembe helyezte magát.

– Mit is mondtál, honnan ismeritek egymást az anyámmal?

– Egy évfolyamra jártunk a New York Egyetemen, és egy ideig csoporttársak is voltunk.

– Dögös volt?

– Parancsolsz?

– Jól hallottad, te kis huncut – affektált viccelődve. – Csak arra lennék kíváncsi, hogy jó nő volt-e az anyám fiatalon. Mi tagadás, még most is egész jó bőr. Nem gondolod?

– Az édesanyád rendkívül figyelemre méltó lány volt – mondta Erwin lassan, apró szüneteket hagyva a szavak közt, jól megfontolva, mit is mond.

Elkapta. Csupán ennyire volt szüksége a győzelemhez. A férfi még mindig higgadtan és méltóságteljesen viselkedett, de már reccsent az első hajszálrepedés társadalmi álarcának jeges páncélján s a fiú jól tudta, hogy csak idő kérdése, mikor hullik darabjaira.

– Tehát dögös volt – szögezte le Ratio elégedetten. Már tudta, hogy nyeregben van. – Ezek szerint biztosan sokan fel akarták szedni. Jól mondom? – és játékosan Erwinre kacsintott.

Ha nem is volt zavarban, a választ akkor is alaposan meg kellett fontolnia. A doktor úgy tett, mintha próbálna visszaemlékezni.

– Ugyan már! – sürgette Ratio. – Nem volt az olyan nagyon régen. Bár ahogy rád nézek, nem is tudom.

– Jó néhány – kezdte elgondolkodva Erwin – udvarlója akadt akkoriban.

– Bumm, ez az! – rikkantott fel Ratio, miközben dobott egyet magán, s mutatóujját Erwinre szegezte. – A muter erről sohasem beszél. És, volt valami?

– Nos, én…

– Ribanc volt? – kérdezte kéjes vigyorral az arcán.

Előrehajolt és izgatottan táncoltatta térdeit, mintha tényleg érdekelnék anyja egyetemi évei. A jól szituált pszichológus, aki egészen addig illedelmesen tartotta vele a szemkontaktust, most képtelen volt folyamatosan ránézni. Kényelmetlenül mozgolódott a fotelban, mint aki hirtelen kihízta azt, s a tekintete is el-elkalandozott szerte a nappaliban.

Ratio tudta, hogy eljött az idő.

– Magának is megvolt, doki? – kérdezte kidülledt szemekkel, szinte suttogva, miközben kezeit dörzsölgetve még közelebb hajolt. – Ugyan már! Tudja, hogy nekem bármit elmondhat. A páciense vagyok – és gúnyosan felröhögött.

– Elnézést, csak egy pillanatra – nyitott be Myriam, és gyors léptekkel a dohányzóasztalkához sietett. – A telefonom itt maradt és muszáj…

– A legjobbkor érkeztél, drága édesanyám! – vágott közbe harsányan Ratio. – Épp rólad beszélgetünk Erwinnel.

Mire befejezte a mondatot, a pszichológus már fel is pattant a fotelből s a telefonját kezdte böngészni.

– Attól tartok, most mennem kell – mondta, miközben felkapta elegáns sportzakóját.

– Máris? – kérdezte élcelődve Ratio. – Pedig olyan jól elvoltunk. Már majdnem összehaverkodtunk – mondta, és újra felröhögött.

– Sajnos kettőre már az egyetemen kell lennem. Igazán köszönöm a vendéglátást.

– Kikísérlek – udvariaskodott Myriam.

A fiú elérte célját: annyi kellemetlen percet okozott mindkettőjüknek, amennyit csak tudott. Szégyenkezve álltak a lakás bejárata előtt.

– Kérlek, ne vedd zokon a fiam viselkedését – szabadkozott Myriam. – Az én hibám. Nagyon jól tudom, hogy hogyan viseli az ilyesmit. Nem kellett volna beszélnetek. Csak tudod, olyan hirtelen jött minden. Ki hitte volna, hogy annyi év után pont itt futunk össze.

– Ugyan, nem magyarázkodj! – nyugtatta meg Erwin. – A fiad teljesen átlagos kamasz. Nem rossz gyerek, csak problémákkal küszködik, mint az ő korában a legtöbben, de... nem rossz srác. Nála jóval deviánsabbakkal volt már dolgom. – Lopva a telefonjára pillantott. – Oh, még elkések. Nagyon örültem, hogy láttuk egymást, Myriam. Tudod a számomat. Ha bármelyikőtöknek segítségre lenne szüksége, csak hívj bátran, míg a városban vagyok. Hogyha pedig véletlenül New Yorkban járnátok, szeretettel várlak titeket odahaza.

– Mindenképpen, és köszönöm, hogy megpróbáltad. Majd még találkozunk.

– Őszintén remélem – mondta, és elsétált a parkoló felé.

> „... Rettenés és félelem urai a légnek,
> Szíved kétségei kísértve emésztnek
> Halál hörögve fúj zúzmarát a csontra,
> S a hajdan királyságán most jeges pusztulat
> Bizalom, hit remény,
> Lelkedben meghasad...”

A Warcrier metálegyüttes slágere max hangerőn üvöltött.

A zaj forrása természetesen Ratio szobája volt, egészen pontosan a hifi szettje, amit még pár éve kapott a nagybátyjától születésnapjára.

A rekedt hangú vokalista teli torokból ordított, aztán jött a megváltásnak mondható gitárszóló. Mindig ezt csinálta, ha komolyabban összevesztek valamin az édesanyjával. Tudta jól, hogy a társasház, amiben éltek, nem egy nyugdíjasnak ad otthont, ráadásul közvetlen szomszédjuk volt egy több kisgyermekes fiatal házaspár is. Az ostor vége persze szinte mindig Myriamon csattant; neki kellett utólag magyarázkodnia és mindenkitől elnézést kérnie. Egy alkalommal még a rendőrséget is rájuk hívták.

A bírságot természetesen Myriam fizette.

Már azelőtt is rengeteg vitájuk volt az ilyesmiből. Ilyenkor a zárt ajtón keresztül próbálta meggyőzni kisfiát, hogy csillapodjon le – ha lehet, akkor a zenével együtt –, de mire ez sikerült, addigra általában már az egész lakóközösség őrjöngött.

Most mégsem tette. Még csak meg sem próbálkozott vele. Érezte, hogy ezalkalommal ő is túl messzire ment. Könnyes szemmel zárta be maga mögött az ajtót.

Délután négy óra is elmúlhatott már, mire a kulcsot ismét elfordította a zárban. Leverten, aggódva jött haza a korrepetálásból. Egy kilencedikes és egy tizenegyedikes fiúnak tartott magánórát Empire Heightson. A testvérpár mindkét tagja jó tanuló volt. Ugyan nem jártak be az iskolába, de kiváló tanárok oktatták őket minden hétköznap. Rendkívül értelmesek voltak, azonban az idegen nyelvek terén, valami különös oknál fogva, sokkal nehezebben boldogultak az átlagnál. Különösen a spanyol és a francia okozott nekik nehézséget. Myriamnak egész évben foglalkoznia kellett velük hetente három alkalommal, még szünidőben is, s ez jelentős anyagi pluszt jelentett számukra.

A fiúk szüleinek viszont meg sem kottyant ez a kis extra kiadás.

Empire Heights volt Rivercastle „kisvárosi Hollywoodja". A Corrus folyó túloldalán helyezkedett el. Nem túl messze a belvárostól, de azért elég távol ahhoz, hogy az ott élő – többségében újgazdag – polgárokat semmiképp se zavarja meg a nyüzsgés vagy az áthaladó forgalom. A Birdsong street keskeny magánútként kanyargott felfelé a meredek lejtőkön s mindkét oldalának lankáit új építésű, puccos családi házak szegélyezték. Ahogy az ember felkapaszkodott a dombtetőre, egy meglepően egyenes szakaszhoz érkezett. Egyesek – a frissebb generációból – úgy tartották, hogy az ott élők mesterséges eljárással alakították ki a fennsíkot, saját kényelmüket szem előtt tartva, ám ennek a városi legendának meglehetősen ellentmond a tény, hogy már a világháború előtt is hasonlóan nézett ki a terület struktúrája, s akkor még nyoma sem volt módosabb rétegeknek a városrészben.

Így vagy úgy, de a kis fennsík gyönyörű volt s nem mellesleg remek kilátást biztosított a város többi részére. A Lighthouse vendéglő teraszáról szinte az egész nyugati városrész a látogató szeme elé tárult, de még a katedrális és a városháza tornyainak csúcsát is megcsodálhatták az érkezők. A házak itt is kirívóak voltak, akár csak a lejtőn, s egytől egyig egyediek.

A gyümölcsfák mögül kikandikáló tetők betoncserepei különféle színárnyalatokban tündököltek minden egyes telken, s mindnek megvolt a maga jellegzetessége. A kert, az azt övező sövény, a gyep, a virágok, a kerítések és a kapuk díszei – mind-mind különböztek, s mindegyik árulkodott – bizonyos esetekben ordított – gazdája személyiségéről.

Christine is ezen a környéken lakott szüleivel egy klasszikus, európai stílusú házban. A kétszintes, sárga, nyári villaszerű épületet térkövezett kis udvar vette körül, mely egészen az utcafrontig nyúlt, s antikolt kovácsoltvas kapujából éppen rá lehetett látni a parkra, ahol sportpályák és egy játszótér is ki volt alakítva. Felhajtójukon legtöbbször egy metálszürke, C osztályos Mercedes virított, de megesett hogy Audik, BMW-k és egyéb külföldi márkák is elállták a bejáratot.

Az apja Nyugat-Európából emigrált az Államokba, még a kilencvenes évek elején. A városba is csak nem sokkal Christine születése után költöztek. Állítólag nem is White volt a valódi neve. Weissről változtatta meg – talán a könnyebb asszimiláció érdekében –, de ezt senki sem tudta bizonyítani.

Mégis.

Hiába volt a gyönyörű környezet, a ragyogó tavaszi égbolt. A virágzó gyümölcsfák édes illata, vagy az énekesmadarak tarka trillái. Aznap valahogy mégsem tudták magukkal ragadni Myriamet.

Halkan, szinte lopakodva nyitott be az előtérbe, mintha kisgyermek lett volna a házban, aki éppen elaludt. Nagyon bántotta a délutáni eset, és sehogy sem sikerült túltennie magát rajta. Legszívesebben odarohant volna kisfiához és csak ölelte, ölelte volna szó nélkül.

Csend volt.

Már nem üvöltött az a rémes zene az emeletről, csupán a nappaliból szűrődött ki halkan egy agyonjátszott televízióreklám zaja. Ratio hasonlóan hevert a kanapén, mint ahogy Erwinnel beszélgetett.

– Anyu! – mondta, amint észrevette a tőle nem messze toporgó Myriamot. – Mit állsz ott? Gyere, ülj le – tápászkodott fel, majd odébb csúszott.

Nem kellett sokáig unszolni, egyből fia mellé telepedett.

– Hogyhogy itt nézed? Mindig a szobádban szoktad – próbálta elkezdeni valahogyan a beszélgetést.

– Ez sokkal nagyobb – nézett anyjára –, és most nem foglaltad el.

– Fiam, tudod, hogy bármikor tévézhetsz itt is, amikor csak akarsz.

– Hogy voltál képes beszélni neki az alvásproblémáimról? – tért a tárgyra határozottan, de meglepően higgadtan. – Egy idegennek.

Myriamnél kis híján eltört a mécses. Halkan, akadozva kezdett hozzá, mint a kisgyermek, mikor szülei előtt felel helytelen tetteiért.

– Fiam. Én úgy szégyellem magam, de hidd el, hogy csak segíteni akartam. Nem tudok értelmes magyarázatot adni arra, amit tettem. Az egész csak egy hirtelen jött ötlet volt, de... én sohasem akartam ártani neked. Kérlek, bocsáss meg! Bármit megtennék érted, fiam! Bármit!

– Tudom – suttogta a fiú, miközben könnybe lábadt szemekkel bámulta a képernyőt. – Semmi gáz.

– Megölelhetlek? – kérdezte vágyakozva édesanyja.

– Inkább ne! – nevette el magát Ratio, és felhangosította a tévét Nem azért tette, hogy lerázza szentimentális édesanyját, még csak nem is figyelemelterelésnek szánta. Sokkal megfontoltabb oka volt rá. Végre kezdődött az, amire egészen addig várt. Amiért végigszenvedett egy rakás idióta reklámot és híradást. Elkezdődött az Interview.

– Jaj, ne! – sóhajtott fel Myriam. – Már megint ez a ficsúr. Már a lapok is hetek óta csak róla írnak.

Gondolta, megragadja a lehetőséget, hogy témát váltson.

– Remélem, hamar elunja majd magát és nem marad sokáig.

– Shhh... – intette csendre anyját hevesen, s a képernyőre tapadt.

A szalagcím a következőt hirdette:

„Újabb kastély az uradalomban, avagy elkészült Lord Cycle legújabb luxus kéglije"?

A képernyőn egy újabban felkapott – rendkívül csinos és fiatal – celeb-riporter hölgy volt látható, amint egy pálmafákkal tűzdelt strand közelében kérdezget egy fiatalembert. A riportalany sportos testalkatú, nem túl magas, viszont roppant jóképű fickó volt. Amolyan tipikus médiasztár alkat. Az a fajta, akiről képtelenség elsőre eldönteni, hogy huszonöt vagy harmincöt éves-e. Szűkített, testhezálló pólót viselt shorttal, melyben jól kirajzolódhatott formás izomzata. Haja elegánsan hátra volt nyalva, s rövid, fazonra nyírt szakáll kontúrozta az arcát.

Szemlátomást már kényelembe helyezte magát az állítható napozóágyon, mint akit egyáltalán nem érdekel, hogy veszi-e a kamera vagy sem.

– Én is köszöntöm az Egyes Csatorna nézőit. Élőben jelentkezünk a napsütötte Miami Beachről. Itt ül velem szemben Daniel A. Cycle, a TCS International tulajdonosa, playboy, költő és milliárdos iparmágnás, aki az utóbbi időben leginkább kalandos utazásairól, züllött életviteléről és vad partijairól vált híressé.

NY-1: Elsőként hadd kérdezzem meg tőled azt, ami mostanában talán mindannyiunk fantáziáját megmozgatta. Az utóbbi időben rengeteg hamis Facebook- és Instagram-oldal látott napvilágot a neveddel, vagy legalábbis veled kapcsolatban. Ezek nagyrésze nevetséges, de van köztük néhány, ami rendkívül nagy követési rátának örvend. Itt van például a „Lord Cycle Official", ami már csaknem húszmillió követőre tett szert, nem egészen egy év alatt.

Daniel: Semmi közöm hozzá, sem a többihez.

NY-1: Komolyan mondod?

Daniel: A cégem jelen van a legnépszerűbb közösségi oldalakon, de ez mind csak marketing. Szakemberek foglalkoznak vele. Engem hidegen hagy.

NY-1: Tehát itt és most, élőben kijelented, hogy Daniel A. Cycle személyesen nincs jelen egyetlen egy közösségi oldalon sem.

Daniel: Egészen pontosan.

NY-1: Hát ez elképesztő.

Daniel: Soha sem érdekelt a közösségi média. Mindig is utáltam mások életével foglalkozni, és ez most sincs másképp. Nem érdekel, merre jártak, mivel foglalkoznak, kivel vannak együtt, mi érdekli őket. Van saját életem, és éppen ezért nem zúdítom rá másokra. Nem várok el többet tőlük, mint saját magamtól. Engem nem érdekel az ő életük, így én sem untatom őket az enyémmel. Így is tudom tartani a kapcsolatot mindenkivel, aki csak fontos számomra.

NY-1: Ezek szerint szándékosan kerülöd a nyilvánosságot. Így már nem is csodálom, hogy ez az első élő szereplésed a közmédiában.

Daniel: És remélem, hogy az utolsó is.

NY-1: Akkor evezzünk kicsit mélyebb vizekre. Nemrég jelent meg egy versesköteted „Visions" címmel, melyet ugye Lord Cycle néven adattál ki. Nos, az irodalomkritikusok nem voltak éppen elragadtatva tőle. Volt, aki azt nyilatkozta, idézem: „Ez a förmedvény sohasem láthatott volna napvilágot, ha nem lenne pénze saját kiadóra...". Ehhez mit szólsz?

Daniel: Megköszönöm, hogy időt szánt rá.

NY-1: Te költőnek tartod magadat?

Daniel: Oh, nem. Dehogy is. Én sohasem leszek költő, de az ükapám, Lord Adam Cycle – akiről a második nevemet is kaptam – az volt. Gyönyörű verseket írt, melyeket sohasem adtak ki, én pedig túlságosan becsülöm őket ahhoz, hogy ezt megtegyem. Elvégre ez az én örökségem.

NY-1: Értem... Ha már itt tartunk, sok kritikus – és velük együtt más olvasók is – nehezményezték, hogy „Lord"-nak titulálod magad a nyilvános médiában. Egyesek úgy gondolják, hogy ennek pejoratív, lekicsinylő üzenete lehet az emberek felé. Mintha felsőbbrendűnek állítanád be magadat. Erről mit gondolsz?

Daniel: Szerintem a legtöbb ember pontosan tudja, hogy ez csak egy művésznév. Egyfajta tisztelet, vagy inkább hála, amit így próbálok leróni ükapám emléke előtt, aki nem mellesleg Rivercastle alapítói közt volt. Többek között ezért is akarok hazaköltözni. Persze kötekedők mindig is akadnak majd.

NY-1: Hát akkor térjünk is rögtön a tárgyra. Mennyibe került összesen a Rivercastle-i villa? Ez egy kiterjedt villakomplexum. Jól tudom? Amit Iwood Hills-en kezdtek el építeni... Mikor is kezdődött?

Daniel: Három éve.

NY-1: Három éve, tavasszal kezdték el építeni, és mára már költözhető. Szóval, hogyan sikerült ilyen rövid idő alatt egy ekkora tervet megvalósítani és mennyibe fájt?

Daniel: Leszögezném, hogy még nem készült el teljesen. Maradtak kisebb utómunkálatok, de májusban már be szeretnék költözni. És hogy mennyi volt? Nos, szerintem a lényeg, hogy ki tudtam fizetni.

NY-1: Körbeutaztad a világot, és szinte minden nagyvárosban vannak ingatlanjaid, nyaralóid. Mikor pattant ki a fejedből, hogy mégis hazaköltözz a szülővárosodba?

Daniel: Már régebben is gondoltam rá, de csak az építkezés kezdete előtt pár évvel fogalmazódott meg bennem tisztán, hogy haza kell mennem és helyre kell állítanom az őseim hagyatékát.

NY-1: Ezt nem igazán értem, hiszen – ha jól tudom – szinte egész Iwood Hills-t fel kellett vásárolnod az ott lakóktól, még a Chapel streetből is sikerült lecsippenteni a cégednek egy szakaszt, pedig az közterületnek minősül. Nem tudom, ez hogy volt lehetséges jogilag, viszont több közszereplő és politikus is úgy gondolja, hogy Iwood Hills kisajátítása szembement a kapitalizmus és a szabadverseny eszméivel.

Daniel: Szembemegy a kapitalizmussal, hogy olyan árat kínálok – egyébként szinte teljesen elértéktelenedett földekért –, amit nem tudnak visszautasítani? A sokszorosát fizettem ki azokért a telkekért, mint amennyit legjobb esetben is kaphattak volna értük a tulajdonosaik. Ekkora gond, hogy pénzt raktam a helyiek zsebébe? Szerintem csak jót tettem a közösséggel, nem beszélve arról, hogy Iwood Hills a város legelmaradottabb része volt, minden szempontból. Mocskos volt és igénytelen, most pedig egy látványosság. A polgármester repesett az örömtől, mikor felvázoltam neki a tervemet, és biztosított, hogy mindenben a segítségünkre lesz, mert ő a városa érdekeit nézi. Ezután sem fogok felhagyni az utazással, de az biztos, hogy több időt fogok otthon tölteni. Ami viszont a legfontosabb ebben az egészben, azt még a helyiek közül is csak kevesen tudják.

NY-1: És mi lenne az?

Daniel: Iwood Hills múltja. Az én rég elfeledett örökségem.

NY-1: Ezt kifejtenéd pontosabban a nézőknek?

Daniel: Mint mondtam, az ükapám is részt vett a város alapításában, még a gyarmatosítás idején. Európai nemesi család sarjaként fontos és megbecsült tagja volt a közösségnek. A mai Iwood Hills – ami akkor még Ivanwood volt – is az ő birtokai közé tartozott. Ez persze feledésbe merült a függetlenségi háborúval, ami porig rombolta és teljesen kifosztotta a területet, melyet jóval később a helyi önkormányzat jegyzett be, mint köztulajdont, s osztotta fel kis, egyenlő parcellákra. Tehát világosan fogalmazva – hogy a kedves nézők is megértsék –, egyszerűen államosították az őseim földjét. Nem tudom, ez mennyire egyezik a kapitalizmus szent eszméivel. Persze utólag egyenként eladták a telkeket, de ez nem változtat a tényen, hogy az a terület valaha a családom tulajdona volt, beleértve a mai Chapel streetet is. Remélem, elég alaposan és érthetően kifejtettem.

NY-1: Nos, igen. Ez egy eléggé érdekes teória volt. Térjünk vissza picit a piszkos anyagiakhoz. Ha jól tudom, a TCS nincs bejegyezve a tőzsdén, így te vagy a vállalat kizárólagos tulajdonosa. Ez rendkívül szokatlan egy világméretű multicégnél. Mégis hogyan lehetséges ez?

Daniel: Hihetetlen, hogy egy nagyvállalat nem szorul befektetőkre? Nos, a mai világban... Talán igazad van, de a családunk mindig is stabil lábakon állt.

NY-1: Értem. Azt már megbeszéltük, hogy kerülöd a médiát és a közönségi felületeket, mégis rengeteg tartalom kering rólad a neten. Fényképek, videók, amelyeken egyértelműen te vagy látható, még ha nem is te terjesztted őket. Rengetegen követik, ahogyan „körbebulizod" a világot, és ez nagyon sok fiatalra van hatással világszerte. A lapok is rendszeresen cikkeznek rólad az utóbbi időben. Egyszóval, akaratod ellenére celeb lettél. Hogyan éled ezt meg?

Daniel: Hívd, ahogy akarod. Én csak élem az életemet.

NY--1: Itt a kezemben egy netes felmérés eredménye, miszerint az amerikai szülők nagy többsége ellenzi, hogy gyermekük téged kövessen. A legtöbben hedonista és züllött életviteledre hivatkoznak. Szerintük ez kifejezetten rossz irányba mozdíthatja el a kamaszok még amúgy is képlékeny gondolkodásmódját, akik egyébként is hajlamosak a lustaságra és egyre kezelhetetlenebbek. Te hogy látod ezt, milyen példát mutatsz a fiatalok számára?

Daniel: Semmilyent. Nem mutatok nekik példát, de a szüleik jól teszik, ha nem engedik meg nekik, hogy kövessenek. Az ő felelősségük, hogy megtanítsák a gyerekeiket arra, hogy jó dolgokkal foglalkozzanak. Ha jó dolgok történnek az életedben, nem a másikéval fogsz törődni.

NY-1: Na jó, de tényleg egyetértesz velük? A világon csak kevesen élnek úgy, mint te. Őszintén. Volt már, hogy tényleg meg kellett dolgoznod bármiért is az életben?

Daniel: Senki sem él úgy, ahogyan én, de a kérdésedre a válasz: nem. Sohasem dolgoztam meg semmiért. Nem szeretek dolgozni, és Istennek hála, nem is kell. Igyekszem a lehető legaktívabb lenni. Sok minden érdekel, és sok mindent csinálok, de ez nem munka, inkább mód vagy lehetőség arra, hogy meg tudjak ragadni dolgokat.

NY-1: Szóval ha neked kellett volna felépítened a TCS-t a semmiből, akkor most nem létezne. Jól mondom? Sosem éreztél vágyat arra, hogy valamit létrehozz? Úgy értem, csak te, magad. Segítség nélkül. Háttér nélkül. Valamit, amit igazán a magadénak mondhatsz.

Daniel: Létezik, és az enyém.

NY-1: Te könnyen beszélsz, nem mindenkire hagy egy multimilliárdos céget az apja, viszont milliók dolgoznak meg keményen nap mint nap azért, amijük van.

Daniel: Az ő dolguk. Én nem szólok bele.

NY-1: Nekik nincs más választásuk, míg te azt a pénzt szórod a világ körül, amit a szüleid kerestek meg. Úgy tudom, hogy még a saját céged sem alkalmazott soha, tehát egy dúsgazdag munkanélküli vagy. Nem gondolod, hogy mindez még tovább növelheti a feszültséget veled kapcsolatban?

Daniel: Mindenkinek van választása. Ha nem lenne, akkor felelősséget sem kellene vállalnunk a tetteinkért. A vállalatomat kiváló szakemberek irányítják, így teljesen feleslegesnek tartom, hogy foglalkozzam vele. Amit pedig a szüleim vagyonának elpazarlásáról mondtál, nos, az szintén nem állja meg a helyét. Mindent, amit csak körülöttem láthatsz, én hoztam létre.

NY-1: Ezt most hogyan kéne értenem? Te magad mondtad, hogy sohasem dolgoztál meg semmiért, amid van.

Daniel: Elmagyarázom. Te azt mondod, hogy a családom vagyonát költöm, és ez így is van, csakhogy ezzel pont a lényeget téveszted szem elől. Magam vagyok a családom. Ha a családom gazdag, én vagyok gazdag. Ha szegény, én vagyok szegény. Azonosultam velük az által, hogy elfogadtam az örökségüket. Mindannyian öröklünk. Te is, én is, mindenki. Ez egy adottság. Egyfajta sajátos emberi tulajdonság. Egyénként részesülni az egészből. Mindannyian részesülünk a családunk, a nemzetünk... még az emberiség kollektív örökségéből is. Elítél bárki egy magas embert, mert nagyobbra nőtt az átlagnál? Sőt, sokan bálványozzák őket, pedig semmit sem tettek azért, hogy ezt elérjék. Egyszerűen beléjük van kódolva a termetük. Ez a genetikai örökségük. Egy adottság, amit senki sem kérdőjelez meg. Viszont ha valaki vagyont örököl, mindjárt felmerül a kérdés, hogy megérdemli-e, megdolgozott-e érte. Nem értem, miért. A pénzem és minden, ami vele együtt jár, ugyanúgy a részem, mint Kobénak a magassága.

NY-1: Tehát akkor ezt értsem úgy, hogy te a családod, a felmenőid, sőt az egész emberiség elért eredményeit magadnak tulajdonítod, csak mert te is ember vagy?

Daniel: Bizonyos értelemben. Az adottságaink szerint érvényesülünk az életben, és minden, amit csak örököltem – a genetikám, a tudásom, a pénzem –, csupán adottság. Te is részesülsz mindezekből. Ha az én családom örökségéből nem is, de a sajátodéból, a nemzetedéből és az emberiségéből egészen biztosan.

NY-1: Talán részesülök, de nem ugyanúgy. A szüleimtől örökölök, ez igaz, de mit ad nekem a nemzet vagy az emberiség a mindennapokban? Én is ember vagyok, mint te, még sincs annyi pénzem vagy lehetőségem, mint neked. Nem tehetem meg, hogy egész évben csak utazgassak vagy bulizzak. Nem kapok többet annál, mint amit magamnak teremtek meg.

Daniel: Csakugyan? A pénz és a pozíció határozna meg mindent? Akkor hadd kérdezzek tőled valamit! Vegyük például George Washingtont. Mit gondolsz, az ő akkori anyagi javainak reálértéke több volt, mint amivel most te rendelkezel?

NY-1: Egészen biztosan. Köztudottan vagyonos ember volt.

Daniel: És nem mellesleg az ország legelső elnöke. Tehát gazdag és befolyásos, veled ellentétben. Ebben megegyezhetünk, igaz?

NY-1: Ezek tények. Hová akarsz kilyukadni?

Daniel: Neki volt olyan okostelefonja, mint ami most a te combodat nyomja? Felhívhatta vele a családját a Föld másik feléről? Vezethetett autót, vagy repülhetett? Sokkal gazdagabb volt nálad, nagy befolyással bírt, mégsem tehette meg ezeket. És miért? Mert ő még nem részesült abból, amiből te már igen. Gondolhatod úgy, hogy végül is te vetted meg a mobilodat. Pénzt adtál érte, amiért megdolgoztál, de legyünk őszinték. Létre tudnád hozni ezt a készüléket magadtól? Van bármi közöd hozzá, vagy azokhoz, akik kitalálták, megtervezték, megteremtették? Lássuk be, bármennyi pénzed is lenne, képtelen lennél rá, hogy akár csak hasonlót is létrehozz, mint a telefonod. Nem vagy rá képes, ahogyan Georgie sem volt akkoriban. A jó hír viszont, hogy neked nem is kell, mivel már megtették helyetted mások. Olyan embertársaid, akikhez bár – a faj egyetemes kötelékén kívül – semmi nem köt, mégis nap mint nap élvezed munkájuk gyümölcsét. Ez az emberiség kollektív öröksége, melyből mindannyian részesedünk. De van nemzeti örökségünk is. Ebből már nem mindenki részesülhet, csak a honfitársaink.

NY-1: Óh, igazán, még ez is itt van nekünk?

Daniel: Mikor az amerikai sportolók olimpiát vagy VB-t nyernek, miért kiáltjuk, hogy „Nyertünk!"? Mégis mi közünk hozzá? Mi nyertük meg? Mi készültünk fel a versenyekre? Beletettünk bármit is? Nem, de mégis magunkénak érezzük. Mikor az iskolákban az Egyesült Államok történelméről tanítanak, miért beszélnek „rólunk"? Tettünk mi bármit is? Talán ott voltunk? Te ott voltál? Én azt mondom, igen! Én azt mondom, hogy mindenki ott volt, aki azonosul azokkal, akik akkor ott voltak; azzal, amit akkor ők tettek. Mert egy nemzet vagyunk, s a nemzeti öntudatban eggyé olvadunk!

NY-1: Nos... ezt még sohasem hallottam senkitől így, ahogyan most tőled. Végül... Mit gondolsz, mire van szükség a boldog élethez?

Daniel: Az élethez nem kell más, csak erő és idő.

6.

– Tőlem mindkettőt megkaphatod... – visszhangzott Darius hangja a teremben.

– Erre parancsoljon! – mondta az udvarmester, miközben csaknem földig meghajtotta magát, és hosszú, vékony kezét az éppen nyíló, díszes arany ajtószárnyak felé lendítette.

– Őfelsége, a herceg! – dübörögte bentről egy másik, oktáv-okkal mélyebb hang.

Mire felocsúdott, már a fényes trónterem kellős közepén állt.

A szinte áttetsző burkolatú padlózatot színpompás szőnye-gek tarkították, s a magas falakról is mindenütt gazdagon díszített kárpitok lógtak le. Mellettük végig kisebb-nagyobb zászlók lengedeztek és címerpajzsok sorakoztak, mind-mind különböző méretben és elrendezésben, látványuk mégis meglepően szabályosnak hatott. A falak menti márvány-, gránit- és alabástro-moszlopokon ősi hieroglif írásjelek futottak végig, talapzatuktól a tetejükig. Hatalmas csillárok ragyogták be a tág teret, de a legvilágosabb kétségkívül maga a trónszék volt, melynek aranyló felületét mindenütt drágakövek ékesítették. Mellette – vagy inkább alatta – mindkét oldalon egy-egy alak hajolt meg olyannyira, hogy az arcuk nem látszódhatott, de ez egyáltalán nem számított.

Egyikőjük sem számított.

Csak az, aki magasan felettük foglalt helyet.

A hatalmas úr, a király, a teremtő, kinek a neve...

– Ratio! – törte meg a méltóságteljes csendet Darius. – Drága fiam, csakhogy végre itt vagy nálam!

Úgy pattant ki trónszékéből, akár egy akrobata, mikor egyik hágcsóról a másikra lendül át, s már a fiú vállain is voltak a kezei. Hímzett királyi palástja és fehér selyemruhája még lebegett utána.

– Nem is tudod, mekkora öröm számomra hogy végül is eljöttél s végre szerény hajlékomban üdvözölhetlek. Remélem, hogy nem vetted zokon a múltkori kis közjátékunkat, de meg kellett bizonyosodnom róla, hogy te vagy az, akit olyan régóta kerestem.

Ratio fejébe hirtelen visszatért a reggeli emlékfolyam, és a múlt kristálytisztán kapcsolódott össze a jelennel. Előtte volt minden. Darius öltönyben – hogyan is felejthette el? –, amint épp a sarkon várja. Ahogy leszólítja. Az egész párbeszéd, majd a zuhanás... Az ébredés!

Látta az érzéseket, még a gondolatokat is. Mindent, amit csak aznap az iskolában csinált. Az elégtelen történelemből, amiért nem vett tudomást róla, hogy felelni hívják, vagy az igazolatlan órát, amit a hiányzó felszerelése miatt kellett végül a folyo-són töltenie. Tisztán emlékezett az arcokra, a mozdulatokra, a hangokra, a saját kába tekintetére a mosdó tükrében. Újraélte napjának minden apró momentumát, vagy talán... csak akkor élte át őket igazán. Összeállt a kép. A múlt, akár egy kirakott óriás puzzle – milliónyi darabkájával –, terült végig elméje széles asztalán. Minden a helyén volt.

Minden, egyetlen aprócska elemet kivéve, s ez a részlet amennyire kicsinek és jelentéktelennek tűnt, annál szembetűnőbb volt hiánya. Egy hiányzó darabka a kirakósban pedig így vagy úgy, de mindig kérdéseket vet fel.

Hogyan került ide?

Tudta, hogy Darius palotájában van, de arról semmiféle emléke nem volt, hogy hogyan jutott oda. Mi történt, mielőtt a trónterembe lépett volna, és hol van ez a hely egyáltalán? Milyen messze van az otthonától? Rivercastle-ben biztosan nem lehet. Ki, vagy kik hozták ide, ha egyszer azt sem tudja, hogy merre van? Lehet, hogy tudta, csak nem emlékszik? De miért? Mi történhetett vele, és vajon milyen régóta lehet távol?

Ilyen és ehhez hasonló gondolatok kezdtek cikázni az agyában szerteszét, majd lassacskán – szinte észrevétlenül – egyfelé vették az irányt, mígnem pályájuk teljesen megegyezett.

Bedrogozták!

Hát persze, efelől semmi kétség! Máskülönben hogyan hozhatták volna ide a tudta nélkül? Hogy lehet, hogy az égvilágon semmire sem emlékszik az egészből? Még át is öltöztették ebbe a maskarába! Ki tudja, mi mindent csinálhattak még vele, amíg nem volt magánál!

Rengeteg hasonló esetről értesült már a médiából. Fiatalokról, akiket tudtuk nélkül raboltak el – még saját otthonukból is. Többször hitte már úgy, hogy ő is áldozat.

Az egyik legrosszabb álma – még tinédzserkora elejéről – az volt, hogy csatak részegen bolyong az éjszakai város üres utcáin, próbálva valahogyan hazajutni, bár ez egyre reménytelenebbnek tűnik. A legijesztőbb az egészben az volt, hogy azelőtt került már néhányszor erősen illuminált állapotba, s ilyenkor képtelen volt eldönteni, hogy álmodik-e vagy ében van. Ebből kifolyólag álmában sem lehetett egészen biztos benne, hogy csakugyan alszik-e, vagy éppen a hideg utcákat rója egyedül. Ilyenkor mindig attól rettegett, hogy elesik, beveri a fejét, vagy csak szimplán eszméletét veszti és megfagy egy árokban.

Akkor megkönnyebbülve riadt fel a lidércnyomásból, de még hónapokkal később is foglalkoztatta a gondolat: Mi van, ha tényleg megtörtént?!

Bedrogozták!

Efelől már semmi kétsége nem maradt – de vajon mikor? Utolsó emléke – a palota előtt –, hogy a kanapén fekve nézi a tévét. Az elrablóinak be kellett hatolniuk a lakásba. Az anyja vajon hol volt ezalatt? Lehetséges, hogy őt is...

Ekkor vette csak észre.

Abban a röpke pillanatban tűnt csak fel neki – mintegy véletlenül – az, ami talán az egész trónteremben a legfeltűnőbb volt, neki valamiért mégis egészen addig elkerülte a figyelmét.

Az alakok, akik Dariussal voltak. Nem voltak emberek!

Emberszabásúak voltak ugyan, két lábon álltak, még díszes ruhákba is voltak bújtatva, mint a királyi cselédek, de az arcuk!

Mindnek torz volt, és mindegyiket máshoz lehetett volna hasonlítani. Az egyiknek talán láma, vagy meg inkább teve-ábrázata volt.

Ez ragadta meg legelőbb Ratio figyelmét.

Nagy, tagbaszakadt testalkatával egyből kitűnt a többiek közül. A fiú biztosra vette, hogy ő volt az, aki korábban fennhangon hercegként jelentette be.

A másik három jóval kisebb volt nála. Az „udvarmester" – aki a kapun beinvitálva hajbókolt neki – például kifejezetten sovány figura volt. Mintha keskeny vállából nem is karok, hanem csápok nőttek volna ki, olyan hosszan, hogy álltában is majdhogynem a padlót kaparták. Groteszk testénél csak feje volt rémesebb, mely egyfajta rovaréra emlékeztetett. Ratio számára olyannak hatott, mint valami nagyra nőtt, szárny nélküli éjjeli lepke.

A harmadik fickó arca volt leginkább emberéhez hasonló keskeny, éles vonásaival. Homogén, sötétkék bőrének egybeolvadó felületéből szinte kivehetetlen volt jellegtelen szája, az orra is alig, viszont fehéren izzó szemei rikítón vibráltak üregükben. Mintha tiszta energia áramlott volna belőlük.

A negyedik lényből szinte semmit sem látott, mégis nyilvánvaló volt a jelenléte. Csupán egy sötét, hosszúkás, keskeny csőr meredezett Darius válla mögül. Íves volt és hegyes, mint valami veszedelmes fenevad kifent karma, mely csak arra vár, hogy végre körülöleljék áldozatának gyenge szövetei.

A pánik alattomos kígyóként tekeredett végig a fiú nyakán lassan, nesztelenül, míg végül érezte, hogy szusszantnyi ereje sem marad.

Fuldoklott.

Szemeire egyre sötétebb homály ereszkedett, lábai kezdték végleg felmondani a szolgálatot, egész testében reszketett. Ösztönösen tudta, hogy pillanatokon belül össze fog csuklani, de Darius megszólalt:

– Nyugalom!

És ettől az egyetlen szótól minden megváltozott. A homály szertefoszlott, légzése és pulzusa lecsillapodott.

Nyugalom.

Ennyi volt csak, mégis mintha abban a pillanatban áramütésszerűen futott volna végig testén az eufória, a legutolsó idegvégződéséig.

– Nem kell félned tőlük – folytatta Darius. – Ők a szolgáid. Egyszerű alattvalók.

Szavaiban egy uralkodó méltósága és egy apa törődése csengett, mégis volt benne valami különösen idegen. Valami, amit Ratio ismert ugyan távolról, de a valóságát mégsem tapasztalta meg korábban. A felsőbbrendűség visszhangjai pattogtak szanaszét – mint ezernyi láthatatlan gumilabda – a teremben. Mire az utolsó darabka is elhalkult, Ratio már a fellegekben járt.

Félelem, pánik, szorongás.

Talán soha nem is élt át ilyesmit. Gátlásai úgy hulltak le róla, mint pipacsról a szirom. Szabadnak érezte magát, igazán szabadnak. Mintha csak otthon lenne.

– Hogyan hoztál ide – kérdezte csodálkozva –, és mikor?

„Akkor este..." – dongott újra a fülébe.

– Ah... hát persze, hiszen megbeszéltük.

– Én pedig roppantul örülök, hogy nem feledkeztél meg róla! – vágott közbe pajkosan Darius, széles vigyorával az arcán. – De kérlek, ne ácsorogjunk itt tovább! Foglalj helyet!

Ahogy ezt kimondta, Ratio már érezte is, mintha egy láthatatlan erő finoman hátralökné. Próbálta megőrizni az egyensúlyát, de hiába. Szépen belehuppant a puhán kipárnázott, piros bársonybevonatú karosszékbe.

– Így mindjárt jobb! – mondta Darius a kis kávézóasztalka mögül, miután beleszürcsölt illatos gyümölcsteájába. – Sokkal, de sokkal jobb! Neked hogy ízlik? Csak bátran, bírom a kritikát!

– Fantasztikus! – fakadt ki Ratio. – Az aromája... és ez az íz! Sosem éreztem még ennyire intenzíven a gyümölcsöket! Komolyan mondom, ez elképesztő! Nem ittam még ennél finomabbat! Hogy csináltad?

– Ugyan, ugyan – mondta szemérmeskedve Darius. – Elkényeztetsz. Ez az egyszerű kis lötty csak egy apró kis morzsája mindannak, amit létrehoztam.

Langyosan simogató szellő futott végig a tágas teraszon, ahonnan gyönyörű kilátás nyílt a franciakertre. Sövényszobrok sorai díszítették minden szegletét. A közepén egy XVI. Lajos korabeli szökőkút, melyből mesterséges patakocskák csobogtak a szélrózsa minden irányába, majd szét-szétválva hálózták be az egész területet. A gyep, a bokrok és fák mérnöki pontossággal voltak metszve, a színük pedig olyan harmóniában olvadt öszsze, akár egy mesterien megkomponált szimfónia hangjai. Ezt koronázták meg a virágok milliói, melyek rikító ékszerként tündököltek a lemenő nap meleg sugaraiban.

– Látom, kedvedre való a panoráma – mondta lágyan, csendesen Darius, szinte suttogva. Nem akarta kizökkenteni az ámuldozó fiút a hatás alól.

– Bámulatos... – válaszolt Ratio kis szünet után sóhajtva. Teljesen magával ragadta a látvány. Nem értette, mégis természetes volt számara minden. Egyáltalán nem zavarta, hogy egyik pillanatról a másikra változott meg körülöttük a helyszín, az öltözékük, de még a frizurájuk is. Darius tizenyolcadik századbeli fehér parókája még kifejezetten tetszett is neki, a saját korabeli francia kabátja nemkülönben. Olyan volt számára mindez, mintha csak kapcsolgatnák a televíziót. Egy gombnyomás, és az ember egy másik világba csöppen. – Mindig ilyen? – kérdezte, miközben szemei folyamatosan a tájat vizslatták.

– Többnyire – lökte oda unottan Darius. – Nem mindig ilyen napos.

– Tölthetek még esetleg egy csészével felségednek? – kérdezte a pincér udvariasan, s már meg is emelte a finom porcelánkannát.

– Köszönöm – mondta Ratio meghökkenve. Nem volt biztos benne, hogy hozzá beszélnek.

A pincér kitöltötte az illatos italt, majd Darius felé fordult, aki azonban csak intett neki, hogy nem kér többet. Mire Ratio föleszmélt, már mindenfelől cselédek állták körül asztalkájukat, s mind-mind szolgálatkészen hajlongott. „Kényelmesen ül, felség?" „Hozhatom a desszertet felségednek?" „Parancsol egy szivart felséged?" Ratio csak kapkodta a fejét köztük. Teljesen össze volt zavarodva. Értette ugyan, hogy mi történik körülötte, mégis ámulatba ejtette ez a hirtelen sürgés-forgás.

– Elég! – Darius szavára mind megdermedtek, mintha egy megállított videófelvétel szereplői lettek volna. – Húzzatok a büdös francba! – Majd érezhető undorral hozzátette: – Talpnyalók!

Egy pillanat sem telt el, és újra kettesben voltak. Darius ismét Ratióhoz fordult.

– Kérlek, bocsáss meg az előbbiért, de egyszerűen nem állhatom a nyüzsgést. Egyébiránt, néha nem árt móresre tanítani ezeket a mihasznákat.

– Ők is mind a te alattvalóid? – kérdezte Ratio csodálkozva.

– A mi alattvalóink, kedvesem. A miénk! Jóllehet, én teremtettem őket.

– De hát...

– Meglep, hogy felségnek hívnak, ugyebár.

Ratio hallgatott. Nem a meglepettségtől. Egyszerűen fogalma sem volt róla, hogy mit is kellene mondania. Úgy tűnt, mintha Darius nem csak hogy belelátna a gondolataiba, de mintha előre ismerné is azokat.

– Hát szokj hozzá, haver – folytatta Darius –, mert ezen a helyen te bizony rohadtul királyi méltóság vagy! Whuu, ez az! – kiáltotta, miközben mindkét mutatóujjával Ratiót célozta meg. Szemlátomást jól elszórakoztatta magát.

Darius imádta a saját hangját, ez a kezdetektől fogva nyilvánvalóvá vált a fiú számára, ráadásul minden gond nélkül váltogatott a legkifinomultabb és a legközönségesebb figurák között.

Ilyenkor hangszíne, tónusa – de olykor még a külseje is – megváltozott kissé. A két méter magas, fekete bőrű, kosármezes alakból most egyszerre visszazökkent az elegáns, ötvenes évekbeli, öltönyös úri-gengszterbe.

– Elmagyarázom – mondta, majd szívott egy jókora slukkot cigijéből. – A dolog úgy áll, hogy bár én vagyok a király, de te vagy a herceg.

– A herceg... – ismételte Ratio halkan.

– Ennek itt – motyogta Darius cigivel a szája sarkában, s jobb kezét körbelendítve mutatta, miről is beszél.

Annak a hegynek a csúcsán voltak, ami korábban olyannyira megragadta Ratiót a teraszról. A kilátás innen még gyönyörűbb volt, mint odalentről. Látta az egész palotát. Mesébe illő tornyaival aranykoronaként tündökölt a messzeségben. A kertek palástként ölelték körbe, mintha csak egy isteni kéz alkotta nemes szövet lett volna az egész.

Fenséges látványt nyújtott.

- Ez mind a miénk - tette vállára a kezét Darius. - Az egész, ameddig csak a szemed ellát, és még tovább is. Ha akarod.

- De miért? Tudom, hogy igazat mondasz, de... Mégis ki vagyok én?

- Egy nagyon fontos személy - mondta Darius. Hangja lecsillapodott, orgánuma lágy, mély tónusra váltott. Úgy beszélt a fiúval, mintha rég nem látott barátok lennének. - Az a személy, akit talán egy örökkévalóság óta kerestem, és most végre mégis itt tudhatlak. Magam mellett.

Ratio kezdte érezni, hogy egyre jobban megszédíti a magasság, míg egyszer csak azon kapta magát, hogy feneke újra a kipárnázott bársonyszékbe huppan.

Megint a teraszon üldögéltek.

- Meg kell mondanom, nem volt könnyű bejutni hozzád - folytatta Darius a kertek felé mélázva. - Éveken keresztül próbálkoztam, de mindig újabb és újabb falakba ütköztem. Pedig másoknál milyen egyszerű! Mégis... tudtam, hogy ott vagy! - fordult a fiú felé már indulatosabban. - Végig tudtam, éreztem, hogy lennie kell valakinek, aki hozzám hasonló!

- Hozzád hasonló...

- Különleges vagy! Mi ketten... talán az egész világon csak mi ketten vagyunk. A Mindenség már a kezdetektől fogva súgta nekem, és én hallgattam rá!

- A mindenség? - kérdezte Ratio, s abban a pillanatban újra hallani kezdte, hogy forog.

- Az Örvénylő Mindenség - válaszolt Darius, s a szemei szikrákat szórtak az izgalomtól. - Te is hallod, igaz? Hallod, hogy szól hozzád. Ahogy halkan suttog.

- Nem tudom - vVálaszolt zavartan Ratio. - Nem értem, mit mond.

- Idővel meg fogod érteni - nyugtatta meg Darius. - Mindent meg fogsz érteni, ha majd elviszlek az óceánhoz. Apropó! Mégsem volt olyan érdekes az interjú azzal a kurafival, nemde?

Ratiónak egyből beugrott. Szemei előtt látta, ahogyan a kanapén terpeszkedve bámulja a TV-t. Mintha csak egy másodperc töredéke telt volna el azóta.

– Kurafival?

– Azzal a szánalmas, gazdag playboyjal. Pontosan tudod, hogy miről beszélek. Ha olyan érdekfeszítő lett volna, akkor biztosan nem alszol el rajta. – Az asztalkára könyökölve előrehajolt, és mélyen Ratio szemébe nézett. – Igazam van?

– Azt akarod mondani, hogy én...

– Ugyan már! Hiszen te is jól tudod – mosolygott Darius.

– Nem. Ez nem létezik! – Pánikszerűen kezdte vizsgálni magát és környezetét, akárcsak zuhanása után, mikor az ágyában tért magához. Felugrott székéből s vadul, kapkodva tapogatta végig testrészeit. Olyan látványt keltett, mint egy katona a harcmezőn, aki nem tudja biztosan megítélni, hogy találat érte-e. Érezte bőrén a leheletét, az ujjai lágy érintését és durva szorítását egyaránt. A szívéhez kapott. Egyre hevesebben vert.

Bármennyi hihetetlen dolgot is látott, érzett, vagy tapasztalt meg a Palotában, mégis, egyszerűen képtelen volt elhinni...

Hogy álmodik!

Az egész annyira intenzív és olyannyira valóságos volt, hogy ahhoz foghatót még soha, egyetlen múltbéli élménye sem nyújtott számára. Hiába vette körül megmagyarázhatatlan dolgok és események sokasága. Hiába volt teljes képtelenség minden, ami csak vele történt, valamiért, valahogyan végül mégis értelmet nyert ebben a fura, rejtélyes, ám gyönyörű világban.

– Egyszerűen... lehetetlen!

Egyetlen karlendítéssel lesöpörte a finoman megmunkált aranycirádákkal díszített teáskészletet az asztalkáról. A padlón szétrobbanó porcelánszemek éles csörömpölése mintegy furán megkomponált dallamként festette alá Darius önfeledt kacaját.

A fiú térdre vetette magát, de mindjárt fel is jajdult fájdalmában, amint gyönge ízületei a tükörsima gránitlapokkal ütköztek. Beletenyerelt a mindenütt szanaszét heverő nedves törmelékbe. Érezte, ahogyan az apró szilánkok áthasítják finom bőrét majd a húsába mélyednek.

Kigúvadt szemekkel bámulta az ezernyi cserép között úszó, maga alkotta, torz tükörképét.

Most sem bírta túl sokáig az a bizonyos cérna.

– Leeheeteetleeen! – ordította torkaszakadtából.

Hosszú, elnyújtott üvöltése Darius gurgulázó nevetésével s a visszhangok egyre erősödő kórusával vegyítve kegyetlen kánonként lüktetett koponyája körül. Könnyei patakokban folytak egyre kijjebb dülledő szemeiből. Úgy érezte, bármikor cafatokra robbanhat a feje, mégsem tudta levenni róla tekintetét.

Nézte.

Egyre nézte – már hangokat sem hallott, teljesen megszűnt számára a külvilág –, csak bámulta vérben úszó, lucskos képmását a padlón, míg az meg nem szólalt:

– Befejezted? – kérdezte cinikusan Darius hangján.

– Persze – válaszolt Ratio, s nekidőlt a puhán kipárnázott széktámlának. Minden helyreállt körülötte eredeti állapotába. – Bocsi. Nem szoktam ennyire kiakadni, komolyan. Csak valahogy...

– Fátylat rá! – vágott közbe szokásához híven Darius. – Az ég szerelmére, hiszen még kamaszodsz! Ráadásul a te korosztályod – lássuk be – különösen érzékeny – mondta, s úriasan belekortyolt teájába. – Igazán kár lett volna ezért a csodás készletért, nemde bár?

– Kár lett volna – válaszolt Ratio lesütött szemmel. Még mindig bántotta kicsit a dolog.

Darius felnevetett.

– Ugyan már, fel a fejjel! – kiáltotta. – Komolyan azt hiszed, hogy érdekel ez a szaros porcelán? A berendezés, vagy akár az egész palota?

Ahogy hirtelen felállt, mindjárt fel is borította az asztalt, majd megragadta súlyos karosszékét és egy laza mozdulattal bevágta az autentikusan fehérre mázolt, hosszúkás, fakeretes ablakon.

– Húú, ez az! – üvöltötte. – Rongálj csak! Törj-zúzz kedvedre!

Szüksége volt egy nagyobb lélegzetvételnyi szünetre, hogy kifújja magát, s ezzel mindjárt vissza is tért nyugodtabb modorához.

– Ezt az egészet itt én hoztam létre. Én alkottam minden egyes kis részletét, és én is irányítom. Érted már? – nézett megértően Ratióra. – Képtelen vagy kárt tenni benne.

– Hiszek neked – mondta a vágyakozva a fiú. – Mindent elhiszek, amit csak mondasz, de kérlek, magyarázd el... mutasd meg, hogy működik ez az egész, mert bárhogy is próbálkozom, képtelen vagyok felfogni! Az agyam és a testem számára minden olyan egyszerűnek és természetesnek tűnik, de a bensőm valahogy mégsem érti. Mintha az érzékelésem különbözne a tudatomtól.

– Pontosan erről van szó – mondta elégedetten Darius. – Rátapintottál a lényegre. A tudatod nem képes elfogadni a valóságot, amely körülveszi, mert más világban született és más világban is él.

– Szóval ez mégis a valóság? – vágott közbe izgatottan Ratio. – Tudtam, hogy nem lehet csupán képzelet!

– Azt kérted, hogy magyarázzam el – folytatta Darius egy tanár kimértségével –, igaz?

– Ja persze, bocsi. Folytasd, kérlek.

Darius elmosolyodott.

– Az a baj az emberi tudattal, hogy bár ő maga korlátlan, mégis könnyedén korlátok közé szorul – itt éles pillantást vetett Ratióra a szeme sarkából, s hangja is sokkal ridegebbé vált –, vagy szorítják! – fejezte be hűvösen, mint egy bíró az ítélet kihirdetését.

Ratiót nehéz, nyomasztó érzések kezdték megkörnyékezni. Az atmoszféra egyre fullasztóbbá és nehezebbé vált körülötte, akár egy ködös, őszi reggel a sötét utcákon.

– De te ne aggódj emiatt – nyugtatta meg Darius, és Ratiót ismét elhagyta a rossz kedélyállapot. – Pontosan ezért vagy itt. Hogy megtanuld ezt kezelni, mert ha ezt tudod, mindent tudsz.

„Minden..."

Ez robogott át a fiú elméjén szélsebesen, akár a TGV egy vasúti kereszteződésen. Egyre gyorsabban és gyorsabban száguldott a végtelenbe s már nem is gyorsvonat volt, hanem sugárhajtású rakéta, mely az Univerzum bármely pontjára eljuthat egyetlen szempillantás alatt. Nem állja útját sem idő sem tér, a semmiben lebeg, s a mindenséggel válik egyé.

Az óriási égitestek nem különböztek számára a legapróbb részecskéktől. Egyszerre látta a csillagokat, és az azokat felépítő elemek sokaságát. Értette kölcsönhatásukat. Azt a precíz egymásba kapcsolódást, mely az anyagot formálja s bomlasztja tökéletes egyensúlyban a kezdetektől. Nyoma sem volt káosznak vagy véletlennek. Olyan világ tárult elé, ahol a legkisebb résznek is szerepe van, s szám szerint fellelhető.

A fizika törvényei, a kémiai reakciók, a sejtek szimbiózisa, az emberi kapcsolatok, a társadalom felépítése és az egész történelem egyszerre nyert értelmet számára. Mintha valódi, legbensőbb énje mindig is birtokában lett volna ezen információknak, de valaki – vagy valami – rejtegette volna előle az igazságot.

Akár egy végtelen ismeretlenes matematikai egyenlet gyökei, úgy hevert előtte pontosan levezetve a világokat felépítő tudás összessége, s már egy különös, sosem látott helyen volt.

Egy helyen, melyet nem tölt ki sem anyag, sem űr. Ahol mindössze egyetlen vibráló fényforrás kavarog csendesen. Színpompás villanásai olykor meg-megvilágították a fiú hosszúkás, sovány ujjperceit.

Kezei közt volt a világegyetem.

– Nem is olyan nehéz kiesni belőle igaz? – szólalt meg Darius a sötétből. – Amúgy kifejezetten tetszett az a beszólásod – kuncogott fel arisztokratikus finomsággal. – Szerencsétlen portás igencsak meg volt illetődve, hogy úgy mondjam.

– Értem – mondta Ratio, kissé előredőlve székében.

Minden helyreállt körülötte, s tudta, hogy ez így van jól. A palota ablaka szebb volt, mint mielőtt Darius bezúzta; a teáskészlet tündökölt előtte az asztalon, ahogyan Darius is a karosszékében.

Minden tökéletes volt.

– Értem a világot! Az egész Univerzum működését. Kérlek, taníts! – könyörgött. – Mutasd meg, mi a célod velem!

Darius elégedetten fonta össze vaskos ujjait, s a szája széle ismét kezdett játékos ívet kerekíteni.

– Emlékezz, azt mondtam neked, hogy én hoztam létre ezt a világot, igaz? De mégis hogyan? Mit gondolsz, mivel lehetséges megalkotni egy ilyen monumentális művet?

– Az elméddel! – vágta rá a fiú.

– Igen és nem.

Az a halk, forgó hang szinte észrevétlenül csapott át egyfajta – bár Ratio által ismert, ám régen idejétmúlt – zakatolásba. A tárcsa forgott, a filmszalag pergett, az ódon vászon kopott rostjain pedig – ha olykor-olykor kissé szaggatva is – ragyogott a harmincas évek patinás mozgóképe.

Nem csak mozgott, élt is.

A díszlet adott volt, ahogy a két főszereplő is.

– Na, mit szólsz? – kérdezte recsegve Darius hangja a vetítőgép hangszórójából. – Pofás, nem igaz?

– Nagyon durva. És a hangom... Ez meg hogy a fenébe lehetséges?

Egy sötét teremből nézte a filmet, miközben valahogyan mégis ott volt a vetítővásznon. Egyszerre volt szemlélő és szereplő is. Mindent érzékelt maga körül, még ha kissé vintage stílusban is.

– Hát ez egyszerűen elképesztő!

A filmen Darius ugyanolyan magabiztosan ücsörgött összekulcsolt kézzel, mint azelőtt, s továbbra is Ratióra nézett. A gép pattogott, recsegett, s a terem akusztikája tökéletesen adta vissza a korabeli hangzásvilágot, melyet monoton, ismétlődő klimpírozás fűszerezett meg.

– Örülök, hogy tetszik a műsor – mondta Darius. – De mit gondolsz, mi teszi ezt lehetővé?

Ratio önkéntelenül a vetítőgépre pillantott, majd újra vissza a vászonra, de mielőtt bármit is mondhatott volna, Darius szokás szerint már folytatta:

– Igen. Mindenkinek ez az első benyomása. A gép és a vászon. Pontosabban: a vászon, azután a gép. Kezdetleges elődjét „varázsdoboznak" hívták, és nem véletlenül. Az akkori ember számára igazi csoda volt a mozgókép. Különös, nem? – recsegte lágyan. – Egy ilyen értelmes és kifinomult lényt, mint az ember, ámulatba képes ejteni a fény kivetülésének egyszerű játéka...

De talán nem véletlenül. Te már ismered a folyamatot, pontosan tudod, hogy a kép miként kerül a vászonra, de ha visszavinnénk ezt a filmet mondjuk kétszáz évvel korábbra, az akkori embernek felfoghatatlan lenne. Ha feltenném neki ugyanazt a kérdést, mint neked, valószínűleg így gondolkodna: „Ez a vászon csodálatos. Hihetetlen képeket produkál." De aztán felfedezné a vetítőt, végül pedig a kettő közti kölcsönhatására is rájönne. Tudásának fényében megállapítaná: „A gép hozza létre a mozgóképet, mely a vásznon válik láthatóvá." És igaza lenne. – Darius elfordította a fejét, és a vászonra vetített Ratióról kitekintett a moziteremben ülőre. – Már abban az értelemben, ahogyan neked volt...

A film hirtelen leszaladt a gépről, mely nem sokkal utána ki is kapcsolt. A tárcsa megállt, a teremre teljes sötétség borult. Ratio felsóhajtott.

– Most komolyan! Muszáj ezt mindig?

– Nem feltétlenül – kacagott Darius –, de valld be, hogy van hatása.

Azzal egy kattanás visszhangzott a teremben, mintha felnyomtak volna egy kapcsolót, s máris újra a teraszon voltak.

– Uhh, ez vakít... – takarta el szemeit Ratio.

– Ne nyafogj, mindjárt megszokod – mondta nevetve Darius. Jól mulatott, mint mindig.

– Na, szóval – kezdett hozzá újból, már kissé komolyabb hangvétellel. – Mint azt már nyilván kitaláltad, a film csupán egy metafora volt. A vetítővászon a sík, melyre az energia eltérő formákban vetül ki, ezzel létrehozva a számunkra is látható és értelmezhető képet. Vagyis a világunkat.

– Várj! Miféle sík? Hogy érted ezt?

– Mindent a maga idejében – folytatta Darius –, haladjunk csak szép sorjában. Tudtad, hogy a magyarok... ez egy kis nemzet Közép-Kelet Európában. Nincs igazán nyelvrokona és az eredetét is többnyire zavaros forrásokra alapozzák, de... Nyilván nem tudtad, hogy az ómagyar nyelvjárásban a „világ" és a „fény" szócska megegyeztek. Ugyanazt a szót használták mindkettő kifejezésére, és ez nem véletlen. Az őseik megértettek valamit a világunkból; mégpedig azt, hogy egyfajta fényből, vagyis energiából áll. Tiszta és végtelen energiából.

– Igen – mondta Ratio. – Én is láttam.

– Ha ezt érted, akkor azt is tudnod kell, hogy nem az elmém hozza létre az energiát, mint ahogyan a vetítőgép sem hoz létre filmet, csupán lejátssza azt. A kész filmet vetíti ki külső energia – esetünkben elektromosság – segítségével a vászonra. Érted már, ugye? Az elménk csak eszköz, akár ez az ócska gépezet, s bár szükségünk van rá az alkotáshoz, valójában mégsem képes alkotni önmagában.

– A mindenség... – A szó hallatára Darius egyből felkapta a fejét. – Az örvénylő mindenségből van az energia.

– Hát megértetted – mondta Darius meghatódva. – Az első pillanattól fogva tudtam, hogy különleges vagy, de nem hittem volna, hogy a tudatod ennyire nyitott. Az Örvénylő Mindenségből áramlik az Univerzum összes energiája, ám ez mind mit sem ér, ha megreked a Tiszta Síkon, s mi nem tudjuk továbbítani azt a Profán Síkra.

– A Tiszta Sík... – gondolkodott el Ratio. – Ez a világ! Ahol most is vagyunk, az álomvilág!

– Pontosan! A legtöbben ma így nevezik, régebben azonban az emberek sokkal nagyobb jelentőséget tulajdonítottak álmaiknak, mint manapság. Szinte az összes kultúrában fontosnak tartották őket. Úgy hitték, hogy alvás közben egy másik világba lépnek át, vagy legalábbis kapcsolódnak hozzá. Főként a sámánok, papok és vallási vezetők tartották lényegesnek álmaikat, akik különböző drogok segítségével, ébrenlétük közben is elő tudták idézni a kapcsolódást. Hitük szerint istenek és szellemek szóltak hozzájuk saját világukból. Nem ismerték fel, hogy valójában az Örvénylő Mindenség szólította őket különféle, elméjük által értelmezhető formákban. Az embereket mindig is foglalkoztatták az álmaik. Mióta csak léteznek, próbálják megfejteni, kifürkészni azokat. Mind a mai napig találni a könyvesboltok polcain álomfejtéssel kapcsolatos műveket, és ez sem véletlen. Az emberek még mindig vonzódnak a Tiszta Síkhoz s ezáltal az Örvénylő Mindenséghez, mely szülte őket, de az idő múlásával egyre kevésbé hallják szavát, ahogyan a két sík távolodik egymástól.

– Ezt meg kell magyaráznod. A Síkok és a Mindenség kapcsolatát.

– Ezer örömmel, fiacskám! – vágta rá Darius, s már bele is kezdett az előadásba. – A tudomány mai állása szerint a sík alsóbbrendűbb a térnél, melynek kiterjedése – ami azóta is csak növekszik – hozta létre és tette lehetővé a világegyetemünk létezését. Ez azonban így nem állja meg a helyét, mivel a tér maga a síkból született, a sík pedig egyetlen pontból, vagyis...

– Az Örvénylő Mindenségből – fejezte be a mondatot Ratio.

Darius csillogó szemekkel mérte végig a fiú jóképű arcát.

– Tehát kapiskálod – folytatta. – Mint mondtam, a tér a síkból született, a sík pedig a Mindenségből, így nem lehet felsőbbrendűbb a tér, ahogyan a fiú sem lehet nagyobb az atyánál – mondta, s hangjában egy pillanatra újra megpendültek a felsőbbrendűség magasztos húrjai. – Tehát mindaz, amit csak magunk körül látunk a világban – a tárgyak, az élőlények, a mélység és a magasság – végeredményben csupán egyetlen pont kivetülései a síkokra, amit mi térnek érzékelünk.

– És mi van a megszámlálhatatlan részecskével, amit a vízióban láttam, amik a világot alkotják? Azok is síkban helyezkednek el?

– Hadd mondjak el valamit a részecskékről. Te láttad őket. Úgy értem, láttad az anyagot, ami valójában energia. A tudósok próbálnak egyre mélyebbre és mélyebbre ásni az anyagban és egyre kisebb alkotórészeket fedeznek fel, melyek azonosak egymással. Azt is megfigyelték, hogy az anyag némelyik szinten részecskeként, némelyiken pedig hullámként viselkedik, de minél „lejjebb ásnak", annál több megválaszolatlan kérdéssel találják szemben magukat. A teljes igazság az, hogy sohasem lesznek képesek megfejteni az anyag titkát, sohasem fogják látni azt, amit mi látunk, mert rossz síkon keresgélnek. Nem tudnak átlépni oda, ahol te és én vagyunk. Senki sem tud, csak mi ketten. Egyszerűen a rossz oldalról vizsgálják a világot. Ők nem láthatják; te láttad, mégsem értetted meg.

– De mégis micsodát?

– Hogy az Univerzum tulajdonképpen egyetlen meghatározhatatlan részecske eltérően ismétlődő képe a síkokon.

Ratio elméje azonnal befogadta ezt is, akárcsak a többi tanítást. Nem csak értette, érezte és látta is maga előtt az egészet, mint minden mást, amiről Darius beszélt.

– Azt mondtad, hogy az emberek egyre kevésbé képesek érzékelni a Mindenséget. A két sík... a távolság miatt.

– És ez pontosan így is van – mondta Darius. – Ahogyan a síkok távolodnak egymástól, pontosabban a Profán Sík a Tisztától, az emberek úgy válnak egyre érzéketlenebbé a Mindenség irányába. Ezért váltál te is ilyenné.

– Ezt mégis hogy érted? – kérdezte Ratio szemeit lesütve, mert valójában tudta a választ.

– Mielőtt találkoztunk, próbáltál racionálisan gondolkodni, és ennek fényében véleményt alkotni a téged körülvevő világról. Ez eléggé ritka, szinte kivételes a te korodban, de mindketten tudjuk, hogy nem véletlen. Menekültél...

– Csak azt ne mondd, hogy önmagam elől! – vágott közbe cinikusan Ratio.

– Önmagad elől!? – legyintett Darius, ahogyan a tanár lesajnálja diákja tudatlanságát. – Ugyan, dehogy. Az elől, ami születésed óta követ téged. Ami bár nem te vagy, az idők során szépen lassan mégis a részeddé vált. Jól mondom?

Ratio nem válaszolt. Úgy érezte, hogy nem lenne rá képes abban a pillanatban, Darius pedig most sem habozott folytatni.

– Semmi baj – mondta szelíden. – Pontosan ezért vagy itt. Hogy ne menekülj tovább, hanem hogy elfogadd azt, a mi a tiéd. Fogadd magadba az örökséged.

– Úgy érted...

– Úgy. Én fiammá fogadlak téged. Nevellek, tanítalak, és vigyázok rád. Megadok neked mindent, amit apa híján eddig nélkülöznöd kellett; mi több, te leszel a herceg a birodalmamban ahogyan már mondtam is neked. – Darius kinyújtotta felé nagy, vaskos kezét, s szemei sosem látott dicsőséget és hatalmat sugároztak. – Hogyha te is így akarod.

– Semmit sem akarok jobban! – válaszolt meghatódva Ratio, s abban a pillanatban ezt valósággal így is gondolta. Darius mosolya szívderítőbb, de egyben sejtelmesebb is volt, mint előtte bármikor. Ahogy Ratio ránézett, akaratlanul is tudta, hogy élete egy új szakaszához érkezett, mely már rajta keresztül vezet tovább az ismeretlenbe. Nem lesz többé egyedül a gondjaival és terheivel. Nem kell többé félnie, mikor a bizonytalanság keskeny, billegő pallóján egyensúlyoz. Már lesz, aki támogatja. Aki vezeti. Aki vigyáz rá!

– Mi hamarabb megtartjuk a ceremóniát, de előtte még teljesen meg kell válaszolnom a kérdésedet.

– Melyiket? – kérdezte Ratio, amint felocsúdott mámorából. Ha ő meg is feledkezett róla, Darius biztosan nem. Ő mindenről tudott és semmit sem felejtett, akár egy istenség, s Ratio szemében is egyre inkább annak tűnt.

– Egyes elméletek szerint az emberiség fokozatosan veszíti el a természetfeletti érzékelésének képességét, és ebben többnyire igazuk is van. Nem gondolkodtál még el azon, hogy az általános nézetek, a hitvilág hogyan változhatott meg ilyen drasztikusan az idők folyamán? Történelemből tanultad, hogy a régiek menynyire és milyen sokféleképpen tisztelték úgynevezett isteneiket. Hittek a Teremtésben és a Teremtőkben. Senkinek sem volt kétsége a felől, hogy ez a sokrétű világ ezen formájában nem jöhetett létre pusztán véletlenül, az életről nem is beszélve. Ma mégis ez a legelfogadottabb hipotézis – emelte meg csészéjét. – Gratulálok hozzá! És ami még borzasztóbb: tudományra és a tapasztalataikra alapozzák az egészet, nem tudván, hogy csak a felszínt kapargatják, amit sosem fognak átszakítani. Ugyanis minden, amit csak látni, érzékelni vagy tapasztalni képesek abban a világban, az mind-mind csak a felszín, és sosem lesz más. Azt állítják, hogy őseik, csekély tudásuk végett, kénytelenek voltak mítoszokkal, legendákkal és vallással kitölteni azt a jelentős méretű űrt, melyet ismeretlennek neveznek, mert ugyebár „ahol a tudatlanság vet, ott a képzelet arat". Mondják ők. Ők, akik az anyagot és a megszerzett tudást vakon imádják! Hát elmondom neked, hogy mennyire rohadtul tévednek! Fogalmuk sincs róla, hogy amit ők pusztán képzeletnek titulálnak, az hozott létre körülöttük mindent. Lenézik saját felmenőiket, csak mert kevésbé ismerték a világukat, de azt nem tudják, hogy ők mennyivel közelebb voltak az igazsághoz, mint generációról generációra korcsosuló utódaik. Ők még meghallották az Örvénylő Mindenség szavát! Ők még láttak valamit abból a világból, mely az övékét is szülte!

– Ebből a világból... – mondta Ratio halkan, miközben mintegy bocsánatkérően nézett fel Dariusra. – Igaz?

– Érted hát végre – folytatta. Hangja lecsendesült s finom, szelíd tónusra váltott. – A Profán Sík, melyebe nap mint nap beleébredsz, csupán a Tiszta Sík egyfajta leképeződése – ha úgy tetszik, árnyéka –, mely egykoron kilépett belőle s azóta is csak egyre távolodik tőle. – Röpkén, alig észrevehető eleganciával pillantott körbe, majd amint tekintete visszatalált Ratióhoz, folytatta:

– Valójában az „egykoron" nem is helytálló kifejezés. Kezdetben, még az idők kezdete előtt – mondta Darius, s közben az „idők" szót ujjaival is idézőjelbe tette – nem volt más, csak a Mindenség, és semmi azon kívül. A Mindenségben pedig ott volt Mindenek Fénye, az ősi és tiszta energia, melyből „később" a világok is létrejöttek. De mivel nem volt tér, s ezáltal „idő" sem, a Mindenek Fénye nem manifesztálódhatott semmilyen formában. Tulajdonképpen nem is létezett, csak mintegy elméletben. Ám a Mindenségnek tervei voltak a fénnyel. Mégpedig világot akart belőle formálni. Így történt, hogy a Mindenség elkezdte kiömleszteni magából az energiát s egyszersmind megformálni belőle az első világot, a Tiszta Síkot, ahol most mi is vagyunk. Csakhogy, mivel felszabaduló energiája végtelen volt és így korlátai sem voltak, melyek szabályozzák, nem lett volna képes azt egyben tartani és formálni. Ezért úgy döntött, hogy az örök energiát, a Mindenek Fényét megtöri, hogy ne lehessen végtelen és korlátlan többé, s ezáltal formálhatóvá váljon. A törés megtörtént, az energia meghasadt, s nem volt többé végtelen és korlátlan, készen állt a munkára. Azonban – nézett félre maga mellé a padlóra – a „törés" több utóhatást is előidézett.

Ahogyan a Mindenek Fénye meghasadt, a folyvást áramló energia egy része megállt, ezzel maradó képet alkotva önmagáról, s ez a kép az áramlásból kilökődve elhagyta a törött fényt, ezzel létrehozva azt a jelenséget, amit mi térként érzékelünk.

Ratio is ott volt. Mindent átélt, amit csak Darius elmesélt. Látta az egész folyamatot, az elejétől kezdve egészen jelen hatásáig. Részese volt a teremtésnek.

– Hát így jött létre! – mondta ámulattól reszketve. – Az energia stabil töredékéből lett az anyag, az emberek világa... A fizikai világ! Az egyre táguló tér, ami hirtelen jött létre, egy szempillantás alatt. A világmindenség összes anyaga egyszerre, egy időben lépett be a térbe, ami tulajdonképpen számunkra úgy fogható fel, mint egy... – Meredten nézett fel Dariusra, aki csak vigyorogva bólogatott karosszékében. – Robbanás! Hát így jött létre az Univerzum!

– És nem csak a tér – folytatta Darius elégedetten. – Az idő is. Mikor az anyag kilökődött, nem vált külön teljesen a tiszta energiától, ami szülte; ez az energia érzékelhető az anyag részecskéiben, ez tartja össze, és ezt használják fel az emberek is, viszont az ezzel létrejött differenciál a két világ között indította el azt a folyamatot, ami az emberi tudomány számára leginkább mozgásként értelmezhető.

– Az Univerzum tágulása...

– Mely az ember által is látható fény sebességével megy végbe – vette vissza azt a bizonyos stafétát Darius, tőle egyáltalán nem meglepő hirtelenséggel. – Ezt viszonyítják ma a tudósok az időhöz. Ez alapján számítják a sebességet, ez alapján próbálják kiszámolni az Univerzum korát, és végső soron ez az, amiben tévednek. A mozgást viszonyítják az időhöz, pedig ez pontosan fordítva működik. Az idő a térben jött létre. Így valójában ez az úgynevezett „folyamatos mozgás", mely tulajdonképpen a két világ közti távolodás egy mérhető szegmense, határozza meg az időt a térben. Ebből következik, hogy ha úgy vesszük, az „idő előrehaladtával" a kapcsolat a két világ között egyre csak gyengül. Az örök fény halványul, a Mindenség egykoron erős hangja pedig suttogássá halkul. Pontosan ezért van ránk egyre nagyobb szükség, Ratio. Mivel az energia megtört, nem áramlott többé a Mindenségből. Megszűnt korlátlan lenni, s így rendszerezhető, formálható lett. Azonban ha a törés után a Mindenség nem avatkozik be, az összes energia, mely belépett a világokba, puszta matériává silányult volna, akár az árnyvilág. Az emberek profán síkja, melyben te is ébren jársz. A Mindenség tudta ezt, így természetesen tudta a megoldást is. A már korlátolt s meghatározható energiát azontúl ő maga áramoltatja folyamatosan, az idők végezetéig, míg csak terve van az Ikervilágokkal s fenn akarja azokat tartani.

– Ezért mondod, hogy örvénylik. Igaz? Ezért hallom a forgást. Ahogyan az energia áramlik.

– Büszke vagyok rád, Ratio. Egyre közelebb és közelebb kerülsz hozzá. Attól kezdve Örvénylő Mindenségnek nevezik, s szüntelenül biztosítja számunkra a véget nem érő energia áradatát és ezzel a hatalmat, hogy teremthessünk. Most épp az jár a fejedben, hogy miként teheti ezt meg, ha egyszer az energiaforrás véges. Igazam van? Nos, pontosan ez volt a terve. Tulajdonképpen egy zárt rendszerű, önmagában ismétlő energiaforrást hozott létre. Legegyszerűbben talán a földi víz körforgásához tudnám hasonlítani. Vannak folyók, melyek már évezredek óta vájják medrüket. Tavakat vagy tengereket duzzasztanak, termőföldeket árasztanak el velük – de mégis honnan? Honnan ez a végtelennek tűnő vízmennyiség, mely megállás nélkül ömlik folyamatosan a torkolat felé? Látod már? Bár tökéletesen tisztában vannak a földi vizek mértékének korlátoltságával, a folyók időtlen sodrása mindig is a végtelen illúzióját keltette az emberekben. Nem is csoda, hogy annyi költőt és művészt ihlettek meg a történelem során.

Ratio merengve bámulta a napsütötte virágoskerteket. Ahogyan a langyos szellő simogatta a tarka szirmokat, hogy aztán illatfoszlányok százezréből szőtt szőnyegét lebegtetve suhantassa tovább. A messze magasodó, hatalmas bérceket, melyek mintha éles, szürke agyarakként mélyednének egy kéklő istennő gyönge húsába. Hallotta a csiripelő madarak egymással versengő kurta trilláit. Az egész olyan szép volt, olyan rendezett, olyan tökéletes.

Amilyen a másik világban sohasem.

– Jó lenne, mi? – lökte oda Darius félvállról. Ratio ránézett és elmosolyodott. – Jó lenne, ha odaát is ez várna, nem igaz? Hát pontosan ez az oka annak, hogy most itt vagy, barátom! – Most, hogy itt vagyok veled, olyan könnyű ezt elhinni. – Megvalósítani sem sokkal nehezebb. Csak hagynod kell, hogy az örökséged kiteljesedhessen benned. Ne félj! Én mindenben a segítségedre leszek. Már megmondtam neked, Ratio. Te különleges vagy. Ne akarj olyan életet, mint az övék.

– Sohasem akartam.

Ez így is volt. Ratio sohasem akart igazán beolvadni, és meg kell hagyni, ezt egész okosan csinálta. Mindig épp csak annyira alkalmazkodott, hogy az a szociális igényeket és a társadalmi elvárásokat kielégítse. Valójában azonban sohasem akart egy lenni közülük.

Mindig is vágyott rá, hogy kiemelkedhessen a normális lét nehézségeinek posványából – akárcsak a legtöbben –, ám hosszú évek óta most először lobbant fel benne újra az a réges-régen elfojtott, mégis roppant közeli érzés.

Ratio úgy fogadta, akár rég nem látott jóbarátját, kit mindegy, milyen messze sodor is az élet, ha ismét találkoznak, pontosan ott folytatják, ahol azelőtt abbahagyták. Átölelte, dédelgette, babusgatta, mint legféltettebb kincsét, míg csak teljesen magáévá nem tette a gondolatot.

Ő valami egészen más!

Mint a képregények szuperhősei, amiket még kiskorában olvasgatott. Mikor még a szélsőséges racionalizmus nem uralkodott el az elméjén. Mikor még szabad volt képzeletének színes képtára, melyet nem cenzúrázhatott sem realizmus, sem pedig józan ész. Akkor könnyedén elhitte magáról, hogy különleges. Hogy nem kell megszakadnia a hőn áhított sikerekért. Hogy számára a tudás, az erő és a hatalom ingyen van, akár egy jogos örökség.

– Akarod tudni, hogy micsoda az ember? Hogy miért is hozták létre?

– Azt hiszem, tudom – felelte Ratio egy frissen végzett diplomás vakmerő magabiztosságával. – Az ember a Mindenség önálló akarata – mondta önkéntelenül.

– Bravó! – ujjongott Darius. – Magam sem fogalmazhattam volna jobban! Ebbe rohadtul beletrafáltál, haver! Minden ember csatlakozik a Tiszta Síkhoz alvás közben, „álmukban", ahogyan ők mondják, még ha nem is tudnak róla. Emberek nélkül a Föld üres lenne, élettelen és kopár. A szó szoros értelmében vett nyers anyag és energia, akárcsak a Profán Sík többi része.

– Vagyis a világűr.

– Pontosan! Minden, amit a Földön magad körül látsz, azt az ember hozta létre. Pontosabban, rajta keresztül jött be a világba. Még a növények és az állatok is. Az ember hozta át őket a Tiszta Síkról a világodba, mert mindent, amit csak a Profán Síkon látsz, azt már megszülte a Tiszta Sík.

– Tehát ha jól értem – mondta Ratio –, az emberek dolga volt, hogy megalkossák a Földön mindazt, amit az Örvénylő Mindenség teremtett a Tiszta Síkon.

– Tulajdonképpen igen, de ez mégsem teljesen helytálló. Mivel az Örvénylő Mindenséget az energia folyamatos áramoltatása foglalja le, létrehozta az embert, hogy rajta keresztül a már áramló, s így tulajdonképpen végtelen energiát úgymond egy irányba terelje.

– Tehát teremtsen – ért meg Ratióban a felismerés. – Az Örvénylő Mindenségnek szüksége van ránk ahhoz, hogy megvalósítsa terveit! Az emberiség feladata, hogy előrevigye az Ő akaratát! Hogy rendet, egyensúlyt és harmóniát vigyen abba a kaotikus energialenyomatba, amit mi Univerzumnak hívunk!

– Csakhogy már nem viszi – szólt közbe cinikusan Darius. – A legelső emberek olyanok voltak, mint te és én. Szabadon jártkáltak a két világ között. Éjjel itt, nappal ott. Közvetlen kapcsolatban voltak teremtőjükkel, s amit csak létrehoztak ebben a világban, egyszerűen átvitték a másikba, minden erőfeszítés nélkül. Az életük könnyű volt, szép és hosszú. Azonban az úgynevezett idő múlásával, ahogyan a két világ közti differenciál egyre csak növekedett, utódaik egyre kevésbé részesültek a Tiszta Fény energiájából s képességeik is egyre silányabbá váltak. Gyengébbek és ostobábbak lettek, életidejük pedig jelentősen megcsappant. Az idők során mind kevesebben maradtak, akik képesek voltak tudatosan csatlakozni a Tiszta Síkhoz – őket a történelem során varázslóknak, sámánoknak, látnokoknak, és egyéb természetfeletti tulajdonsággal rendelkező egyéneknek titulálták, de még ők sem kerülhették el az egyre növekvő differenciálból következő torzulást. Az Örvénylő Mindenséget különleges, csodás, de gyakran rémisztő szörnyek alakjában látták és hallották. Ezért is alakult ki annyiféle istenség-kép, hitvilág csodalény az emberek történeteiben. Melyek valójában egytől egyig csak az Örvénylő Mindenség az elkorcsosult emberi elme számára is értelmezhető, torz képmásai voltak. Az emberiség egyre távolabb sodródott eredetétől és teremtőjétől az idők folyamán, s már nem volt képes tisztán értelmezni vezérlő szavait. Ebből adódóan konfliktusok sora követte egymást, mígnem az egykoron tökéletes egységet alkotó emberiség végleg darabjaira hullott. A kezdetben kisebb, néhol csupán egyetlen családból álló csoportokból alakultak ki később a nemzetek és velük együtt kultúráik, attól függően, hogy hogyan is értelmezték a Mindenség egyre torzabban befogadható üzeneteit. Mára már szinte senki sem maradt, aki figyelne rá. Az emberek útmutatás hiányában öncéluvá váltak. Saját gyermeteg elképzeléseik foglalkoztatják őket, s már képtelenek továbblátni az anyagon...

Darius még mindig lelkesedett saját hangjáért, nehezen is viselte, ha hosszabb-rövidebb ideig nem hallathatta. Ez már kezdettől fogva nyilvánvaló volt Ratio számára, ám akkor még álmában sem gondolta volna – Vagy ébrenlétében? Ki tudja? –, hogy ez az orgánum belőle is hasonló lelkesedést válthat ki.

Mindenesetre szemmel láthatóan egyre kevesebbszer szakította félbe. Míg beszélt, a fiú tudatának finom, érzékeny rostja milliónyi cérnaszálként simultak bele Darius szavainak sűrű, érdes fonatába, mely két világ között himbálózva hol kisebb, hol egészen gigászi íveket írt le a végtelenben.

–... Hát ezért vált az emberiség olyanná, amilyennek most látod. Ezért jelent veszélyt mindenre maga körül, de leginkább saját magára. Csak egy szánalmas kis árny. Dicső múltjának árnyéka, mint a koszos kis világ, melyben úgy otthon érzi magát. – És gondolom... ezen nekünk kellene változtatnunk – jelentette ki Ratio kissé bizonytalanul.

Darius halkan sóhajtott egyet.

– Hát persze – mondta magyarázkodva. – Még mindig emberként gondolkodsz.

– Hogy kellene gondolkodnom? – kérdezte a fiú értetlenül.

– Mi az Örvénylő Mindenség által létrehozott különleges létformák vagyunk, Ratio – mondta hidegen, miközben mélyen a szemébe nézett. – És tudd meg, hogy okkal hozott létre minket! A világokon egyedül mi vagyunk képesek direkt módon terelni az örvénylésből származó tiszta és végtelen energiát, így létrehozva belőle tulajdonképpen bármit, amit csak akarunk. Így alkottam meg ezt a puccos királyi kéglit, és így jött létre minden más is ezen a síkon. – Finoman félrehajtotta fejét, majd szeme sarkából élesen Ratióra pillantott. – Mondd csak, mit gondolsz pontosan, mennyi ideje is vendégeskedsz nálam?

Jó kérdés volt.

Talán a legjobb, amit csak Darius addig feltett neki.

„Ideje..."

Még a szó is kissé furán csengett a fülében. Akkor döbbent rá, hogy tulajdonképpen fogalma sincs róla, hogy mióta is van Dariusnál.

Öt perce, öt napja, tíz éve? Nem tudta volna meghatározni. Minden a jelen volt. Az is, ami már elmúlt, és az is, ami következik. Nem volt távolság az események vagy a gondolatok között. A között, hogy belépett a trónterembe, és utolsó lélegzetvétele közt.

Mintha az egész élete bele lett volna sűrítve egyetlen szemvillanásba, mely valahogy mégis csak áll – mint stoppos a kihalt országút szélén –, s minthogy áll, nem múlik soha.

Ilyesmit élhetnek át azok is, akik előtt haláluk pillanatában „lepereg" az életük – gondolta. Megértett valamit a végtelenről.

Látta az egészet a legapróbb töredékben, az óceánt a cseppben, a Földet egy porszemben, az idő összességét a nemlétező jelenben. Mert a jelen csak akkor létezhet, ha az idő áll. Ha pedig áll, akkor minden bizonnyal örökkévaló...

– Én ráérek – szólalt meg cinikusan mosolyogva Darius. – Nagyon úgy néz ki, hogy... van időm.

– Te... Te uralod az időt.

– Mint ahogyan minden mást is itt. Az időt, a teret, az eseményeket, az érzéseidet. Mindent, amit csak magad körül érzékelsz. De ezt te is jól tudod.

– Igen – mondta beleegyezően Ratio. – Tényleg tudom.

Tényleg tudta.

– Különben nem olyan nagy dolog – folytatta Darius. – Az átlagemberek is jól tudják, hogy álmaikban a tér és az idő újraértelmeződik. A legújabb kutatások szerint csak az ébredésünk előtti pár másodpercre emlékszünk álmainkból, még ha azok sokszor óráknak is tűnnek...

– Tehát ez azt jelenti, hogy...

– Kb. 6! – licitált rá Darius.

– Mi hat?

– Földi idő szerint körülbelül hat egész hat tized másodperce vagy nálam. Tudom, tudom, lehetnék pontosabb is, de... – tapsikolni kezdett vaskos kezeivel, mint egy izgatott óvodás a bábszínházban – mégis ki a büdös francot érdekelné!

– Hat másodperce – mormolta maga elé Ratio, s közben azon tűnődött, vajon miért nem lepődik meg rajta egy cseppet sem. Miért nem zavarja össze ez a józan ész számára teljességgel elfogadhatatlan információ? Most miért nem őrjöng, tombol, esik pánikba, mint korábban?

Hat másodperc vagy hat évszázad – már mit sem számított számára. Végre teljesen eggyé vált az ottani világgal.

Befogadta a Tiszta Sík.

– Hát kész vagy! – szólalt meg Darius halk elcsukló hangon. – Most már igazán készen állsz.

És ahogyan befejezte a mondatot, már a trónteremben is voltak.

Darius a trón előtt királyi palástjában, koronával a fején, Ratio díszes, bíbor-fekete ruhájában pompázva halad lassú, ün-

95

nepélyes léptekkel királya elé. Amint a négyszög közepéhez ér, melynek sarkait az alattvalók összegörnyedt, torz testei alkotják, maga is fél térdre ereszkedik, s méltósággal hajtja meg fejét. A zene halkabb tónusra vált, s a király megkezdi beszédét:

– Szolgálod-e, Az Örvénylő Mindenséget? – menydörgött.

– Szolgálom!

– Mindörökké az Ő tökéletes akaratát?

– Szolgálom!

– Darius hatalmas királyt?

– Szolgálom!

– Állj fel, Hercegem...

*... travel 'round the world is like a swirling dance,
I don't wanna go home, til the summer ends...*

Az ünnepélyes középkori zene az egyik legkedveltebb popsláger refrénjébe csapott át.

A fiú riadtan nézett Dariusra; minden porcikájában érezte, hogy vége.

A férfi tekintete még sohasem volt ennyire megnyugtató, mosolya ilyen bizalomgerjesztő, s bár hangja épphogy csak átszivárgott a körülötte darabokra hulló világ szaggatóan éles szilánkjain, mégis tisztán értette szavait:

– Mostantól örökké együtt leszünk...

Ennyire furcsán még sosem ébredt. Nem volt álmatag, sem kómás. Érzékszervei a legkisebb mértékben sem tompultak vagy torzultak el. Mintha még a szemeit sem kellett volna kinyitnia. Egyszerűen átcsusszant egyik világból a másikba.

A nappaliban semmi sem változott. A fények, a színek, a jól megszokott szagok, melyeket a szőnyeg, a bútorok és a falak árasztottak magukból, mind-mind egy időben tértek viszsza, silány, fakó, élettelen másaként mindannak, amit csak odaát átélt.

De mégiscsak valóság volt.

A TV ment, a népszerű popsláger vibrálva folytatódott, mintha mi sem történt volna.

Éppenséggel ez volt Ratio aktuális csengőhangja. Phil kereste.

– Helló, haver. Igen, már sokkal jobban.

7.

– Végül is akkor hazavitted azt a dögös csajt a buliból? Nagyon egymásba voltatok gabalyodva, aztán egyszer csak eltűntetek. – Ratio a szeme sarkából Philre pillantott, és sejtelmesen elmosolyodott. – Mondjuk tény, hogy be voltam állva, mint a szar. Már megint túlzásba vittem a piát. Hogy is hívták a csajt... Rita vagy Riley?

– Nem fontos – nyögte oda szenvtelenül Ratio, de abban a pillanatban mindjárt fel is élénkült. – És o-o-o! Megvan! Egy újabb hárompontos, ééés ezzel egy újabb győzelem! – dobta el magától a kontrollert, mint egy kiolvasott magazint.

– Ezt nem hiszem el! – fakadt ki Phil felordítva. – Kevesebb, mint egy másodperccel a vége előtt... mégis, hogy a büdös francba csinálod? Eddig ötből négyszer megvertelek, most meg csont nélkül alázol, ember! Mi történt veled? Mintha... nem is tudom, valami szuperintelligens AI ellen játszanék. Hétfőnként szoktál a legszarabb passzban lenni, erre most egész nap ragyogsz. A suliban is brillírozol, osztod az észt a tanároknak, mindenki csak rád figyel... Még Brendát is megszívattad angolon, pedig ő aztán igazi stréber.

– Hé, ez volt a cél! Vagy nem, haver? – veregette vállon Philt. – Nem emlékszel, hányszor elterveztük már?

– Jó-jó, de álmomban sem gondoltam volna, hogy egyszer meg is tudod csinálni! Istenkirály voltál, egyszerűen hihetetlen! Most meg még a konzolon is szarrá versz? Ne már, haver! Tudod, hogy minden sportban tök béna vagyok. A gép az egyedüli mentsváram, csak itt tudok érvényesülni.

– Megvertelek párszor – csitította Ratio –, nagy kaland. Nyerő széria.

– Na, ne kábíts. Jut eszembe. Nem lesz gáz, hogy megint el-lógtál edzésről? Múltkor sem mentél – mondta cinikusan Phil, de Ratio nem bírta tovább. Bugyborékolva tört fel belőle a neve-tés. – Mi a szart röhögsz? Ez rohadtul nem... – de Phil sem állta meg sokáig. Hiába, ha csak Ratio elkezdett gurgulázni, mind-járt rá is rájött a görcs.

Önfeledten fetrengtek a szőnyegen, mint két óvodás a ho-mokozóban. Mindketten tudták, hogy jó időbe telik, majd míg akár csak egyetlen értelmes szó is el tudja hagyni idétlenül rán-gatózó ajkaikat.

Legjobb barátok voltak, ehhez kétség sem fért. Számtát sem tudták, hány hasonló élményben osztoztak már, csak azt, hogy még többen akarnak. Egymás társasága je-lentette számukra a legértékesebb ajándékot, amit csak a másik-tól kaphattak, s mohón igényt is tartottak rá. Legalábbis Phil. Ő egészen biztosan. Még egy röpke hétvégét is nehezen viselt barátja nélkül, pedig ő még csak nem is volt egyke, mint Ratio.

– A-a-a... a ha-hasam... – nyögdécselte. – Nem bí-í-írom... Huuuu... Te állat.

Rekeszizmaik lassacskán ismét ellazultak, és egy-két oxigén-dúsító sóhaj után már ismét szabályosan vették a levegőt. Úgy csendesültek el – szinte egyszerre –, mint áprilisi zivatar egy ve-rőfényes délutánon. Csak jön és megy, mintha ott sem lett vol-na. Tócsát sem hagy, csak apró foltokat itt-ott, de párájától ne-hezebbé válik a levegő.

– Gondolkodtál már azon, hogy mihez kezdesz a suli után? – törte meg végül a csendet Ratio.

– Hát – tápászkodott fel Phil, majd leült az ágy szélére –, tu-dod, hogy én is a UoR-t jelöltem meg elsőnek, de ki tudja, hogy felvesznek...

– Phil-Phil-Phil – szakította félbe Ratio unottan. – Én nem a tanulmányaidra vagy a jövőbeni fényes karrieredre vagyok kí-váncsi. Hanem, hogy mihez akarsz kezdeni az életeddel?

Phil – Ratióval ellentétben – soha sem volt jó abban, hogy elrejtse érzéseit vagy reakcióit a világ elől. Olyan volt, akár egy nyitott könyv, abból is a kisgyermekeknek szánt képes változat.

Minden behatás, még a leghalványabb impulzusok is látható, sőt tapintható jeleket faragtak arcára, melyek mindjárt kényelembe is helyezték magukat, s még jó darabig pöffeszkedtek rajta. Ha akarta, sem tudta volna titkolni meglepettségét és zavarodottságát, melyeket elsősorban a barátja hangvételében történt váratlan változás idézett elő, másodsorban pedig az a tény, hogy fogalma sem volt róla, mit is akar tőle hallani valójában. Csak úgy zakatoltak fejében azok a bizonyos „fogaskerekek". Beletelt egy kis időbe, míg végre válaszolt.

– De hát ettől függ... Ezektől függ, hogy mihez tudok majd kezdeni, nem?

Ratio egy hosszas, lekicsinylő sóhajtást hallatott, majd csendben felült az ágyra Phil mellé.

– Ennyi? Szerinted ebből áll az élet? Tanulunk, aztán melózunk?

– Figyu, ha most a családra gondolsz, meg kölykökre, hát elmondom neked, hogy gondolok rá. Ha hiszed, ha nem, néha elképzelem, milyen lenne az életem apaként, gyerekekkel körülvéve, valami dögös feleséggel... De hát még csajom sincs – szontyolodott el.

Ratio ismét kipöffentett bajsza alól egy kósza kacajtöredéket, de most jobban fékezte magát. Mosolyogva fordult Phil felé, s hangja is sokkal barátságosabbnak érződött.

– Látom, nem érted, haver – mondta halkan, szinte suttogva. – Sokkal többről van szó, mint ezek a baromságok. Mit szólnál, ha azt mondanám, hogy az élet lehet másmilyen is? Hogy nem kell feltétlenül úgy élnünk, mint a többieknek. Mint az átlagnak. Mit szólnál hozzá, ha egyáltalán nem kellene foglalkoznod a tanulással vagy a melóval, mégis megkapnál mindent, amire csak vágysz?

– És kitől? – kérdezte élcelődve Phil. – A tündérkeresztanyámtól?

– Akár. A tündérkeresztanyádtól, vagy keresztapádtól, Istentől, vagy akár Supermantől, nem mindegy? Csak képzeld el!

Bár Phil jót mulatott azon, amit Ratio összehordott, mégsem esett nehezére, hogy eleget tegyen kérésének. A fiú még be sem fejezte mondandóját, mikor ő már ismét Hollywoodban járt.

Gondtalanul szürcsölgette a színes koktélokat luxusvillájának medencéjében, dögösebbnél dögösebb, bikinis lányokkal körülvéve.

– El tudnád viselni, nem?

– Húú, de még hogy! – ocsúdott fel Phil. – Kár, hogy nekünk nem ilyen élet jutott.

– Biztos vagy benne?

Phil gyanakodva pillantott barátjára. Ismerte Ratiót. Jól tudta, hogy nem pusztán a fantáziáját akarja felcsigázni. Kitalált valamit. Ebben teljesen biztos volt.

– Min jár az eszed, haver? Mit eszeltél ki?

Ratio maga elé meredt. Könyökeit térdeire támasztva lógatta fejét egy darabig, majd – először csak lassacskán, aztán egyre határozottabban – bólogatni kezdett.

– Azt hiszem... igen, azt hiszem, hanyagolni fogom a sulit.

Az értetlenség, akár egy visszajáró vendég ült ki Phil jellegtelen, pattanásos arcára. Annyiszor foglalt már ott helyet, hogy mondhatni otthon érezte magát.

– Úgy érted, hogy nem akarsz továbbtanulni?

– Úgy értem, hogy talán le sem érettségizem, Phil.

A második vendég sem késett túl sokat „Mr. Döbbenet" személyében, s bár Phil arca szerény házigazdának mondható, mégis csak megpróbált „mindkettejük" kedvére tenni.

– De hát... miért? Akkor mégis mit akarsz csinálni? Csak nem vagy bajban? – Végszóra, „Mr. Rémület" is beesett. – Baszszus, ember, mibe keveredtél?

– Hé, hé! – állította le. – Nyugi, haver. Minden a legnagyobb rendben. Bár igazad van, nagyon is benne vagyok...

– De miben? Mondd már!

– Állítsd már le magad! – förmedt rá Ratio. – Nem tudom elmondani, ha mindig belém folytod a szót.

– Oké, bocs – szabadkozott Phil –, igazad van, mondd csak.

– Az előbb próbáltam felvázolni neked egy jobb, egy gondtalanabb... egy sokkal minőségibb élet lehetőségét, és úgy láttam, bejönne neked.

– Na ja! Kár, hogy nem ismerem Supermant! – vágta rá poénkodva Phil.

Ratio szemében furcsa fény villant, s mosolyának éles görbülete mintha ismerősnek hatott volna valahonnan.

– Talán mégis.

– Óh, kiderült, hogy felettetek lakik a szomszédban?

– Tudod, azt hiszem, ideje mennem, Phil – lökte oda Ratio, miközben úgy állt fel, akár egy arisztokrata az országgyűlés végeztével.

– Most? Ne már, még fiatal az idő! És mi van a terveddel?

– Nem fontos. Csak hülyültem.

– Ja, ja, tudtam, hogy nem gondolod komolyan, hogy otthagyod a sulit. Annál több eszed van.

Ha tudnád, mennyivel – gondolta. – De már látom, hogy te nem érsz fel odáig.

Bár tisztában volt azzal, hogy Phil nem éppen a legélesebb kés a fiókban, mégis csalódásként élte meg gyerekes viszonyulását álmaihoz. Hiszen ő mindig jó volt hozzá, mindig csak segítette. Alig-alig akadt bárki őrajta kívül – ha akadt egyáltalán –, akit barátjának mondhatott.

Igen. Ha ő nem lenne, már réges-rég elmerült volna a mellőzés undorító pöcegödrében, de legalábbis prédája lenne minden vagány szemétládának, akik az ő arcára lépve próbálnának nagyobbnak tűnni.

Ő mindvégig megvédte mindezektől, és ez a hála?

Talán nem avatta be túlságosan, többet is mondhatott volna, de hát aztán!

Hinnie kellett volna benne, ahogyan azt egy igaz barát teszi!

Ilyen és ehhez hasonló gondolatok suhantak át szélnél is sebesebben az elméjén, miközben lenézett Philre, s abban a pillanatban már nem csupán termetük között volt különbség.

Ratio magasan felette állt, s – mint általában minden embert – onnantól kezdve barátját is kezdte egyre alsóbbrendűbbnek látni.

Különösen nagyot csattant az ajtó, mikor bevágta maga mögött.

– Szépen megkértelek, hogy ne csapdosd az ajtót. Használd a kilincset, fiam, azért van – tette hozzá Myriam kedvesen.

– Bocsi, anyu. Legközelebb figyelek.

– Semmi baj. Biztosan megint elkalandoztál hazafelé jövet. Gyere, ülj asztalhoz, kész a vacsi. Na, mesélj! Min jár az agyad mostanában? Csak nem egy bizonyos lány van a dologban?

– Nem... Nem, e felől biztosíthatlak.

– Hogy ment az edzés? Meg volt elégedve veled a mester?

– Ne haragudj – szólt közbe halkan Ratio, miközben felállt az asztaltól és lassan egy tálca után nyúlt –, de ha nem bánod, ma inkább a szobámban vacsoráznék. Kemény volt a mai nap. Tudod, a hétfők... és holnapra is készülnöm kell. Azt hiszem, ma korán le szeretnék feküdni.

– Persze – mondta megértően Myriam, de édes hangjának egy alig hallható mellékzöngéjéből keserűen kirezonált a csalódottság –, menj csak, fiam. Pihend ki magad!

– Köszi, anyu – mondta szelíden Ratio. – Azt hiszem, másra sincs szükségem.

Valóban nem volt.

Ahogyan végignyúlt az ágyon hanyatt fekve, csak a fényűző palota és Darius jártak a fejében.

Mennyi mindent tanult már tőle, micsoda tudást és bölcsességet halmozott fel ilyen rövid idő alatt, és hol van még a vége?

Sehol.

Mert ahová ő igyekszik, ott a dolgok nem érnek véget soha. Ahová ő igyekszik, az maga az abszolút végtelen.

De mikor?

Mégis mikor következik már be, hogy a pillanat ezredévvé nyúlik, s tüdejének térfogata világegyetemmé tágul?

Nem volt már messze.

Érezte, ahogy tagjai egyre nehezebbé válnak.

„Exponenciálisan."

Ez a szó jutott eszébe, mikor erre gondolt. Mintha részecskéinek súlya exponenciálisan növekedne.

Először csak szépen halványan, alig érezhetően, majd egyszer csak hirtelen magába rántja az ágy és már a túloldalon van.

Ilyesmit élhetnek át a vadászpilóták is zuhanórepülés közben – gondolta.

Egyre inkább kezdte megszokni a világok – vagy ahogyan Darius fogalmazott, „síkok" – közti utazást, de még nem volt képes teljességgel uralni a folyamatot.

Viszonylag álmosnak kellett lennie hozzá, valamint nyugodt körülményeket igényelt számára a dolog, így nem utazgathatott, amikor csak kedve szottyant hozzá.

Igen nagy bánatára.

– Meg fogod tanulni – mondta mosolyogva Darius. – Idővel képes leszel rá, hidd el. Akkor fogsz átlépni, amikor csak akarsz, és addig maradsz, meddig csak jónak látod. Meglásd, hamarosan úgy fogsz járkálni a síkok között, mintha egyik szobából átlépnél a másikba. Észre sem fogod venni, hogy mi történt.

– Jó lenne – sóhajtott Ratio.

– Jó lesz. Mindenre megtanítalak.

Mikor Darius azt mondta, „mindenre", akkor valósággal ezt is értette alatta.

„Mindenre."

Nem csupán mindenre, amire szükséges.

Nem csak mindenre, ami fontos vagy lényeges. A világok tudásának összességét értette ezen aprócska szó alatt, és Ratio nagyon is értette, mire gondol.

– Az ember imádó lény – mondta Darius, mintha csak egy hüllő élettanát vázolná fel biológiaórán. – Torz bálványokat állít, és primitív eszméknek hódol. Egész egyszerűen bele van kódolva az imádat. Nem tud kilépni belőle, sem kitépni azt magából. Veleszületett tehetsége ez, mely elkíséri bölcsőtől a sírig. S hogy miért? A válasz igen egyszerű. Nem másért, mint az eredete miatt, mely már a kezdetektől meghatározta nemcsak puszta létét, de egész faját is. Mint azt már tudjuk – folytatta kimérten –, az emberiséget az Örvénylő Mindenség teremtette s még ha egyre csak távolodnak is egymástól, a kapcsolat mégsem vész el teljesen, csupán torzul. Hiszen ha e kozmikus köldökzsinór kettejük közt valamiképpen teljességgel megszűnne, úgy az emberiség maga is megszűnne létezni. Na már most, pontosan ebből a kapcsolatból adódóan következik, hogy az ember tudva vagy tudatlanul, de állandó jelleggel visszavágyik teremtőjéhez, az Örvénylő Mindenséghez. Az ősi energia vonzásában éli le egész életét, még ha nincs is vele tisztában. Mit gondolsz, régen miért születtek legendás hősök, istenek, királyok? Vagy ma miért vannak televíziós sztárok, celebek, előadók, akik stadionokat képesek megtölteni, vagy százmilliók tekintetét a képernyő felé vonzani? Mind-mind egy és ugyanaz! Az emberekben még mindig ott a vágy, az az ösztönös hajlam, hogy az energiát egy irányba terelje. És hát – nyomatékosította mondandóját egy lélegzetvételnyi szünettel –, mint azt már tudjuk, ez is a rendeltetése.

– Ez lenne – javította ki Ratio. – Jól mondom?

– Nagyon jól – ismerte el Darius. – De hisz' tőlem tanultál. Az emberiség önnön maga állít sztárokat, uralkodókat és eszméket, melyeknek aztán alárendelheti tudatát. Elsősorban az eszmének, mert ez, és ezt jól jegyezd meg, a tudás és a józan ész felett is áll!

Darius elmélete szerint az emberiség folyamatosan hanyatlik, s ha végképp elbukik, velük együtt elvész az erő is, mely a vad energiát egy adott irányba képes terelni. Arra is rávilágított, hogy az emberi társadalmak „legpusztítóbb betegsége" a széthúzás, mivel megakadályozza, hogy az energia folyamatosan egy irányba áramoljon, s ezzel tulajdonképpen gátat szab saját teremtő erejének, mi több, magának a teremtés folyamatának is. Mindennek legaggasztóbb jeleként a demokrácia globális térnyerését látta.

– A széthúzás gusztustalan, posványos táptalaja! – mondta undorral telve. – Nem csoda, hogy az ősi időkben egyáltalán nem létezett, mint ahogyan az sem, hogy képtelen megvalósulni valójában. Csupán csak egy színes illúzió – folytatta gúnyosan játszadozva. – Mint ez a tarka léggömb itt a kezemben. Ránézésre tömör testnek látszik, de oh... Ez tényleg egy tömör test! – vágta hozzá hahotázva a kertre nyíló, kétszárnyas ajtóhoz, melyet forgácsaira törve zúzott miszlikké. – Na de ez, barátocskám! Ez aztán a tökéletes látszat! Egy lufi, mely nem mozog... látszatra, mint az előző, nemde? Mégis ki tudná megkülönböztetni a másiktól? Elvégre az tömör, erős, pusztítani képes. Mind láttuk az erejét, nem igaz? Csak mikor elengedem – váltott hirtelen lágy, merengő tónusra –, és belekap a legkisebb légáramlatok közül is a legparányibb és megmozdítja... Akkor hullik csak le az ábránd hályoga a szemekről. Mikor kitűnik, hogy az addig tömörnek, szilárdnak, súlyosnak és hatalmasnak tűnő tárgy nem más, csupán egy burok. Mégpedig ábrándjaik burka, mely éppúgy puszta levegőt zár körbe, mint ez a szánalmas gumibuborék.

Ratio csendben ült karosszékében, miközben két tenyerét lassan, ritmikusan verdeste egymáshoz.

– Bravó! – szólalt meg végül. – Egy újabb díjnyertes alakítás a mestertől.

– Örülök, hogy tetszik – hajolt meg Darius, majd odasúgta: –, de még messze nincs vége. A demokrácia ugyan csak puszta illúzió, hatása mégis igen káros.

– De mégis miért? – vitatkozott Ratio. – A demokrácia, még ha nem is valósul meg teljes mértékben, a többség akaratát hivatott előrevinni, így azok a dolgok jöhetnek létre, melyekről az emberiség, vagy mondjuk úgy, társadalom, kollektív akarata dönt. Ha mindenki szabadon dönthet és ennek hangot is adhat, akkor a hasonló érdekek és célok egymásra találnak s ezzel akaratuk és terveik is eggyé olvadnak. Végtére is így jön létre a közvélemény, s ha úgy vesszük, a köztudat is. Nem tudom, te hogy vagy vele, de nekem ez egyáltalán nem tűnik széthúzásnak, sőt úgy vélem, koncentrálja az energiát.

Darius csillogó szemmel nézte tanítványát, aki, lám, már tanítani is képes.

Megérett rá.

– Nagyszerű! Igazán nagyszerű okfejtés, hHercegem! – méltatta fennhangon. – Nem is venném a fáradtságot, hogy megkíséreljem megcáfolni. Majd te fogod! – mondta komoran. – Mondd csak, kedvesem, ha a demokrácia olyan hatékony, olyan jól működik, olyan hasznos és produktív, akkor mégis mi a francért nem alkalmazzák sehol sem a társadalmon belül?

„Belül."

A szó egyenesen a mélységekbe hatolt, Ratio pedig egy parancsnoki hídon találta magát, mégpedig egy hadihajó fedélzetén.

Az első tiszt erős, határozott dobbantással állt meg mellette, miközben jobbját szalutálva lendítette fel.

– A legénység várja a parancsait, kapitány úr!

Hirtelen ágyú dörrent a távolból, majd még egy és még egy, míg a záporozó lövedékek füttye és a becsapódások fröccsenő zaja mellett már a legénység kiáltásait is alig-alig lehetett csak megérteni.

„Viszonozzuk a tüzet? Adja ki a parancsot!" „Komolyak a veszteségeink!" „A hajótest állapota kritikus!"

„Mit tegyünk? Segítsen rajtunk!"

„Azonnal evakuálni kell a legénységet!" „Mit tegyünk?!"

„Csak adja ki a parancsot!"

„Ki kell adnia a parancsot!"

„Adja ki a parancsot!"

– Azt hiszed, csak a hadseregben van szükség hierarchiára? – szakította félbe Darius az illúziót, akár egy ágyúgolyó az ember testét. – Melyik az a cég, intézmény vagy egyesület, ahol ha meg kell hozni egy döntést, összehívják a teljes személyi állományt és azt mondják: „Testvéreim, döntsünk! Mindenki adja le szavazatát!" Szerinted az iskolákban, beleértve az összes oktatási és nevelési intézményt, miért tanítanak arra, hogy, azt tedd, amit a tanáraid, nevelőid mondanak? Mert feltétlenül az a legjobb számodra? Nem, drága barátom, hanem hogy megtanuld, mit jelent a hierarchikus rend. Hogy majd engedelmeskedni tudj a főnöködnek a munkahelyeden, vagy az államhatalomnak, mikor igazoltat az utcán. Ha a demokrácia annyira hasznos, akkor szerinted miért nem alkalmazzák szinte sehol sem az úgynevezett közéletben? A válasz egyszerű: mert nem működik! Abszolutizmus, diktatúra, despotizmus... – mondják. De nem veszik észre, hogy a despotát ugyanúgy a nép ereje táplálja, mint a demokráciát! A király, vagy ahogyan ma nevezik, diktátor, ugyanannak a parasztnak a tenyeréből eszik, mint a demokratikusan megválasztott kormányfő!

– De a kormányfőnek önként rendelik alá magukat, nem pedig kényszerből – szólt közbe Ratio. – És jól tudjuk, hogyan működik az ember. Mindenki jobban teljesít, ha saját akaratával megegyező célért küzdhet, ellentétben azzal, ha rákényszerítik valamire. Így a rendszer jóval produktívabb, és ezáltal az energia nyilvánvalóan koncentráltabb is.

– Önként rendelik alá... Azok akik megválasztják. És mi van a többiekkel, a kisebbséggel? Az ellenzékkel? Vajon ők is így gondolkodnak minderről? Nem hinném. Ha száz emberből hatvanan megszavaznak egy döntést, akkor az csak annak a hatvan embernek demokrácia, a maradék negyvennek elnyomás! Hiszen nemcsak hogy saját akaratuk nem érvényesülhet, de mindennek tetejébe még másokénak kell alárendelniük magukat! A világon mindenki úgy gondolja, hogy neki van igaza, de ha nincsen döntőbíró, aki objektívan képes ítélni felettük, sohasem lesznek képesek konszenzust teremteni. A maguk erejéből semmiképp – tette hozzá Darius elmosolyodva. – Ma az uralkodás és az elnyomás közé egyenlőségjelet tesznek, de hadd mondjak neked valamit az uralkodásról és az ősi időkről. Látod, hercegem? Látod ezt a tengersok embert a tűző napon? Akár a hangyák, mikor rajzanak. Van, amelyik követ tör; van, amelyik húzza; van, aki irányít; és van, aki a helyére illeszt. Húsz év is beletellett, mire egy ilyen csoda elkészült. A fáraó, a kis, leendő király születésének napján kezdték el építeni, hogy mire felnő és uralkodni kezd, biztosan kész legyen. Hirdesse dicsőségét életében és méltó nyughelyéül szolgáljon halála után. Hát nem csodálatosak a piramisok? Micsoda ősi remekművek, melyek még ma is fennállnak s ma is a dicsőség szimbólumai! De elmondhatom, hogy nem a királyé, akinek a múmiája benne foszlik. Hanem azé, aki a királyokat szülte!

Ratio nem vitatkozott, nem kötekedett. Teljesen magával ragadta a sokezer apró ember összehangolt, precíz, de mindenekelőtt lelkes munkája.

– Tudod, hogy mi az igazán csodalatos a piramisokban? – kérdezte Darius a fülébe suttogva. – Hogy önkéntesek építették őket.

Ratio lassan Darius felé fordult, s tekintetét egyre magasabbra emelte, mintha csak a déli napot kereste volna a ragyogó égbolton. – Látod már? – kérdezte Darius a magasból. – Nincs szükségük kényszerre ahhoz, hogy engedelmeskedjenek, sőt, önként vállalják a fáradságot, a lemondást és áldozatot, pedig a rabszolgaság virágkorát éli. S hogy miért? – kérdezte fentről ragyogva. – Mert mind tudják jól, hogy nem embereknek dolgoznak, hanem egy felsőbb hatalomnak, mely nem csak megteremtette, de biztosítja is létüket.

– Mindaddig, míg csak hűséggel szolgálják – hangzott el immár ismét a karosszékből.

– Az akkori uralkodóknak sokkal könnyebb dolguk volt, mint manapság – folytatta unottan Darius. – Népük úgy tisztelte őket, mint isteneik leszármazottait. Így alakultak ki a legelső személyi kultuszok is, melyek akkoriban teljesen természetesnek számítottak, bla-bla-bla... Mondd csak, erről mi a véleményed, hercegem?

A kertre nyíló terasz csodálatos volt, mint mindig. A nyári alkony hűs leheletével csiklandozta arcának serkenő szőke pelyheit.

Várt.

Várta, hogy vége legyen. Hogy elmúljon a varázs és megtörjön az idilli bűvölet, de hiába.

Akkor értette csak meg igazán, hogy mit is jelent a tökéletesség. Hogy mit is takar igazán ez a szó, melytől mi, emberek, úgy félünk, s még inkább féltjük.

Nehogy kárba vesszen, s mire kimondanánk, elillanjon a pillanattal, mellyel véletlen érkezett, s mi ott ragadva árván a pillanat helyén, kétségbe vonjuk azt is, hogy létezett.

Akkor döbbent rá, hogy minden múlandó jó, az összes pillanatnyi öröm, amit addigi életében a Profán Síkon megtapasztalt, az a Tiszta Síkon állandó, maradandó egész, s ettől tökéletes.

– A jó dolgoknak sohasem lenne szabad elmúlniuk – szólalt meg lágy, csilingelő hangján Darius.

– Nem akarom, hogy elmúljon! – nézett Dariusra, akár egy kölyökkutya a gazdájára.

– Pedig el fog, ha mi nem teszünk ellene.

– Bármit megtennék, hogy elvigyem mindezt az emberek világába!

– Nem kell bármit megtenned. Csak azt, amit én mondok neked.

– Bármit is mondj, királyom!

– Akkor hát kész vagy.

– Mire vagyok kész?

– Hogy megtanulj uralkodni és teremteni.

– Gondolom, a kettő nagyon is összefügg.

– Nagyon is jól gondolod, hercegem! – erősítette meg Darius.

– A királyságok, majd később a nagy világbirodalmak, egészen jól működtek a maguk idejében, mégsem voltak képesek hosszú ideig fennállni, történelmi léptékkel mérve legalábbis. Az ok, amiért mára szinte kivétel nélkül az összes hasonló berendezkedésű rendszer elbukott, az nem más, mint a vezetők inkompetenciája. Bár sok helyütt létrejött a személyi kultusz, néhol mindmáig is jelen van, egyértelmű, hogy a vezetőkről kialakított kép jelentősen idealizált, s valójában – totalitárius elképzeléseikkel ellentétben – totálisan alkalmatlanok a vezetői szerepre.

– Örülök, hogy jól mulatsz – vetette közbe Ratio.

– Örülök, hogy értékeled – viszonozta Darius –, de ami most jön, azt még jobban fogod!

– Csupa fül vagyok – kacsintott Ratio.

Darius ezt a gesztust is viszonozta, majd tovább folytatta:

– Az emberiség eddig még minden egyes vezetőjében csalódott. Nincs nemzet a Földön, melynek uralkodójával vagy kormányával mindenki egyöntetűen elégedett lenne. És miért is lenne így? Ők is csupán emberek. Tökéletlenek. Nem képesek kielégíteni még saját kis családjuk vágyait sem maradéktalanul, nemhogy egy egész nemzetét. A kollektív emberiségről ne is beszéljünk. Korlátolt képességeik alkalmatlanságra kárhoztatják őket, s ha végleg kiborul a bili, elődeikkel együtt mennek ők is abba a bizonyos levesbe.

– Gondolod, hogy egy tökéletes vezetővel mindenki elégedett lenne? – kérdezte Ratio. – Mert én egész máshogy ismerem az emberiséget. Ahogyan én látom, mindig akad ok a panaszra, bármilyen jól menjen is egy országnak, vagy akár egy kisebb közösségnek. Az emberek mindig a hibát keresik a rendszerben, még akkor is, amikor látszólag minden a legnagyobb rendben van. Nincs elért cél, ahol kicsinyes vágyaik ne tárnának fel újabb és újabb hiányosságokat, vagy döntés, amit meg ne kérdőjeleznének. Néha úgy érzem, hogy a társadalom legfőbb funkciója nem a betagozódás, és nem is a közösségi lét alapvető feltételeinek megteremtése és fenntartása. Sokkal inkább a bírálat. Igen, ez az, amiben a mai társadalmak igazán jók! Ha meg vagy róla győződve, hogy az aktuális kormány remek munkát végez, előbb kérdezd csak meg a szomszédodat! A suliban is folyton ez megy, még ha nem is nyíltan. A diákönkormányzat, a nyilvános viták, a kampány – mind erről szólnak. Különféle szerepeket osztogatnak ránk, hogy közösségi teret biztosítsanak annak a burkolt bírálatnak, ami az ő mindennapjaikban már amúgy is mindenütt jelen van, csak másképp hívják.

– Rossz oldalról közelíted meg a dolgokat, barátom. Az emberek elégedetlensége nem a betegség, csupán a tünet s az uralkodás sosem cél, csak eszköz. Az emberiség nem képes a kollektív energiaáramoltatásra, csakis vezetőkön keresztül. Az egyén mindig is egyénben fog gondolkodni elsősorban, s csak akkor fordul a közjó irányába, ha saját céljait közben beteljesedni látja. Így végső soron nem az számít, hogy elégedettek-e, hanem, hogy igazuk van-e. Az emberi társadalmak felépítése nem sokban különbözik a bankrendszerektől, melyek oly kuszán átszövik őket. Jól tudod, hogyan működnek. Ha egy banknak csak ezer dollárnyi aranyfedezete van, hát nem probléma. Nem jelent neki problémát, hogy a tízszeresét, vagy akár a húszszorosát is kibocsássa hitel gyanánt. Így adósságot, tehát tulajdonképpen pénzt teremt. Az emberek beteszik, majd kiveszik a pénzüket, és ez működik. Egészen addig, míg az összes ügyfél úgy nem dönt egyidejűleg, hogy igényt tart teljes megtakarítására. Akkor a lufi, csak hogy egy korábbi példával éljek, kipukkad és nyilvánvalóvá válik, hogy a pénzintézetnek csupán ezer dollárnyi valós értékű fedezet állt rendelkezésre. Az emberiség vezetői sem különbek. „Millió dolláros" feladatot próbálnak megoldani „ezer dollárnyi" fedezetből, és ez működik is ideig-óráig, ahogyan a bankok is működnek, de a csőd már a nyakukon van, hercegem, akárcsak a kötél és a guillotine hajdanán. Ezért kell megtanulnod, hogy az emberiségnek nem olyan vezetőkre van szüksége, akik közülük valók. Épp ellenkezőleg. Olyanokra, akik mind képességben, mind pedig tudásban magasan felettük állnak! – Egy pillanatra megállt a fiú mögött, s hátulról a vállára tette jobb kezét. – Ezek vagyunk mi, Ratio. Mi vagyunk a világ aranyfedezete, mely mindenki számára bőségesen elegendő s melyből hamarosan felépül egy új kor s vele együtt egy fényes, szebb jövő!

– Igazad van, mint mindig – ismerte el Ratio. – Nem az a fontos, hogy az emberek mit éreznek vagy gondolnak, hanem hogy létezésük mennyire hasznos...

–... Az Örvénylő Mindenség számára – hangzott mind kettejük szájából rémisztően egyszerre, s akkor, abban a pillanatban Ratio először érezte úgy, mintha valaki – egy másik személy, vagy létforma – szólalt volna meg rajta keresztül.

Valaki, aki bár mindvégig ott volt a háttérben – a szeme sarkában, az emberi szavak egymásba olvadó zajában, az árnyékok és fények játékában, a libabőrben, mely örömében vagy félelmében borzolta a szőrét, az összemosódó színekben és formákban, melyeket hunyorítva dörzsölt ki szemeiből –, mégsem szólalt meg azelőtt soha.

Csak némán hallgatott és figyelt, mintha egész addigi életében erre a röpke pillanatra várt volna türelmesen. Erre a felismerésre, a tudatállapotra, mely végre lehetővé teszi számára, hogy megnyilvánulhasson az emberiség által is értelmezhető formában.

– Teremtened kell – vette le jobb kezét a válláról Darius. – Megtanítalak rá, de végső soron neked kell megvalósítanod. Többeknek sikerült már áramoltatniuk az örvénylésből származó energiát a történelem során, de egyikőjük sem jutott túl messzire. Varázslóknak, mágusoknak, boszorkányoknak hitték őket a maguk idejében, de voltak köztük neves harcosok, uralkodók, művészek és polihisztorok is. Gondolj csak bele! Ma elképzelhetetlennek tartják, hogy létrejöhessen egy olyan gigantikus életmű, mint amit Leonardo alkotott meg a maga idejében. Ilyen sokrétű tudás, ilyen mesterien magas fokon... A világ meg van róla győződve, hogy soha az életben nem születik még egy akár csak hasonló hozzá. De el kell árulnom, nagyon is tévednek – ült vissza Ratióval szembe a karosszékébe. – Ugyan is te, barátom – szegezte rá vaskos mutató ujját – nagyon is megszülettél!

– Úgy érted, én vagyok az új da Vinci?

– Sokkal több annál! Ő csak ízlelgette az energiát, játszott vele, mint oktalan gyermek a szerszámmal, de benned, hercegem, benned megvan a potenciál, hogy folyamatosan egy irányba áramoltasd azt! A teljes hatalom a rendelkezésedre áll.

– Mivel kezdjük? – kérdezte szolgálatkészen Ratio.

– Azt tanácsolom, önmagaddal, hercegem.

– Magammal.

– A palotám a rendelkezésedre áll. Végeztünk a gyárlátogatással – dobta le fejéről szürke tányérsapkáját s bújt ki egyenruhájából –, mindent láttál, hallottál és éreztél, amit csak kellett. Ez itt a végállomás!

– De hát... mégis hogyan kezdjek hozzá?

– Az értelmi képességed már így is megugrott. Intelligenciádnak minden egyes szegmense szemmel láthatóan növekedett. Sokkal fogékonyabb vagy a tanulásra, mint azelőtt. Az agyad olyan dolgokat képes felfogni és értelmezni, melyeket az átlagember képtelen. A kalkulációs időd jelentősen lerövidült, logikai készséged kifinomultabb lett, a memóriamenedzsmented pedig szinte tökéletes.

– Igazad van – mondta félmosollyal arcán Ratio. – Már a suliban is többeknek feltűnt a változás.

– És még mennyi minden fel fog tűnni nekik – mosolygott vissza rá Darius. – Ez mind csak a kezdet, hercegem. Te sokkal több vagy ennél. Sokkal több náluk! Valóságos istenné válhatsz, akit imádhatnak, mert végső soron erre van szükségük. Erre vágyakoznak, ezért epedeznek oly régóta! Jöjj hát! – állt fel Darius, s hirtelen megszűnt minden más körülöttük. – Jöjj,

hercegem, s légy az, aminek születtél. Rombold le a bálványo-
kat, melyeket helyedbe húztak fel! Légy az, aminek lenned kell,
Ratio! – dübörögte Darius. – Légy az istenük!

Ratio elfogadta a felé nyújtott kezet s elindult egy hosszú,
de végre kétségkívül számára kijelölt úton.

Egy úton, mely bár ódon volt és patinás, mégis minden egyes
részletében büszke és tekintélyt parancsoló. Elegáns olasz bőrci-
pője ritmust vert a kemény márványborítású járólapokon, me-
lyeket a nap dél felől áztatott el fényárral a hatalmas, viktori-
ánus dupla faablakokon keresztül. Lassú, határozott léptekkel
haladt az igazgató irodája felé.

– Menj be! – utasította az előteres. – Az igazgató úr már vár.

– Ezer örömmel – mondta cinikus mosollyal az arcán Ratio,
és már nyúlt is a kilincsért.

Mr. Coen, az igazgató már valóban várt rá, csakhogy nem
egyedül.

Jobbjánál a feszes tartású és szinte mindig szigorú tekinte-
tű Mr. Banks állt, a testnevelő tanár.

Állítólag katonatiszt volt még valamikor a '90-es években,
és bár ezt ő maga sohasem támasztotta alá, könnyedén el lehe-
tett róla képzelni. Óráit rendszerint a szigorú és fegyelmezett
viselkedés jellemezte – ami azt illeti, erre mintha sokkal na-
gyobb figyelmet is fordított volna, mint magára a testnevelésre.

Többször előfordult már, hogy az osztály a fél tanórát vigyáz-
zállásban töltötte az udvaron, játék viszont annál kevesebb-
szer. Meggyőződése volt, hogy a labda-, és egyéb csapatjátékok
csak tovább puhítják a már amúgy is gyenge fiatalságot s nem
közvetítik kellőképpen a sport valódi szellemét, mely szerinte
nem más, mit a küzdelem és az erőfeszítés. Mindennek fényé-
ben talán nem meglepő, hogy egyben az iskolai birkózócsapat
vezető edzője is volt.

Mr. Coen meglepetten méregette Ratiót. A fiú szinte érezte,
ahogyan fürkésző tekintete végigtapogatja cipője orrától egé-
szen a feje búbjáig.

Úgy bámult rá, mintha nem is az iskola diákja lett volna, ha-
nem valami őslakos egy még fel nem fedezett indián törzsből.

Lassan, óvatos tempóban fordította fejét Mr. Banks felé, fél szemét továbbra is Ratión tartva, majd halkan bólintott egyet a tanárnak.

– Foglalj helyet – mondta Mr. Coen kissé zavartan.

– Megtisztel, igazgató úr.

– Csak ülj le, Stanson! – utasította Mr. Banks a tőle megszokott határozottsággal.

Az igazgató egy finom mozdulattal intett kollégája felé, jelezvén, hogy hozzákezdhet mondandójához.

– Köszönöm, igazgató úr! – vágta rá feszesen, majd Ratio felé fordult. – Szóval. Mondd csak, pontosan mikor is kezdtél el edzeni, Stanson?

– Általános ötödik óta kosarazom.

Mr. Banks bajsza alatt egy jókora, ironikusan görbülő mosoly kezdett egyre szélesedni.

– Úgy értettem, mióta jársz edzőterembe.

– Nem járok – lökte oda flegmán Ratio, mialatt igyekezett még inkább kényelembe helyezni magát a széken. – Sosem jártam.

Mr. Coen és Mr. Banks meglepetten néztek egymásra, de nem kellett sok idő hozzá, hogy újra Mr. Stanson legyen a középpontban.

– Halkan hívnám fel a figyelmét – folytatta Mr. Banks – az anabolikus szteroidok okozta számos mellékhatásra, köztük a szív-, máj-, veseelégtelenségre, az impotenciára – vaskos lapátkezeivel rátenyerelt az asztalra, és lassan közelebb hajolt Ratióhoz –, valamint arra a nem elhanyagolható tényre, hogy illegális!

– Soha nem éltem ilyen vagy ehhez hasonló szerekkel, és a továbbiakban sem tervezem – közölte kimérten Ratio egy ügyvéd hivatalosságával. – Bármikor hajlandó vagyok alávetni magamat teszteknek, hivatalos eljárás keretein belül, természetesen.

– Ne szórakozz velem, Stanson! – fakadt ki Mr. Banks. – Jól ismerlek kisgólya korod óta. Mindig is vézna voltál, mint a nád! Nem egészen két hete láttalak utoljára az órámon. Ha akkor ráfeszítelek egy fémrúdra és kitűzlek az udvaron, akkor megszégyeníted a nemzeti lobogót, most meg mindjárt összerogyik a szék alattad, Stanson! Hát kit akarsz te átvágni? Azt hiszed, meg tudod vezetni az igazgató urat? Kinek képzeled te magadat? Azt ajánlom, most mondd el az igazat, amíg még megteheted!

– Tisztelettel kérném meg a tanár urat, hogy ne emelje meg a hangját, és egyúttal tartózkodjon a személyemet sértő megjegyzések használatától is, ha lehetséges – mondta kaján félmosollyal az arcán Ratio. Ahogyan Mr. Banks áthajolt a vastag tölgyfaasztal felett, kezdett egy dühödt bikára hasonlítani a spanyol viadalokról. Sötét szemei szikrákat vetettek, dühtől reszkető orrcimpái alól gőz lövellt ki, s ha Mr. Coen nem szólal meg, talán el is rugaszkodik a földtől.

– Ebben igaza van, Stanson, de... Frank, kérlek – tette rá finoman kezét Mr. Banks megfeszült karjára, majd ismét Ratio felé fordult. – Tudja, magam sem gondolom, hogy bárki elérhet ilyen vagy ehhez hasonló növekedést illegális szerek nélkül. Ami azt illeti, még azokkal sem. Én nem ismerem magát túl jól, Stanson, de ha igaz... amit Mr. Banks állít – pillantott rá –, márpedig én feltétlenül megbízom a kollégáim ítélőképességében, akkor meg kell, hogy kérdőjelezzem... hogy is mondjam, az állításai hitelességét.

– Nem szívesen ismétlem magamat, igazgató úr, de bármikor alávetem magamat a teszteknek. – Ratio felállt a székből és széttárta izomtól duzzadó karjait. – Bármikor.

– Azonnal ülj vissza, Stanson! – mordult fel újra Mr. Banks. – Még nem végeztünk.

– Ami azt illeti, végeztünk, Stanson – vágott közbe Mr. Coen. – Mihamarabb szeretnék beszélni a szüleivel; ha lehet, személyesen. Elmehet.

– Akkor ketten vagyunk, igazgató úr – suttogta hidegen Ratio. – A viszontlátásra!

Mikor a nyikorduló zsanérok és a nehéz, öntöttréz zár csattanásának kopott visszhangjai végleg elhalkultak, a légy szárnya sem rebbenhetett volna meg észrevétlenül az irodában. Az addig harsány és goromba testnevelő tanár is csak az asztal fényesre lakkozott tábláját vizslatta szemlesütve.

– Ezt meg hogy értette? – fordult hozzá Coen.

Banks mélyet sóhajtott. Lassacskán felemelte őszülő fejét, majd kisvártatva kollégájára nézett.

8.

Szerette, mikor ilyen kihaltak voltak a folyosók. Sehol egy lélek, csak egy-egy tanár hangja szűrődött ki tompán a vastag, duplaszárnyú faajtók mögül. Mindenki órán ült. Őt kivéve.

Nem sokszor adódott alkalma, hogy egymagában csodálja meg ezt az öreg, ám épp oly büszke épületet, pedig már negyedik éve koptatta padjait. Figyelemre méltó komplexum volt, még Rivercastle-höz képest is.

Aki először pillantotta meg, annak mindjárt rabul is ejtette bámuló tekintetét, melyet felkapott – mint ragadozó madár a gyanútlan rágcsálót –, hogy aztán valahol a tizenkilencedik század elején ejtse le megszédítve.

„Egyedülállóan kívülálló."

Ez jutott róla eszébe Ratiónak, mikor a folyosóról a tágas aulába lépett, s abban a pillanatban ő is pontosan ilyennek érezte magát. Valakinek, aki bár az intézmény része, mégis magasan az intézmény felett áll.

Ez az épület már jóval azelőtt felépült, hogy a Lafayette gimnáziumot megalapították volna, s legbelül jól tudta, hogy akkor is ott áll majd, amikor az iskola már réges-régen feledésbe merült. Mindig is tetszett neki, de talán csak most először döbbent rá, hogy mennyire illenek is egymáshoz.

A karzatról szinte az egész teret belátni.

A korlátra támaszkodva bámulta merengve a kiült, foltosra koptatott, régi, műbőr borítású foteleket és kanapékat, melyek most szinte mind üresek voltak – egyet-egyet kivéve, melyekben fakultációra, vagy az állami versenyre készülők ücsörögtek. Ezeket a valaha szebb napokat is látott, de még mindig viszonylag kényelmesnek mondható ülőalkalmatosságokat eredetileg az iskola vendégei – idegen tanárok, óraadók, a sajtó, valamint a szülők – részére tartották fenn, de mivel a diákok kapva kaptak a hirtelen kínálkozó komfort csábító lehetőségén – ráadásul tömegével – az akkori igazgató végül szemet hunyt a dolog fölött, és attól kezdve az egész aula a tanulóifjúság köztulajdonát képezte.

A házirend keretein belül természetesen, melyek betartására továbbra is mind a tanárok, mind pedig a portások szigorúan ügyeltek.

Legalábbis megpróbálták, mert ennek ellenére rendszeresen keltettek fel a fotelekben éppen szundító diákokat, vagy utasítottak rendre fetrengőket a kanapén.

De hát hogyan is várhatná el tőlük bárki, hogy ne érezzék magukat otthon ebben a kellemes környezetben, mikor az igazgatóság és a tanári kar szakadatlanul az összetartozásról, az Alma Mater iránti szeretetről szónokol, valamint arról hogy a Lafayette gimnázium „egy nagy család"?

Nem csoda hát, ha a diákok habitusa is idővel idomulni kezdett ezekhez a magasztos, szívmelengető eszmékhez.

Ez alól Ratio sem volt kivétel, sőt. Akaratlanul is elmosolyodott, ahogyan az aulában megélt vidám pillanatok átfutottak bágyadt elméjén. Ilyenkor lágy bizsergés futott végig ellazult testén, akár egy lassított áramütés, feje tetejétől egészen a kislábujjáig. Imádta ezt az érzést, mikor tagjai teljesen elgyengültek s már nem érzékelték tisztán az őt körülvevő univerzumot, mely minden egyes kis részecskéjével apró lövedékként vájta bele idegrendszerébe az úgynevezett „objektív valóság" mély, és sokszor bizony sötét bombatölcséréit.

Jóllehet mióta elkezdett „utazni", sokkal ellenállóbbá vált a zavaró, vagy kellemetlen impulzusokkal – például a fájdalommal vagy irritációval – szemben, mégsem halkította el mindet.

És erre jó oka volt.

Daruis elmagyarázta neki, hogy vannak bizonyos energiaáramlások, vagy – ahogyan a tudósok körében elterjedt – agyi hullámok, melyeket bár bizonyos körülmények között zavaró tényezőkként fogunk fel, sok esetben mégis fontos információval szolgálhatnak a számunkra.

Mint például az a bosszantó jelecske, mely egyre inkább kezdte beárnyékolni Ratio belső TV-jének addig makulátlan adását, sistergő képszakadásokkal és tarka foltokkal torzítva a színes emlékmatinét. Darius tanítása most sem volt hiábavaló.

A fiú jól tudta, hogy figyelik.

Hirtelen adrenalinlöket szorította össze lüktető ereit, ezzel végleg megszakítva a kellemes bizsergés már-már eufórikus fázisait. Egy katona fegyelmével lassította vissza automatikusan szaporává vált légzését. Ügyelt rá, hogy tagjai ne mozduljanak ki addig elfoglalt pozíciójukból, s ne tegyen vagy mutasson semmilyen hirtelen mozdulatot, vagy arra utaló jelet, hogy észlelte az utána kémkedőt.

Valaki egy ideje már figyeli őt. Ebben a pillanatban is őt nézi.

De vajon ki?

Talán egy tanár, akinek lyukasórája van?

Előfordulhat; szinte mindegyik szaktanárnak van a gimiben. Van, amelyiknek több is egy nap.

Mr. Banks!

Lehetséges, hogy követte őt az igazgatóiból egészen mostanáig, hogy meggyőződjön róla, tényleg vissza megy-e az órára?

Na és aztán!

Küldje csak vissza, ha akarja! Ő továbbra is úgy tesz, mintha mit sem vett volna észre, meglátjuk, meddig bírja cérnával az öreg.

Habár...

Egy ideje már figyelheti, ez biztos. Talán nem is akarja, hogy visszamenjen. Talán az a patkány igazgató küldte utána, hogy kémkedjen neki! Titokban jelentést készítenek róla. Leírják, hogy kimarad az órákról és megszegi a házirendet, amit aztán szintén titokban elküldenek az anyjának, aki már így is eléggé aggódik a fián észlelt hirtelen változások miatt.

Rohadt patkányok! Mocskos kis rágcsálók! Át akarnak lépni felette, mint valami féreg felett az út szélén! Vigyázva, nehogy véletlenül ők tapossák el, s ezzel bemocskolják – a tanári karral – fényesre nyalatott cipőjük talpát.

Ezt már nem tűrhette!

Talán megtették már százszor, ezerszer, milliószor másokkal, de vele nem fog menni!

Ez egyszer olyan féreggel van dolguk amekkorát még sohasem próbáltak keresztüllépni azelőtt! Olyannal, aminek örvénylő torka képes elnyelni valamennyiüket egyetlen szempillantás alatt.

Olyannal, aki előtt kénytelenek megállni, térdet hajtani, s még egyszer utoljára mélyen a szemébe nézni!

Így lesz! – gondolta Ratio, amint dacosan felrántotta fejét.

Nem túl hirtelen, de ahhoz elég gyorsan, hogy elkapja a vele srégen szemben – a karzat másik oldaláról – őt kémlelő, fényes, halványzöld szempárt.

Az érzékei nem hagyták cserben. Csakugyan megfigyelték, zseniális gondolatmenetét tekintve viszont nemcsak hogy vakvágányra futott, de mindjárt le is szaladt a sínekről, mikor meglepetten konstatálta, hogy a nagy és szigorú Banks helyett a félénk és törékeny virágszál, Jasmine kapta el tekintetét.

Agya milliónyi lehetőséget futtatott végig, mire tévesen megállapodott Mr. Banksnél, de ő még csak véletlenül sem szerepelt köztük.

Nem beszéltek, mióta Ratio – igen meggondolatlanul – elígérkezett számára a végzős bálra, s talán volt is benne némi tudatosság, hogy azóta sem kereste a társaságát, most azonban valamiért mégis pozitív csalódásként élte meg figyelmét.

Jasmine Bloom szép lány volt, de nem túl dekoratív. Mintha szándékosan törekedett volna rá, hogy minél átlagosabb hatást keltsen, mégis volt benne valami érthetetlenül megkapó.

Farmert viselt női country inggel, mely éppen csak annyira volt testhezálló, hogy kiemelje nőies, homokóra alakját, ráadásul szinte sosem sminkelt.

Vörösbe halványuló barna, hullámos fürtjei, akár a mahagóni gyökerei fonták körbe keskeny vállát majd vékony karjait. Halvány szeplői – melyek szinte csak intim közelségből látszottak – tarka metszetekként díszítették halovány arcocskáját.

Ratio csak most vette csak észre igazán.

Minden porcikájában természetes volt, akár egy erdei csemete, melyet kiástak vad élőhelyéről és átültettek az ember formálta mesterséges díszkertbe. A kultivált és nemesített fajok közé, melyek bár többet teremnek, s viráguk is, gyümölcsük is nagyobb, szemkápráztatóbb, mégsem rajzolódnak ki ágaikból többé az ősfa büszke vonásai, lombjukból, első hajtásai.

Most ő kezdte el bámulni, szemeivel szuggerálni a lányt, aki hiába is próbált úgy tenni, mintha csak a kárörvendő véletlen komisz játéka lett volna az egész, s ügyetlen tekintetük akaratlan botlott volna egymásba.

Jól tudta, hogy lebukott, s ha így esett, hát nincs mit tenni... Ratio most már figyelte a lányt. Alaposan szemügyre vette. Nem akart elmulasztani egyetlen mozzanatot, egyetlen árulkodó rezdülést sem, mely talán lassan, de idővel biztosan kiteregeti a karzatra bensőjének vékony, áttetsző, de annál féltettebb darabjait.

Rettentően élvezte, ahogyan minden egyes pillanattal egyre inkább zavarba hozza fürkésző tekintetével. Csak még egy pillantás – csak még egy közös szemvillanás –, amire vágyakozott, hogy napvilágra jöhessenek a legféltettebb titkok, melyeket az ember bár ismer ugyan, gyakran mégsem meri bevallani még önmagának sem.

De nem így történt.

A lány nem vetett újabb pillantást a fiúra, s fejét elfordítva, szemeit lesütve indult el a tornaterem felé.

Abban a másodpercben a világ nem volt több számára, mint a karzat összejárt padlóburkolata s az ajtóból rávetülő fényfoszlány, mely az irányt mutatta neki. Talán soha nem is hitte volna, hogy egy ilyen kopott, egyszerű járólap fugái – minden piszkukkal és repedéseikkel együtt –, a tornateremből kiszűrődő fények és zajok, egy halk füttyszó egyszer ennyire sokat fog jelenteni a számára.

Hiába. Sokszor a legegyszerűbb dolgok mutatnak utat számunkra leginkább...

...Füttyszó!

Lába mintha gyökeret eresztett volna hallatára, s halvány arcocskája önkéntelenül is a kurta, halk, ám kétségkívül kedves hang irányába mozdult.

Ratio intett neki – amit a lány automatikusan viszonzott –, majd fejével biccentett neki, ezzel invitálva, hogy menjen oda hozzá.

A lány még egy röpke pillantást vetett a tornacsarnok karzata felé vezető ajtó irányába, alig hallhatóan sóhajtott egy picit, majd végre félszegen elindult körben a másik oldalra.

– Szia, Ratsy – köszöntötte halkan. – É-éppen a tesiterem felé indultam, megnézni a röpiseket. Alig vettelek észre...

– Hogyhogy nem vagy órán?

– Nekem ilyenkor lyukasórám van – mondta, mint akit épp egy tanár von felelősségre. – Tudod, tavaly osztályozó vizsgát tettem spanyol nyelvből, és le is érettségiztem belőle.

A mondat végére a hangja szinte elfogyott, mintha szégyellte volna magát.

Talán csak nem akart strébernek tűnni Ratio előtt.

– Hm – sóhajtott elismerően a fiú. – Az szép. Az anyukám biztosan kedvelne téged.

– Úgy gondolod? – kérdezte Jasmine, most már jóval vidámabban. A gondolat, hogy Ratio anyukája a kegyeibe fogadná, egyszeriben villanyozta fel kedélyét és felszabadította fel gondolatait. Ezek után már sokkal oldottabb lett a beszélgetés. – Ennek igazán örülök. Na, de te meg jól kigyúrtad magad, mióta nem láttalak.

– Hát – vonta meg a vállát Ratio –, ritkán látjuk egymást.

– Igen, sajnos – mondta zavarában nevetgélve Jasmine, s hogy el ne uralkodjon rajta, inkább gyorsan témát váltott. – És neked... neked is lyukasórád van, vagy...

Ratio halkan elnevette magát.

– Így is fel lehet fogni – sóhajtott. – Úgy is mondhatnám, hogy Coen igazgató úr elintézte nekem.

– Szóval versenyre készülsz érem...

– A diri behívatott magához óra közben, nekem meg... egyszerűen nincs kedvem visszamenni. Ennyi az egész.

Jasmine ismét félénkebb tónusra váltott.

– Oh. Csak nincs valami baj? Remélem, semmi komoly.

– Ez úgy hangzik, mintha egy beteg állapotáról érdeklődnél, Jass – nevette el magát újra a fiú, és Jasmine is vele nevetett zavarában. – De nyugi, nincs semmi gáz – érintette meg gyöngéden a lány jobb vállát. – Épp ellenkezőleg. A dolgok nem is haladhatnának jobb irányba.

Csak pár másodperc volt az egész, csak egy kósza mozdulat, Jasmine mégis benne ragadt. Jóval azután is magán érezte lágy, simogató érintését, hogy kezét már levette róla.

Nem akarta, hogy elmúljon.

Újra és újra át akarta élni ezt az extázist, mely szűzies érzékeit föld fölé emeli s tovalebegteti, akár a tavaszi szellő a virágszirmot.

– Nézd csak az öreg Bankset odalent! – rántotta vissza hirtelen Ratio a földre. – Úgy tűnik, neki is lyukasórája volt. Csak most vánszorog vissza a terembe.

– Lehetséges – mMondta Jass, amint ő is lenézett a karzatról. – Tudod – kezdte volna, de nem igazán tudta, hogyan hozza fel a témát.

– Te sem bírod, mi? Megértem. Igazi patkány.

– Nem tudom, nem igazán ismerem. Minket sosem tanított.

– Hidd el, jobb is. Az ilyenekre nincs szüksége a társadalmunknak.

A csend kezdett kínossá nyúlni, s bár Ratio kedélyét látva ő maga sem tartotta a legjobb alkalomnak, mégis meg kellett próbálnia.

– Tudod, amiről a múltkor beszéltünk...

– A múltkor? – fordult felé mosolyogva Ratio, amitől a lány önbizalma ismét nyiladozni kezdett. – Mégis mikor volt az, Jass?

– Tudod, a bálról.

– Persze, a bál – mondta szórakozottan Ratio. – Tényleg beszéltünk róla.

– Mi... Mi nem egyeztettünk. Azt gondoltam, hogy keresel majd, de... Én csak nem akartalak ezzel zavarni.

– Jass, én... Nekem eszemben volt – szabadkozott –, és már akartam is szólni, csak tudod...

– Persze, tudom. Ez az utolsó év. Mind nagyon elfoglaltak vagyunk, megértem.

– Nézd, Jass. Én tényleg bírlak téged és szívesen el is vinnélek a bálba, de...

– De?

– De addigra én már valószínűleg nem leszek itt. A levegő savanyúbbá vált körülötte, s gyenge torkát mintha egy kemény, csontos marokkal szorították volna össze. Szédülés fogta el, s érezte, hogy nehezére esik a beszéd.

– De hát... mégis hol leszel? Hová mész most, érettségi előtt? Talán kirúgnak? Ezért voltál az igazgatónál? De... de hát az nem lehet – nyögte ki kétségbeesetten Jass, miközben érezte, hogy teljesen kifogy a szuszból.

– Engem ezek nem rúgnak ki! – tornyosult föléje Ratio. – Nekem ezek nem parancsolnak! Mindent, amit teszek, azt önszántamból teszem, ezt jól jegyezd meg! Úgy látom, te sem látsz tovább az orrodnál! Az iskolánál, az érettséginél, ennél a hülye bálnál! – mondta Ratio sziszegve. – Pedig téged másnak hittelek, Jass.

Ezzel faképnél is hagyta a lihegő lányt a karzaton, s elviharzott a főépület felé. Jasmine még sokáig nem tudott elindulni. Csak kapkodta a levegőt, mint komondor a kánikulában, s egyszerre kerülgette sírás és ájulás.

Végre gyöngyözni kezdett a két üde kis patak, s a sós szemek egyre szélesebb folyamban árasztották el szeplőcskéinek halovány kertjét.

Ratio az osztályterem felé vette az irányt szapora léptekkel. Már nem törődött az épület szépségével vagy a csend nyújtotta idillel, különben is...

Kicsengettek.

Nem érte meglepetésként, mint azelőtt, sőt. Előre tudta, hogy mikor fog bekövetkezni. Agya – másodpercre pontosan – ösztönösen számította ki várható kezdetét. Mintha csak bele lett volna kódolva az agyába egy mesterien megszerkesztett és összehangolt világóra. Mindig pontosan tudta, hogy mennyi az idő, függetlenül attól, hogy hol járt vagy mit csinált.

Az ajtók nyitódtak és csapódtak, a frissen szabadult diákok pedig hangyarajként árasztották el az addig tágasnak tűnő folyosók még betöltetlen légköbmétereit.

A csajok megbámulják, majd összesúgnak mögötte, a legtöbb srác pedig haverjaként lendíti felé karját. Ratio sohasem volt népszerűtlen a suliban, ám most nem egy olyan arc is ráköszönt, akiknek addig talán a létezéséről sem tudott, vagy ha igen, az biztos, hogy azelőtt sosem beszéltek.

Hiába is próbálta volna tagadni. Roppantul élvezte a dolgot. A csodálatot, a rajongást és az elismerést ragyogó szemeikben. Azt, ahogy a lányok méregetik, az arcától egészen az ágyékáig. A friss levegő azonban hamar megtelt kellemetlen, keserű, rosszindulatú szagokkal s nemsokára rájött, hogy nem mindenki csodálatból méri végig.

A sodródó tömegből hirtelen villámlásként tűnt elő egy fürkésző szempár, mely egyből magára vonta Ratio figyelmét, amint megpillantotta.

A tesztoszteron és adrenalin heves koktéljától lüktető, véreres szemek majd' kiugrottak helyükről, miközben egyre csak bámulták.

Jeff!

Ratio hosszú másodpercekig nézett vele farkasszemet, míg elhaladt mellette. Pontosan tudta, hogy mit jelent ez; hogy mit jelent ő most Jeff számára.

Csak állt ott a haverjaival, és nézte, ahogyan továbbmegy. Nem közelítettek a fiúhoz, pedig azelőtt nem egyszer konfrontálódtak az iskola falain belül is.

Jeffnek be kellett látnia, hogy a dolgok – ha akarta, ha nem – megváltoztak a Lafayette gimiben. Az erőviszonyok átértékelődtek, és nem csak a népszerűség terén.

Habár Ratio mindig is magasabb volt nála, ő sokkal erősebb testalkatú volt.

Egészen mostanáig.

Az adrenalint nem csupán a tomboló tesztoszteron játszópajtásául pumpálta ereibe megfeszült szervezete.

Válaszreakcióul szánta egy bár teljesen hétköznapi, közönséges, ám annál sötétebb lelkiállapot kezelése céljából.

Ratio lelkiállapota viszont annál derűsebb volt.

Hosszú idő után végre egyértelmű győzelmet aratott riválisa felett, s ha bár jól tudta, hogy egyetlen győztes csatával még közel sem nyert háborút, mégis a markában érezte megriadt ellenfelének borsónyira zsugorodott golyóit, s velük együtt a lelkét is.

„Ahol a lélek, ott az ember" – dédelgette Darius bölcs gondolatait.

– Hé, haver! – köszöntötte egy csapat B osztályos az évfolyamból. – Mi az ábra, tesó? Figyi, két hét múlva szombaton lesz egy kicseszett nagy koleszos buli a campuson! Tudod, a tesóm az egyetemen végzős. Meg vagyok hívva, haver, és azt mondta, vihetek pár menő arcot is. Saját DJ-jük van. Tele lesz fincsi puncikkal és tengernyi piával! El kell jönnöd velünk, ember, csapj bele!

– Kösz a meghívást, haver, de...

Épp ekkor jelent meg Phil, mindkét vállán egy-egy táskával.

– Ratty! – nyögte ki lihegve. – Itt a cuccod, haver, elhoztam. Miről dumáltok?

Ratio barátjára nézett, elmosolyodott, majd visszafordult a B-sek felé.

– Ki nem hagynám, haver. Feltéve, ha Phil is jöhet.

– Hova jöhetek? – szedte össze magát izgatottan Phil. – Buli lesz, vagy mi, srácok? Megyünk, megyünk, ott a helyünk!

A B-sek jóformán keresztülnéztek a kis buzgómócsingon, s mint ha mi sem történt volna, kezet nyújtottak Ratiónak.

– Meg van dumálva, haver! Majd rád írok, hogy hol tali, na, csá!

Ratio elégedetten nézett utánuk.

– Hé! Mégis miről van szó pontosan, haver? – nyaggatta Phil. – Avass már be!

– Most intéztem neked egy igazi egyetemi bulit, kishaver!

– Ne már! – kiáltott fel izgalmában. – Mikor, hol?

– Két hét múlva, elvileg a Rivercastle-i Egyetem campusán.

– Imádlak, haver! – ölelte meg barátját. – Ezt meg hogy a szarba hoztad össze?

– Csak elhívtak... Ennyi. De most már engedj. Menjünk! Lekapta Phil válláról a táskáját.

– Kösz, hogy utánam hoztad.

– Nincs mit, Ratty! Tényleg, mit csinálsz suli után?

– Beugrom a National Bankba.

– Pf... Jó, de most komolyan!

– Komolyan mondom, Phil.

Phil arcára hamar kiült a töprengés.

– Mi dolgod neked ott?

– Újra számlát nyitok.

– Számlát? – éretlenkedett Phil. – Mégis minek? Csak nem dolgozni akarsz pont most, érettségi előtt? Ember, két éve dolgoztál utoljára, a nyáron.

Ratio elnevette magát.

– Hidd el, eszem ágában sincs dolgozni, haver. De kénytelen vagyok számlát nyitni. Tudod, a nyereményeket egy bizonyos összeghatár felett már nem fizetik ki készpénzben.

– Nyereményeket – hitetlenkedett Phil. – Egy bizonyos öszszeg fölött? Most a netes fogadásaidról beszélsz?

– Pontosan, haver – mosolygott barátjára.

– Na, elmész ám a...

Akár elhitte, akár nem, egyre gyakrabban csippantak az értesítések Ratio zsebében, melyek többnyire az okostelefonján kötött élő fogadásokból származó nyeremények voltak.

Eleinte csak otthon játszott a számítógépén, de mivel a telefonja szinte mindig nála volt, hamar rájött, hogy sokkal hatékonyabban kereshet pénzt általa.

Nem sokkal azután, hogy megnyitotta bankszámláját, már egy tetemes tőkét tudhatott magáénak, mely csak egyre nőtt és nőtt.

– Mint már mondtam, ez mind csak a kezdet – magyarázta Darius. – A látható világ minden erőforrása a rendelkezésedre áll. Azt kezdhetsz az energiával, s így az anyaggal is, amit csak akarsz. Feltéve, hogy továbbra is ilyen szorgalmasan figyelsz a tanításaimra.

– Minden szavad arany, királyom.

– Számodra még sokkal több is lehet annál, hercegem. Úgy látom, elérkezett az idő.

– Mondd, mire? – kérdezte, miközben felegyenesedett.

– Hogy feltárjak előtted egy újabb igazságot.

– Bármit is mondasz vagy mutatsz, én készen állok!

Darius ismerős félmosolya árulkodó volt.

– Igen. Pontosan ott állsz, ahol kell.

Ratiónak nem okozott túlságosan nagy meglepetést, hogy egyszer csak máshol találta magát, mint azelőtt egy pillanattal – hozzászokott már az efféle „környezetváltozásokhoz". Azonban mégis csak volt valami ezen az új, addig még sosem látott helyen, ahol a kristálytiszta felszín s a boltozat észrevétlenül olvadtak össze a horizonton. Valami, amire ha akart volna, sem tudott volna eléggé felkészülni.

Megtöltötte az egész atmoszférát. Ott volt a talajban és az égben. A levegőben és a fényben. Ott rezgett minden egyes kis részecskében. Tisztábban érezte a forgást, mint valaha.

– Érzed, ugye? – kérdezte lágyan Darius. – Ez itt a Végtelen Óceán. Az álmok síkja. Gyere velem. Megmutatom.

Végtelen Óceán.

Ratio akkor vette csak észre, hogy lépteik nyomán hullámzik a talaj.

– Ez víz? – kérdezte meglepetten. – Most a vízen járunk?

– Valójában nem – mondta Darius mosolyogva –, de az emberi tudat annak érzékeli. Ezért is nevezik óceánnak.

– Hová viszel?

– Megmutatom neked azt, ami után mindig is vágyakoztál. Ami kezdettől fogva a részed volt s hívott téged a messzeségből, mint apa a gyermekét. Akinek hallottad hívó szavát, de ezidáig nem válaszoltál rá. Most is hallod őt, nem igaz? Egyre inkább megérted kavargó suttogásait.

Miközben Darius beszélt, egyre gyorsabban és gyorsabban kezdtek haladni, míg végül már lehetetlen lett volna megállapítani sebességüket.

A végtelennek tűnő térben a mozgás teljesen elvesztette jelentőségét. Haladtak, vagy álltak?

Már nem tudta volna biztosan megítélni. Ekkor vette csak észre, hogy elemelkedtek a talajszinttől, de hogy mennyire, arról fogalma sem volt. Az egyedüli változás, amit realizált, az a forgás egyre erősödő érzékeléséből adódott.

Biztosra vette, hogy közelednek.

Vagy talán már meg is érkeztek.

– Nézz fel! – mondta Darius.

Mindketten felemelték a fejüket, Ratio mégis ösztönösen tudta, hogy az Óceánra néznek. Ekkor látta meg először azt, aminek nincs kiterjedése, mégis érzékelhető.

– Hát ő az... – mondta Ratio.

– Ő az – mondta Darius.

Meredten álltak a gigantikus lény előtt, melynek nagyságát lehetetlen emberi mértékkel kifejezni.

Talán betölti az egész univerzumot, talán csak egy pont a végtelenben.

Milliárd fényév távolságra fekszik, vagy csak egy karnyújtásnyira van?

Nem számított.

Ratio hallotta a szavát. Érezte a leheletét. Azt a töméntelen energiát, amely éppúgy képes világokat létrehozni, mint elsöpörni azokat egyetlen szemvillanásban.

Mióta bámulták a hullámokban kavargó ősi energianyalábokat? Nehéz lenne megmondani.

Idő és a tér nem jelentettek semmit ebben az alaktalan, méretlen üveggolyóban.

– Csodaszép, nem igaz? – kérdezte Darius.

– Fantasztikus.

– Hát lehullt szemeidről a hályog, s látod a láthatatlant. A mindenség szülőatyját!

– Igazad van! Az Örvénylő Mindenség maga nem látható, hiszen nincs kiterjedése, mégis... A belőle kiszármazó erő érzékelhető. Most valóban látom a láthatatlant. És nem csak látom! Hallom és értem is...

– Mérhetetlenül büszke vagyok rád, hercegem! – szólalt meg újfent karosszékéből Darius.

– Miért jöttünk el? – fakadt ki Ratio. – Vissza akarok menni! Érteni akarom! A fülembe suttog...

– Vissza fogsz menni, ne aggódj – csitította Darius. – Vissza kell menned! De előbb még meg kell tanulnod valamit.

– Van mögötte valami! Nem tudom, mi. Nem láttam, de tudom, hogy ott van! Ő mondta nekem…

– A Sötét Való – vágott közbe hidegen Darius. – A Nagy Ismeretlen.

– A Nagy Ismeretlen – ismételte halkan Ratio. – Hát te is érezted.

– Már régóta tudok a létezéséről. Tulajdonképpen ez a fő oka annak, hogy most itt vagyunk. Hogy most beszélünk. Hogy egyáltalán találkoztunk. Ő akarta így…

– És meglett – folytatta Ratio automatikusan. Olyan természetes volt, mintha egy személy beszélt volna két szájon keresztül.

Darius hosszas pillantást vetett rá – tán hosszabbat, mint addig bármikor –, majd folytatta:

– Egyes teóriák szerint az Örvénylő Mindenség a „kezdet és a vég". A mi világunk kezdete és egy másik, általunk megismerhetetlen, így sötétnek nevezett világ vége. Úgy tartják, hogy eredetileg maga az Örvénylő Mindenség is ebből állt elő, majd teremtette meg a Tiszta Síkot. Lehetséges, hogy…

– Átjöttek, igaz? – vágott közbe suttogva Ratio. – Átjöttek a másik oldalról.

Darius válasz helyett mélyen hallgatott. Pedig ha valami, hát ez igazán nem volt szokása.

– Láttam őket – suttogta halkan Ratio. – Láttam, ahogy átjönnek a sötét világából.

– Akkor azt is tudod, hogy miért vagy itt – mondta hűvösen Darius.

– Látom! – fakadt ki nyögdécselve Ratio. Libabőrös tagjait ideg rángatta, miközben könnyeivel küszködött. – Megtörténik újra és újra, mint előttünk annyiszor! – szipogta. – Átjönnek… csak jönnek. Özönlenek!

A fiú erei csaknem szétrobbantak, s hideg verítékét vér színezte meg.

– Harapnak! Felfalnak! Szétmarcangolnak! – zokogta a földre görnyedve, miközben haját tépdeste.

Darius érintése villámcsapásként vágott reszkető testébe, mely egy hatalmas rándulást követően hanyatt fekvésben terült el.

– Már te is tudsz róluk – folytatta megértően Darius. – Láttad őket. Így megérted azt is, hogy miért van rád ekkora szükség.

– Nem mehetsz el – döbbent rá Ratio. – Nem hagyhatod el a Tiszta Síkot!

– Őriznem kell ezt a törékeny mezsgyét, Ratio. Egyedül én vagyok képes visszatartani őket! Ameddig itt vagyok, addig nem képesek áttörni – mondta határozottan. – Nem történhet meg újra!

Ahogyan Dariusra nézett, valami különöset vélt felfedezni a tekintetében. Valamit, amit addig még soha. Úgy érezte magát, mint a szarvasmarhák, amiket a cowboyok vászonfallal terelnek egy kupacba.

A módszer egyszerű, hatékony, és szinte minden alkalommal beválik.

A marhák azt hiszik, hogy csapdába estek, és addig tömörülnek, míg már egymás mellett is alig-alig férnek el. Csakhogy bizonyos esetenként előfordul, hogy az erős szél vagy egy legény ügyetlensége miatt a vászon fellebben, s ilyenkor még az oktalan a marhák is elbizonytalanodnak.

Amit addig szilárd falnak hittek, annak most hirtelen mögé látnak.

Akárcsak Darius szigorú tekintete, mely mindig rendíthetetlen falként tornyosult fölé, gondosan elrejtve előle titkait.

Egészen addig.

Mikor az istenségből, ha csak egy röpke pillanatra is, de halandó ember lett, s az emberek mind éreznek félelmet.

– Tehát nekem kell megváltoztatnom a Profán Síkot. Nekem, egyedül...

– Nem leszel egyedül, hercegem. Én mindvégig segíteni fogom a küldetésedet innen. Megadok neked bármit, amire szükséged van, ha továbbra is figyelmesen hallgatsz és tanulsz – nyugtatta meg Darius. – Csak azt kell tenned, amit mondok, és minden a legnagyobb rendben lesz.

– Kezdhetjük – bólintott Ratio, és már ismét az Óceánnál voltak.

– Mint ahogyan azt már korábban említettem volt – cifrázta Darius –, az összes ember kapcsolódik a Tiszta Síkhoz, még ha nincsenek is ennek tudatában. Olyasmi ez, mint egy láthatatlan köldökzsinór, melyet sosem metszettek el, s így az emberiség megmaradt az Örvénylő Mindenség vergődő óriásbébijének. Kötődésük folyamatos és állandó. Velük van, mikor játszanak, tanulnak, gondolkodnak, vagy munkába igyekszenek, egyszóval mindenkor és mindenütt. Azonban van egy állapot, amelyben a kötődés sokkal, de sokkal intenzívebb, mint egyébként – pillantott Ratióra elmosolyodva.

– Amikor alszanak.

– Pontosan! – csattant fel Darius szenvedélyesen. – Ilyenkor álmodnak. És bár azt hiszik, hogy minden, amit átéltek, csupán a fejükben létezik, mégis ott motoszkál bennük a kétség. Az a parányi, elfojtott gondolat, mely folyamatosan vizsgálja életük minden egyes kis mozzanatát, önmagukat is beleértve. Egyesek felébrednek és hirtelen fogalmuk sincs róla, hogy amiről álmodtak, az megtörtént-e valójában a múltban, vagy csak puszta képzelet az egész. Mások ébrenlétükben vélik beteljesedni korábban látott álmaikat, és ez sem véletlen. Ők nem értik, mert nem ismerik a világ felépítését, sem a működését. Úgy hiszik, hogy az álmaik az elméjük részét képezik, pedig a valóság az, hogy az elméjük, sőt egész tudatuk valójában a Tiszta Sík része! Innen származik és innen is áramlik.

– Azokon a bizonyos „köldökzsinórokon" keresztül. Jól mondom?

Darius elégedett tekintete bőven elegendő volt a fiú számára. Megkapta a választ, sőt annál még sokkal többet is.

Megértette, hogy Darius őt is az álmain keresztül találta meg, mikor teljes tudatával kapcsolódott a Tiszta Síkhoz, s most őt is erre akarja megtanítani.

– Ilyenkor jönnek csak igazán jól az alattvalók – mondta Darius büszkén –, de ezt majd magad is látni fogod.

Hosszasan bolyong az álomcsatornákban. Lebeg, mintha vízben úszkálna. Kísértetiesen fel-felvillanó, vibráló fények tengerében siklik tova ezen a végtelennek tűnő kusza ideghálón. Terjed, akár az elektromosság a vezetőben, de nem olyan céltalanul.

Keres valamit.

Kutat.

Fürkészi a mélységeket. Most mintha orientálódna. Lehet, hogy nyomon van? Igen, minden bizonnyal!

Rágyorsít. Száguld, akár a spermium a petevezetékben. Vajon sikerül neki? Egyre csak szűkül a járat. Mindjárt bezáródik, s akkor oda az értékes lehetőség.

Megcsinálta!

Végül sikerült bejutnia.

9.

Este nyolc óra volt, de még javában világos. A tavaszi nap arany hártyái szabálytalanul szabdalták át magukat a büszke platánok lombjain. Édes parfüm illata lengedezett a májusi szellő fényes kristályszemei közt, halkan, diszkréten csiklandozva az érzékeket, akár csak a látvány, mellyel párosult.

Christine libbent elő az utca fái mögül falatnyi nyári ruhájában.

Lenge csipkéinek áttetsző anyaga gyöngéden ölelte körbe idomait, aljának könnyű fodrai pedig úgy lobogtak utána, akár kecsesen úszó beluga után a tenger habjai.

Elragadó volt, mint mindig, de most mintha különösen kicsípte volna magát. Formás, feszes keblei szabadon táncoltak lépteire, akár egy szerelmespár a virágos réten. Sima combjai szinte az ágyékáig villantak elő. Napon kiszőkült hajzuhataga derekát verdeste, s mindennek igéző, gesztenyebarna szeme szolgáltatott egzotikus kontúrt.

Nem csupán egy lány volt.

Nem is nő.

Valódi tünemény!

– Szia! Örülök, hogy itt vagy. Fantasztikusan nézel ki.

– Szia! – köszönt vissza Christine, miközben procedurálisan pusziszkodtak. – Köszi szépen, én is nagyon örülök!

– Foglalj helyet.

Az emberek egyre nagyobb csoportokban kezdtek szállingózni mindenfelől, s mire észbe kaptak, már el is fogytak a szabad helyek a vendéglátóegységekben.

Legalábbis a teraszokon.

De hát mégis ki akarna bent leülni egy ilyen kellemesen fülledt tavaszi estén? Hiába, a „Sor" – mint minden péntek este – észrevétlenül megtelt.

A közvilágítás antik viktoriánus lámpái pislogva ébredeztek az est-homályra, s ezzel megkezdődött a belváros varázslatos metamorfózisa, mely szórakozni vágyó emberek százait vonzotta magához, akár láng a molylepkéket.

Igen.

Rivercastle valósággal kifordult önmagából esténként.

Levedlette a szürke hétköznapok nyomott, poros pasztell köntösét, hogy egy fényűzőbb, csillogóbb és sokkal csábítóbb estélyire cserélje le azt.

Különösen igaz volt ez az impozáns főtértől dél felé futó sétálóutcára.

A helyiek csak „Sor"-ként emlegették, mivel egymást érték rajta a különböző stílusú – és ezáltal más-más vendégkörrel is rendelkező – vendéglátóhelyek.

Christine ezek közül is az egyik legfelkapottabban találkozott Ratióval a „Sor" végén.

A hangulat csodálatos volt, a pár pedig mesébe illően szép.

– Tudod... – mondta zavarában Christine, miközben lesütött szemeivel a poharában hullámzó rozét kémlelte. – Áh, mindegy is. Butaság.

– Na, ne csináld! – biztatta Ratio. – Mondd már!

– Hát jó – szánta rá magát Christine, miután elegánsan kortyolt egyet poharából. – Veled álmodtam az éjjel...

– Óh, igazán? – kérdezte Ratio, mintha meglepődött volna.

– És?

– Mit *és?* – kérdezett vissza Christine szemérmeskedve.

– Kellemes volt?

– Ami azt illeti, igen. Nagyon is... kellemes volt – kortyolt bele újból a borába. – És nagyon élethű – kacagta el magát zavartan.

Ratio is nevetett, de Christine hamar félbeszakította. Észre sem vette, és már az ölében volt.

Ajkuk akár két összenőtt cseresznye, ragadt egymáséhoz.

– Veled akarok lenni... – súgta izgatottan Ratio fülébe a lány.

– Velem vagy – suttogta vissza a fiú, miközben a lány füle mögé tűrte egy kósza hajtincsét. Aztán hirtelen eszébe jutott valami. – Nincs kedved bulizni?

– Van ma buli a városban? – kérdezett vissza Christine meglepetten.

– Biztosan van – mosolyodott el Ratio –, de én tudok valami jobbat.

A klubházban már javában zajlott az élet, mikor megérkeztek. A zene bömbölt, az asztalok összetolva az udvaron, rajtuk műanyag poharak szanaszét, a medence telis-tele felfújható műanyag kabalával és egyéb játékszerekkel, a fluoreszkáló fénycsövek, nyakláncok és karkötők fénye pedig egyre erősebben látszódott a tömegben.

Ratio még sohasem járt a campus területén – leszámítva a tavalyi nyílt napot –, mégis rengetegen megismerték, s többen haverjukként üdvözölték.

Christine-nek eleinte nem volt ínyére a hírtelen környezetváltozás. Bár nem szívesen vallotta volna be, de egyáltalán nem volt hozzászokva a bulizáshoz. Amikor azonban látta, hogy Ratiót még az egyetemen is mekkora népszerűség övezi, hamar felkapta a fonalat, s a fiú még nagyobbat nőtt a szemében.

Csak sodródott az árral, mint lazac a folyóban.

Büszkén követte Ratiót, aki sorra mutatta be idegen arcoknak, mint újdonsült barátnőjét.

Mindenkinek látnia kellett legújabb hódítását.

Mindenkinek meg akarta mutatni a trófeát.

Irigy és elismerő tekintetek tapogatták végig őket, amerre csak mentek. Ratio dicsfényben úszott, Christine pedig fürdött benne. Tökéletes pár voltak.

De nem mindenki szerint.

Jeff sötét tekintete úgy tűnt fel a tömegben, mint villámlás az éjszakában.

A futballista haverjai hívták meg a bulira, s nem sokkal Ratióék után érkezhetett.

– Azt hiszed, király vagy, Rat? – kérdezte kihívóan Jeff. – Az a ribanc ott melletted pár hete még velem kavart! Csak mert magadba toltál pár ampulla szteroidot, azt hiszed, mindjárt mindenki térdre borul előtted? Te mocskos kis patkány!

– Jobb, ha vigyázol a szádra Jeffrey – mondta Ratio mosolyogva. – Aki ilyen csúnyán beszél, annak hamar kihullanak ám a fogai.

– Ezek a fogak átharapják a torkodat, te köcsög! Gyere csak! Mire vársz?

A két rivális másodpercek alatt reflektorfénybe került.

A buli felbolydult: a részeg egyetemisták ordibáltak, dobáltak, sokan bunyót követeltek, mások próbálták csitítani a kedélyeket.

Izzott a levegő, de Ratio hűvös maradt, akár egy kő.

– Nem szívesen szabnám át a külsődet – mondta higgadtan –, bár valószínűleg csak javíthatnék a mostani kinézeteden – nevette el magát, s azzal a lendülettel hátat fordított Jeffnek és megsimította a reszkető Christine gyönyörű arcát. – Nem kell félned tőle – mondta gyengéden. – Ő csak egy senki.

Nem sokon múlt, hogy Jeff elérje őket.

Tényleg nem sokon. Ha a focisták egy szakszerű szereléssel nem teperik le a földre, biztosan nekik ugrott volna.

– Mi a szar van veled, Jeff? – ordított rá az egyetemi csapat kapitánya. – Így hálálod meg, hogy elhívtalak, te seggfej? Nekiállsz itt balhézni, mint valami óvodás?

– Nem én kezdtem, Roy... – nyöszörgött Jeff a rakás aljáról.

– Mindent láttunk, te baromarc! Hülyének nézel? Csinálod itt a tiniparádét? Na, kérj bocsánatot, vagy húzd el a beled! Fiúk! Engedjétek!

Ratio számára egy pillanatig sem volt kérdéses, hogy Jeff melyik lehetőséget fogja választani.

Amint feltápászkodott és leporolta magát, szúrós tekintetét és remegő mutatóujját egyaránt Ratióra szegezte.

– Elkaplak, Rat! – mondta dühtől lihegve. – Elkaplak, te patkány!

Aztán eloldalgott a parkoló felé. Ratio mosolyogva nézett utána, aztán egyszer csak tekintete komorabbra fordult.

Feje lassan, önkéntelenül kicsiket bólintott, mintha egyetértett volna valamivel, vagy még inkább mintha elhatározott volna valamit.

A buli dübörgött tovább. Egy besült balhé kevés ahhoz, hogy a már félig-meddig részeg diákok kedvét szegje, bár néhányuknak csalódást okozott, hogy végül is elmaradt a bunyó.

Christine nem volt köztük.

– Nagyon menő volt, ahogy kezelted a helyzetet – mondta csodálattal. – Meg sem rebbentél, végig higgadt maradtál, mint valami szuperhős! Büszke vagyok rád!

– Csak nem képzelted, hogy lesüllyedek a szintjére? – kérdezte félvállról Ratio.

– Nem, dehogy! Te sokkal több vagy ennél.

Ezt Ratio is így gondolta.

– Maradj itt, jó? Mindjárt keresek egy WC-t, vagy valamit, amit arra használnak.

– Persze, itt leszek – mondta Christine.

De ahogy Ratio eltűnt a szeme elől, azonnal kezdte egyre elveszettebbnek érezni magát. Hirtelen egyedül volt a tömegben. Addig sohasem érzett még ilyesmit. Mióta csak az eszét tudta, mindig is figyelem vette körül. Kivételes külseje és magával ragadó kisugárzása könnyedén a középpontba helyezte, bármilyen tarsaságról is volt szó, s ezt kimondottan élvezte is.

De akkor most mégis miért érez másképp?

Miért érzi magát kellemetlenül egy nyüzsgő, fiatalokkal teli helyen? Miért térne ki legszívesebben a méregető tekintetek elől, melyek azelőtt annyi önbizalommal látták el törékeny egóját?

Nem tudta a választ.

Nem is kereste igazán. Amit keresett, az hosszú, hosszú percek óta látótávolságon kívül volt.

Nehéz dolog várakozni, mikor minden egyes röpke pillanat hosszú órák alakját ölti fel.

– Itt is vagyok! – karolta át Ratio hátulról.

– A frászt hoztad rám! – fordult felé ijedten Christine, majd egyből le is smárolta. – Találtál normális mosdót?

– Fogjuk rá – mondta vidáman. – Még nem annyira vészes a helyzet.

Ahogyan a lányt átölelték az izmos végtagok, s arcán érezte a fiú szálkás idomait, legszívesebben el sem engedte volna.

– Lépjünk le.

– Hm? Hiszen csak nemrég jöttünk.

– Menjünk hozzád – súgta, majd megmarkolta a fiú fenekét s egy kéjes csókot nyomott az állára.

– Jobb ötletem van – mondta Ratio, s már fel is kapta fenekénél fogva a lányt, úgy, hogy tekintetük teljesen egy magasságban volt.

Christine lábaival átkarolta, s úgy szorította magához a fiú derekát, mintha össze akarta volna roppantani.

Vadul smároltak percekig, majd Ratio elindult vele a Klubház egyik melléképülete felé.

– Azt sem tudjuk, kinek a szobája ez – mondta Christine izgatottan, mikor Ratio ledobta az ágyra.

– Kit érdekel? Az ajtó belülről zárható.

Kattant is a zár, és Christine-t sem kellett sokáig győzködni arról, hogy az együttlét örömei bárhol kellemesek tudnak lenni.

Már hajnalodott, mikor a taxi megállt velük Empire Heights-on, White-ék kapuja előtt. A díszes kovácsoltvas kerítés és az élére nyírt sövény még nem lett volna túlzottan feltűnő azon a környéken, viszont mindenki felismerte Mr. White Mercedesét a feljárón.

Antik darab volt, európai rendszámmal. Valódi ritkaság.

– Majd rád írok délután – mondta Christine, amint kinyitotta a taxi ajtaját, majd megcsókolta Ratiót. – Vagy előbb... De most menj! Nem akarom, hogy apu meglásson.

Nem látta meg.

Nem mintha ez Ratiót egy cseppet is izgatta volna. Fizetett a sofőrnek, majd ő is kiszállt az anyja lakása előtt. Éppen, hogy csak megakadt a szeme a helyi lapon, melynek sarka gyűrötten kandikált ki postaládájukból.

Nem nagyon olvasott újságot, általában automatikusan le szokta dobni a nappaliban lévő dohányzóasztalkára, de most mégis felvitte magával a szobájába.

Nem véletlenül.

A főcímlapon szereplő vezércikk egyből felkeltette az érdeklődését.

Vastag betűkkel hozta:

„Lord Cycle elfoglalta uradalmát. A TCS International feje beköltözött vadonatúj rivercastle-i luxuslakába..."

Az újság szerint a – szinte egész Iwood Hills-t magában foglaló – gigantikus villakomplexumot nem csak hogy saját cégével építtette, de azzal is őrizteti. Saját, kizárólagos hatáskörben foglalkoztatott biztonsági alkalmazottai egyedül neki felelnek, s egytől egyig különleges kiképzésben részesültek.

A sajtó szerint ez további kérdéseket vet fel, valamint a közvélemény szerint a több mint három méter magas fal, mely a birtokot körül veszi, sem indokolt, s a város látképét is merőben átformálja. A cikk végén egy verse volt feltüntetve, mint amolyan gúnytárgy, mely a pszichológus szakértő szerint a költő sötét és zavarodott lelkivilágra enged következtetni.

Tűznél (Nála)

Komor a sötétség
Az öreg Föld felett
Komorabb, sötétebb a vadon
A rengeteg!

Messze e bozótnak
Egyetlen világa,
Lobog, mint e-világ
Utolsó szikrája!

Öt szakadt vitéz
Van csak a tűz körül
Öten vannak igaz,
De ébren egyedül

Csak egy, ki most épp
A lángokba réved
S lobban a láng,
Éled a tűz!

Megremeg a lélek!
Háború dühe
Izzik a rakáson!
Égnek rőt fellegek,

Csaták zaja riaszt,
Haló szaga viasz!
Kicsoda köti be
Összetört szívüket?

Az ellenség a Földet már föl is szántotta,
Hullával vetette, vérrel megöntözte!
Sűrű homály a köd,
Keserű a lég fölötte!

A láng egyszerre elhomályosul
Hogy sebeit víz áztatja,
Esni látszik az eső
Tán csak a könnye hull

„A szívem megszakad
egy árva fiókáért,
mégis meg kell állnom
harcban a hazámért!"

Szemeit megtörlé,
A folyam elapadt,
S megrezdül hirtelen
A vad lombok alatt!

Mert hol vörös nyelvet
Égre öltögetnek,
Apját látja
Fölkelni a gyermek

S amiként a lángnak
Szertefut világa,
Széles karját,
Szélesebbre tárja...

Elgondolkodott.
A következő versszakon csak úgy átsiklott mélázva.
Nem fért a fejébe, hogy egy ilyen sikeres fickó, mint Cycle,
miért járatja le magát ilyesmivel. Mindene megvan. Fiatal, gazdag, sikeres. A lábai előtt hever a világ, és ő verseskötetet írogat. Azért csak végigolvasta.

...Lapulevél nedves
Fűszálakhoz tapad,
Hajnali kísértet!
Homályban jár a Nap

Nyúzott karok nyúlnak
Nyögve az ég felé,
Bágyadt szívek
Éledeznek lassan

Fázó szemek halkan
Vizslatják a hamut,
A parázsnál a vitéz
Elaludt.

Igaza volt Dariusnak.

Az emberi tökéletlenség betegíti meg a világot.

Ez a gazdag ficsúr mindent a szüleitől örökölt, mégsem hajlandó az ujját sem mozdítani azért, hogy öregbítse azt, ami rámaradt. Nem érdekli a cége, csak szórja a pénzt, ráadásul szándékosan olyasmivel borzolja a kedélyeket, amihez szemlátomást, fikarcnyi tehetsége sincs.

Ő nem fogja elkövetni ezt a hibát! A világ az ő lábai előtt fog heverni, de mindent, amiért csodálni fogják, maga hoz létre. Nincs többé ideje elkényeztetett celebekre! Mostantól kizárólag a világ új, fényes jövőjére szabad koncentrálnia.

Vagyis önmagára.

A papírral együtt végleg összegyűrte ábrándjait ezzel a szánalmas pojácával kapcsolatban, s mire az csont nélkül landolt szemeteskosarában, lelke már kisimult, akár egy csendes vidéki tavacska felszíne a homályban.

Ám nincs állóvíz, melynek vizét előbb vagy utóbb fel ne kavarná valami. Elég egy mozdulat, vagy akár egy léghullám.

A levegőben terjedő, kontrollálatlan, izgága kis rezgések, melyeket agyunk hangként realizál. Az ütemes kopogás mellé olykor más hanghatások is társulhatnak. Ilyen például:

„Rendőrség! Kérem, nyissa ki az ajtót!"

10. Készítsétek az utat...

Myriam épp a konyhában tett-vett, miközben halkan hallgatta a rádiót.

A közeg már egy ideje a lakás bejárata előtt állt, mire ajtót nyitott.

– Üdvözlöm, asszonyom! Peterson nyomozó vagyok, ő pedig itt a társam, Smith nyomozó. Ratio Stansont kerssük.

– A fiamat? – kérdezte Myriam pániktól reszketve. – Mégis miért keresik? Uram Isten! Belekeveredett valamibe?

141

– Kérem, nyugodjon meg, asszonyom! – mondta biztatóan a rendőr. – Azért vagyunk itt, hogy ezt kiderítsük. Csupán pár kérdést szeretnék feltenni neki. Itthon van a fia? – De mégis mivel kapcsolatban? – fakad ki Myriam. – Nem szed illegális szereket. Azt mondta, nem használ semmi ilyesmit. Nekem elmondaná! Ez biztosan félreértés.

– Örömmel állok az urak rendelkezésére – lépett ki Ratio a szobájából egy szál bokszeralsóban.

– Hogy nem használ tiltott szereket, azt erősen kétlem – mondta Peterson, végigmérve a fiú izomtól roskadozó testét –, de nem ez ügyben vagyunk itt. Hány éves is a fia, asszonyom?

– Nemrég múlt tizenkilenc. Ratsy, öltözz már fel! – intett felé zavartan.

– Szerettük volna kérni – mondta Smith. – Lenne pár kérdésünk önhöz.

Amint Ratio befordult szobája ajtaján, Myriam megragadta az alkalmat és halkan faggatózni kezdett:

– Bajban van? Kérem, mondják meg! Ha valamibe belekeveredett, arról tudnom kell! Az anyja vagyok. Kérem!

Mielőtt a járőrpár bármelyik tagja is válaszolhatott volna, Ratio már ki is lépett az ajtón utcai ruhájában, teljesen felöltözve. Még a cipője is a lábán volt. Kecsesen suhant végig a korláton, s lábai éppen anyja és a meglepett rendőrpár közé dobbantak.

Az új intarziás laminált parketta szinte hullámokat vetett a becsapódás során. Egyikőjük sem számított rá, hogy ilyen hamar megjelenik, arra pedig végképp nem, hogy ennyi idő alatt még fel is tud öltözködni. Úgy érkezett, mint valami szuperhős az égből. Nem csak belépője, de termete és megjelenése is tekintélyt parancsoló volt.

Ahogy a rendőrök felé fordult, a két járőr izmai önkéntelenül is görcsbe rándultak. Volt valami a tekintetében.

Valami vészjóslóan hatalmas.

– Készül valahová? – kérdezte meg végül Peterson.

– Az őrsre magukkal, fiúk.

– Hogy mi? – fakadt ki Myriam.

– Erre semmi szükség – mondta Smith – egyelőre.

– Csakhogy megtagadom az együttműködést és nem válaszolok a kérdéseikre – mondta mosolyogva Ratio. A két rendőr értetlenkedve nézett össze.

– Ez esetben...

– Mi ütött beléd, fiam? – kérdezte Myriam kétségbeesve. – Miért csinálod ezt? Mibe keveredtél? Tudni akarom!

– Nyugodj meg – mondta hidegen Ratio, miközben megsimította anyja hosszú, csillogó fürtjeit. – Az egész egy félreértés. Ezek a szerencsétlenek csak a munkájukat végzik, de nemsokára minden világos lesz előttük is.

– De fiam...

– Most velük megyek, de nem telik el sok idő és újra itthon leszek. Önszántamból megyek. Nem tehetnek velem semmit sem, amit én ne akarnék. Majd meglátod.

A délelőtti híradó egy autószerencsétlenségről számolt be. A bemondó megrázó felvételekre és eseményekre figyelmeztetett.

„A péntek este University Townból Rivercastle felé tartó gépjármű, feltehetőleg egy vaddal való ütközés következtében, lesodródott a főútról, és az út menti árokban egy fának csapódott. A fiatal sofőr kirepült a szélvédőn, őt a szinte teljesen öszszeroncsolódott autó maradványaitól több mint tíz méterre találták meg. Több csontja is eltört, a koponyája, valamint az állkapcsa megrepedt, s a becsapódás során fogainak jelentős részét is elvesztette..."

„Súlyos sérülésekkel szállították a rivercastle-i kórházba. Amint a fiú magához tért, az őt ért sokk hatására zavartan, összefüggéstelenül próbálta megmagyarázni balesetének rejtélyes körülményeit, miszerint autójának egy teveszerű lény csapódott neki oldalról. Állítása szerint a semmiből jelent meg, majd az ütközés után rögtön el is tűnt, valamint később a rendőrségnek arról számolt be, hogy miután lesodródott az útról és egy fának ütközött, az egyik évfolyamtársa jelent meg, aki bántalmazni kezdte..."

143

„A zavarodott fiú állítása szerint nem csak hogy évfolyamtársa verte ki a fogait és zúzta darabokra az autóját, de mindezek után még tablettákat is tömött a szájába, melyekre azután alkoholt is öntött..."

„A rendőrség nyomozást indított az ügyben. A fiatal gimnazista vérében nagy mennyiségű tiltott tudatmódosító szert, valamint alkoholt mutattak ki a szakértők. Ellene ittas vezetés, tiltott szerekkel való visszaélés, valamint gondatlanságból elkövetett veszélyeztetés megalapozott gyanújával indított eljárást a rivercastle-i rendőrség..."

– Ismeri ezt az egyént? – kérdezte a nyomozó, miközben elé tolta Jeffrey Pearson fényképét.

– Hogyne ismerném – válaszolt Ratio. – Az évfolyamtársam.

– Azt is tudja, hogy ma hajnalban súlyos autóbaleset érte?

– Nem lep meg – lökte oda cinikusan.

– Tehát tud róla?

– Most, hogy közölte velem, már igen.

– Hogy értette azt, hogy nem lepte meg?

– Jeff egy igazi balfasz – mondta derűsen Ratio –, és nem veti meg a drogokat sem. Ezt mindenki tudja róla.

– Ez egy kissé fura, mert az eddig kihallgatottak közül – rokonok, barátok – senki sem tudott róla, hogy a fiú bármiféle tiltott tudatmódosítót használna.

– Ó, hát persze, hogy nem – mosolyodott el Ratio.

– Úgy tudom, a tegnapi nap folyamán találkozott vele... Valamint, hogy volt önök között némi nézeteltérés.

– Nos, igen – nevette el magát Ratio –, de sajnos nem lett belőle semmi.

– Hogy érti azt, hogy sajnos?

Ahogy Ratio előrehajolt a nehéz fémasztal fölött, a régi – talán még a múlt századból visszamaradt – neoncsövek egy pillanatra pislákolni kezdtek a kihallgatóhelyiségben, s a kopott falakon mintha megváltoztak volna az öreg irattartó szekrény által vetett árnyak.

Mintha sötétebbnek tűntek volna.

De nem csak árnyalatukban.

– Sajnálom, hogy végül nem támadott meg az a faszkalap – suttogta. – Szívesen kivertem volna a fogait.

A nyomozótiszt és társa hirtelen összenéztek. Smith tanácstalanul bámult Petersonra. Az ábrázata úgy festett, mint egy kisiskolásé, aki még minden lépésében bizonytalan s a felnőttektől vár megerősítést.

Peterson viszont sokkal határozottabb volt.

– Hát, erre már semmi szükség – mondta komoran –, ugyanis alig maradt a szájában.

– Meglepő, mégis roppant szórakoztató fejlemény.

– Igen, annak tartja? – hajolt előre Smith. – Ha az ön fogsora is megritkulna, talán nem mosolyogna ennyit!

– Fenyeget, nyomozó úr?

– Véletlenül sem – lépett közbe Peterson. – A kollégám csupán rosszul fejezte ki magát – mondta, majd hosszasan Smithre pillantott. – Mikor és hol látta utoljára a fiút?

– Tegnap este, a UoR campusán.

– Lehetne egy kicsikét konkrétabban?

– Este tíz óra huszonhét perckor, mikor is szégyenteljesen elkullogott a buliból.

– Ez meglepően pontos. Talán feljegyezte az időpontot?

– Ön kérte, hogy legyek konkrétabb.

– Való igaz – lépett tovább Peterson. – Hol tartózkodott este fél tizenegy és tizenegy óra között.

– A campuson buliztam a csajommal.

– Tehát a kis incidensük után ön nem hagyta el a campust.

– Már hogyne hagytam volna el, te szerencsétlen! – nevette el magát ismét Ratio. – Akkor még mindig ott lennék, és nem itt ülnék, a hülye kérdéseidre válaszolgatva.

– Ajánlom, hogy vigyázza szádra, kölyök! – ordított Smith. – Sértegetsz egy rendőrtisztet? Mégis mit képzelsz magadról?

– Sokkal többet, mint rólatok együttvéve. De félre ne értsd. Nem a hivatali pozíciótoknak szól – kacsintott. – Ez teljes mértékben személyes.

- Higgadj le, Smithy - mondta cinikusan Peterson. - Nem azért vagy itt, hogy pisisekkel veszekedj - tette hozzá, majd mosolyogva Ratio felé fordult.

- Tudja bárki igazolni az ottlétét a kérdéses időintervallumban?
- Vagy százan - vágta rá Ratio. - Vagy többen. Bárki, aki ott volt a bulin.

A kihallgatás további része sem tárt fel sokkal több információt, mint amennyit a hatóság már addig is jól tudott. Ratiónak sziklaszilárd alibije volt egy bedrogozva, ittasan vezető tinédzser zavarodott meséjével szemben.

Az ügyet lezárták, bár mindketten szívből örültek volna, ha a Jeff zagyvaságaiból bármi is igaz lett volna a fiúra nézve. Amennyire nevetségesnek vélték első hallásra, most annyira igyekeztek, hogy találjanak valami terhelőt ez ellen az unszimpatikus, flegma ficsúr ellen. És bár bent tarthatták volna hetvenkét órára - a törvények értelmében -, mégis inkább arra jutottak, hogy minél előbb megszabadulnak tőle.

- Szóval akkor ennyi? Leléphetek végre?
- A protokoll miatt kénytelen vagyok felajánlani a hazaszállítását.
- Ne fáradjatok - mondta gúnyosan Ratio. - Nem venném a lelkemre, ha éppen miattam kellene dolgoznotok. Folytassátok csak nyugodtan azt, amit eddig.

A sétálóutca roppant kellemesen festett a déli napsütésben. Az ódon lámpaoszlopokról színes virágokkal teli kaspók lógtak, melyek valamelyest ellensúlyozták a verőfényt, s illatuk lágy aromával ízesítette a levegőt.

Rivercastle-ben a Main Street keletről nyugat felé haladt, az impozáns főtértől egészen a Temple of Heroes-ig, ám egészen a Corso étteremig - mely a város egyik legjobb és legnívósabb helye volt - sétálóutcává alakították át. Ez a viszonylag tekintélyes szakasz rengeteg fesztiválnak, vásárnak, mulatságnak és egyéb rendezvényeknek adott otthont, s ebből kifolyólag itt is egymást érték a különféle üzletek, kávézók és teraszok.

Mint ahogyan a legtöbben, Ratio is szerette a város ezen részét, mely egyben egyik jellegzetességének is számított.

146

Ha küldtél már Rivercastle-ből képeslapot valakinek, akkor több mint valószínű, hogy az illető vagy a Washington teret a tekintélyes Városházával, vagy a Városi Színházat, vagy pedig a sétálóutca látképét csodálhatta meg. Egyáltalán nem meglepő hát, hogy hazafelé menet önkéntelenül is útjába ejtette ezt a szakaszt.

Cipőjének talpa vidáman kopogott a mintában rakott macskaköveken, s ahogy elhaladt a föléje tornyosuló patinás épületek között, magáénak érezte a várost.

Igazán a magáénak.

Nem csak mint egy lakos, aki csupán részesül kegyeiből. Vagy mint Carl Dawson, a polgármester, aki már hosszú évek óta szolgálja és igazgatja azt.

Teljesen az övé volt.

Egyek voltak, akár egy szeretkező pár, melynek mindkét tagja magán érzi a másik leghalványabb mozdulatát is. Fülében hallja édes leheletét, s magába fogadja teste melegét.

Abban a pillanatban ő volt Rivercastle szenvedélyes szeretője, kit minden rezdüléssel egyre inkább magába fogad. Minden követ ismert, minden zugról tudott.

Bőrén bizseregtek a régmúlt évszázadok rótta repedések az ódon házfalak vakolatán. A városi szellő szólongatta.

Beszél hozzá!

– Ratio!

A lágy, ismerős hang teljesen kizökkentette.

Főként azért, mert fogalma sem volt róla, hogy honnan is ismerős neki. Kellemes volt, akár egy régi barát hangja. Fiatal, mégis meglepően érett.

– Ratio, igaz? A Lafayette-ből.

Amint a fiú elfordította fejét és megpillantotta a tiszteletest egy kávézó teraszán üldögélni, egyszerűen nem jutott szóhoz. Válaszolt volna, de nem tudott.

– Etele. Emlékszel? A gimiben beszélgettünk. Gyere! Hadd hívjalak meg egy kávéra.

Maga sem tudta, hogy miért ment bele.

Nem lett volna képes racionális magyarázatot adni rá. Mintha nem is őt hívták volna, sokkal inkább valakit, aki bár egy volt vele a kezdetektől, mégsem ismerte, vagy érzékelte jelenlétét.

Egészen addig a napig.

Nem tett semmit sem, csak együttműködött. Nem gondolkodott, nem próbált boldogulni vagy megoldást találni.

Egyszerűen követte.

Követte azt a valakit.

– Gyönyörű, nem igaz? – bBámult a napsütötte sétálóutcára Etele. – A családommal bejártuk szinte az egész keleti partot, de ehhez foghatót még nem láttam. Mintha Európából kiástak volna egy darabkát, és itt, az Egyesült Államokban ültették volna el. Az otthonomra emlékeztet. Igazán kivételes helyen élsz.

– Csak kár, hogy nem mindig ilyen napos – mondta cinikusan Ratio, de valamiért úgy érezte, hogy korrigálnia kellene magát. – És sok a turista is – tette hozzá szemlesütve.

– Hát, azt, látod, nem csodálom – mondta Etele. – Azt viszont már annál inkább, hogy az útikalauzokban alig tesznek róla említést.

A tiszteletes hangja úgy hatott Ratióra, mint puha párnák a fáradt testre. Minél tovább hallgatta, annál inkább kényelembe helyezte benne magát.

Ő maga sem értette, hogy miként lehet számára megnyugtató egy idegen személy jelenléte, akivel ráadásul teljesen eltérő nézeteket vallanak, de akkor, ott ez nem is számított.

Érezte.

Ösztönösen tudta, hogy szüksége van a hangjára.

Mert bár az embernek számos célja lehet s vasakarata látszólag fáradhatatlanul röpítheti e célok felé, mikor az elme s a test végképp kimerül, többé nem vágyik semmi másra.

Csak pihenésre.

Míg beszélgettek, teljesen megfeledkezett addigi terveiről és érzéseiről. Nem törődött a világ megváltoztatásával, vagy személyes fejlődésével. Nem érdekelte Darius, a palota, vagy az Örvénylő Mindenség akarata. Nem volt felsőbbrendűbb embertársainál.

Ismét gyerek volt, aki szerint az élet szép és egyszerű.

- Nem hiszem el, hogy meg tudsz inni egy akkora bögre kávét.
- Mondta viccelődve Ratio. - Nem ugrik ki a szíved a helyéről?
- Oh, nem is - nevette el magát Etele. - Ezt nem is nevez-
ném kávénak. Inkább csak mézes tej, egy kevés kávéval ízesít-
ve. Szeretem ezt a helyet. Itt majdnem olyan jól csinálják, mint
a feleségem.
- Fura, hogy ilyeneket iszol.
- Belátom, de hát mit tegyek? Mindig is különc volt az ízlésem.
- Hát, azt látom - mondta Ratio.
Mindketten nevettek.
- Tudom, hogy nem szívesen hallasz Istenről.
Ratio hallgatott.
- És megértelek - folytatta Etele. - Az az Isten, amit a ke-
resztény vallás eléd tár... nos, arról én sem hallanék szívesen.
Ratio felemelte a tekintetét.
- Mikor először találkoztunk, meg voltam győződve róla,
hogy nincs Isten.
- És azóta ez változott?
- Nem úgy, ahogy te gondolod - sóhajtott Ratio.
A tiszteletes kortyolt egy utolsót bögréjéből, majd finoman
az asztalkára helyezte.
- Minden Istenről szól - mondta lágyan. - Azt hisszük, hogy
egészen más dolgokkal vagyunk elfoglalva, pedig közben végig
Őt keressük. Róla szólnak a szerelmes dalok a rádióban, Őrá vá-
gyunk, mikor a szeretteinkkel vagy barátainkkal lennénk. Őt
szeretjük a gyermekeinkben és a szüleinkben. Minden be nem
teljesített vágyunk, minden ki nem elégített érzésünk, minden
űr, amit hasztalan próbálunk betölteni az életünkben, valójá-
ban az Utána való sóvárgásunk leképeződése. De ami ennél is
sokkal fontosabb, Ratio, hogy Neki szüksége van rád.
A fiú a tiszteletesre nézett, s abban a röpke pillanatban nem
látott mást, csak Őt.
- Sok prédikátort hallottam, aki azt tanítja: „Istennek nincs
szüksége rád, csak neked van szükséged őrá", de ez nem igaz!
Tudom, hogy nem, mert láttam. Neki nagyon is kellesz. Akar
téged. Vágyik rád! Ő a világon mindent feladott. Mindent oda-

adott csak azért, hogy veled lehessen! Neki szüksége van rád, Ratio. Jobban, mint bármire ezen a világon.

Ratio elkapta a tekintetét.

– Nem vagyok biztos benne, hogy ugyanarra az Istenre gondolunk.

– Ez nagyon is lehetséges – mondta mosolyogva Etele. – Gyakran előfordul.

– Igazán? – érdeklődött Ratio.

– Sajnos igen – felelte szomorúan a tiszteletes.

Ratio lehajtotta a fejét, sóhajtott egyet, majd ismét a pap felé fordult.

– Nem tudom, miért kérdezem ezt tőled – kezdte. – Nem gondolom, hogy bárki képes lenne válaszolni erre a kérdésre, de... valamiért úgy érzem, hogy ha van ember, aki képes rá, akkor az te vagy.

– Hallgatlak.

– Tudod... én nem ismertem az apámat. Néha azt hiszem, hogy igen. Látok... érzek vele kapcsolatban emlékeket. Még álmodtam is vele néhányszor, de tudom, hogy ez nem lehet valóság. Tudom, ostoba kérdés, de... gondolod, hogy valaha szeretett engem?

– Öröktől szeret, fiam.

Könnyek szöktek a szemébe.

Gyorsan távozott.

Még csak el sem köszönt. Nem volt rá képes.

11.

Az igazgató egyre feszültebben ücsörgött kipárnázott karosszékében. Már Mr. Millernek és a tanfelügyelőnek is kezdett feltűnni, hogy nincs a helyzet magaslatán. Ujjai görcsösen doboltak az íróasztalon, s egyre gyakrabban igazgatta vékony keretes szemüvegét az orrán. Nem csupán egyre fogyatkozó türelme váltotta ki kényszeres viselkedését.

Az iroda légkörében volt valami sötét és nyomasztó.

Valami fullasztóan terhes.

Észre sem vette, hogy egyre szaporábban kapkodja a levegőt.

– Nos – szólalt meg végül –, meddig kell még várnunk, uraim?

– Biztosíthatom, hogy hamarosan itt lesz, igazgató úr – nyugtatta meg Mr. Miller.

– Bármelyik percben itt lehet – mondta a tanfelügyeletis, fülig érő mosollyal az arcán.

– Tudják, az én időm is drága, kollégák – kezdte ingerülten Coen –, és nem igazán szeretem, ha feleslegesen...

– Tiszteletem az uraknak! – lépett be Ratio, belökve maga mögött a vastag tölgyfaajtót.

Az igazgató már nem bírta tovább cérnával.

– Mondd, mit képzelsz te magadról? – ordította. – Hogy képzeled, hogy csak így berontasz kopogás nélkül, miután mindannyiunkat megvárattál?

– Épp időben érkeztem, igazgató úr, higgyen nekem – kacsintott rá. – Én sosem késem.

– Azt hiszed, te mindent megtehetsz, csak mert félárva vagy? Azt hiszed, te vagy az egyetlen? Az iskola diákjainak fele hasonló helyzetben van! Beszéltem az anyáddal, és közöltem vele minden iskolai kihágásodat! Tudod, hogy reagált? Kis híján sírva fakadt! Miattad! Ebbe még nem gondoltál bele, mi? Persze, hogy nem. Te is csak egy kis önző, elkényeztetett kölyök vagy! Egy szülőt sem érdemelsz meg, nemhogy kettőt! Tudod, ki ez az úriember az osztályfőnököd mellett? Tudod, hogy miért van itt? Elárulom. Azért, hogy megvitassuk a jövődet! Nem azt, hogy leérettségizhetsz-e az idén, hanem hogy egyáltalán folytathatod e a tanulmányaidat az intézményben! Erre mit tudsz mondani? Na, hallgatlak! Csak egyetlen indokot mondj, hogy miért ne rúgjalak ki most rögtön?

Nem mondott semmit, de a .45-ös Magnum, amit felsője alól rántott elő, kétszer is nagyot szólt.

Mr. Miller és a felügyeletis agyveleje egymásba keveredve fröccsentek az íróasztalra.

– Ez elég jó indok, vagy álljak elő jobbal? – szegezte rá a fegyvert.

A rémült igazgató belemerevedett székébe.

Ajkai reszkettek, mint a nyárfalevél, homlokán versenyt siklottak a jéghideg verejtékcseppek, olcsó replika szemüvege pedig ölébe borult.

Szánalmas nyöszörgésein kívül nem volt képes elhagyni hang a száját. Nem is volt rá szükség.

Mert amit aztán Ratio közölt vele, ahhoz nem kellett kommentár.

– Na idefigyelj, te szánalmas kis féreg! – szorította az igazgató homlokához a revolver csövét. – Amit az előbb mondtál, az félig-meddig igaz volt. Nem érdemlek egyetlen szülőt sem, mert nincs rájuk szükségem. Engem a Mindenség akarata szült, hogy újjáteremtsem mindazt, amit ti az évezredek alatt lealacsonyítottatok! Te akarsz kirúgni engem? Ha akarom, most azonnal kitöröllek ebből a kibaszott világból, te semmitérő kis pondró! Most jól figyelj arra, amit mondok, mert csak egyetlenegy lehetőséget kapsz tőlem! Egy lehetőséget, hogy bebizonyítsd, hogy nem vagy haszontalanabb számomra, mint a körmöm alatt a piszok! Megmondom, hogy mi lesz. Te most szépen mindent el fogsz követni, minden szaros követ meg fogsz mozgatni azért, hogy a gimiben maradhassak az év végéig! Megértetted? Nem érdekel, hogyan csinálod vagy kit kell leszopnod érte, de megteszed! Én vertem szarrá Jeffet, de hidd el, rád még nála is nagyobb szenvedés vár, ha nem engedelmeskedsz!

Mr. Coen rángatózni kezdett a sokktól. Közelebb volt az ájuláshoz, mint életében bármikor, mégsem vesztette el eszméletét.

– Szeretnék hallani egy biztató választ – mondta Ratio dallamosan, miközben egyre csak fúrta bele fegyverét az igazgató homlokába.

– I-i-igggen... – nyökögte. – M-mmeggteszem.

Abban a pillanatban leborult a székről, és arccal a padlóra zuhant.

A Magnum közvetlenül a jobb füle mellett sült el, de még valami ennél is sokkal rémisztőbb hang visszhangzott lüktető fejében.

Ratio elégedett hangja.

– Jó kutya!

Hosszú, végtelenbe nyúló másodpercekig ölelkezett a padlóval, mire egyáltalán megkísérelte szétnyitni ösztönösen öszszeszorított szemhéját. A térde és az állkapcsa jókora ütést kapott a kemény járólaptól, kissé meghajlott szemüvege majd' fél méter távolságra hevert szédülő fejétől, vaskos karosszéke pedig vele elletétes irányban hevert felborulva.

Szép, óvatos tempóban kezdett feltápászkodni sajgó tagjait fájlalva, s amint gyámoltalan tekintete végre az íróasztal fölé emelkedett, újra kapkodni kezdte a levegőt.

Nem állt ott senki sem. Sem Ratio, sem Miller, sem egy hivatalnok. Egy árva lélek sem.

A hullák is eltűntek a padlóról, az iroda pedig makulátlan tisztaságú volt, ahogyan azt Mr. Coen mindig is megkövetelte a takarítószemélyzettől.

Az igazgató nem akart hinni saját szemének.

Gyorsan felkaparta a padlóról olcsó szemüvegét, s remegő kezeivel óvatosan az orrára biggyesztette.

Megtapogatta magát.

Érdeklődve vizsgálta megütődött állkapcsát s némileg lehiggadva konstatálta, hogy fogazata épségben van. Legalábbis nem kevésbé épségben, mint mielőtt Ratióval találkozott.

Ratio Stanson!

Mégis hová lett?

Az esés ennyire kiütötte volna? Lehet, hogy órákon keresztül feküdt a padlón, mielőtt magához tért! Az alatt volt ideje eltakarítani mindent.

Marhaság!

Mégis hogyan lett volna rá képes? Ahogyan beszélt, amiket mondott... Nem lehet valóság! Talán elaludt munka közben – mostanság nagyon nyúzott. Éjszakákat vergődött álmatlanul. Zavaros álmai voltak.

Misztikusak, rémisztőek és értelmetlenek, akár a lázas gyermeké.

Besokallt!

Az alváshiánytól hallucinációi támadtak. Csakis így lehet... így kell lennie! De olyan valóságos volt! Még sohasem érte ekkora trauma egész eddigi életében. De akkor hová tűnt? Hová tűnt minden?

A hirtelen koppanások a tömör, kemény felületen legalább olyan intenzív hatást gyakoroltak rá, mintha újra elsütöttek volna mellette egy lőfegyvert. De vajon ki kopogtat? Ratio! – futott át tompa agyán az ijesztő gondolat. – Érezte, ahogy a félelem megint kezdi gúzsba kötni tagjait. Óvatosan tekergett, végtagjai felől a mellkasa felé, mint jéghideg, sötét, csúszómászó féreg.

Tennie kell valamit!

Erőszakkal rázta le tagjairól a rettegés nyálkás piócáit. Mozdulnia kell, méghozzá azonnal!

De hová?

Válaszolni nem mer. Addig van biztonságban, míg nem ad jelt ottlétéről. Talán elmegy!

Talán ha elég sokáig meghúzza magát, akkor békén hagyja. De nem örökre. Menekülnie kell, de hogyan? Az ablakon át? Másfelé nem lehet. Odapillantott.

Magasan van. Összetöri magát.

De hát mit tegyen? Nincs más út...

– Jó napot kívánok, igazgató úr! – nyitott be Mr. Miller. – Ne haragudjon, hogy így rátörünk önre, de Mrs. Wilson, az előteres, azt mondta, már vár minket.

Az igazgató arcából egyszerre mintha az utolsó csepp vér is kiszaladt volna, úgy lesápadt az eleven, lélegző pedagógus láttán.

– Maga... ki van magával? – kérdezte rémülten Mr. Coen. – Válaszoljon, az Isten szerelmére!

– Mr. Royce a körzeti tanfelügyelőségtől van itt, igazgató úr – válaszolt zavartan Mr. Miller.

– Szép jónapot kívánok, igazgató úr! – lépett be Miller mögül a hivatalnok. – A nevem Bruce Royce, és ahogyan a kollégája már említette, tanfelügyelő vagyok. Örülök, hogy megismerhetem. Minden rendben van, uram? Nagyon sápadtnak tűnik.

Az igazgató meredten bámult rájuk.

Az égvilágon semmi sem volt rendben!

Pontosan ott álltak, ahol nemrégiben szörnyethalva estek össze. Ahogyan rájuk nézett, látta a fejükből kiloccsanó véres agydarabokat, amint újra beterítik az irodát. Elméje precízen játszott vissza minden egyes kis mozzanatot a mészárlásból, lassítva, akár futballmérkőzéseken a gólt, és erőszakosan, mint a legvadabb középkori filmek legádázabb jeleneteiben.

Royce aggódva Mr. Millerre nézett.

– Azért jöttünk, hogy előzetesen megvitassuk... mondja csak, kolléga.

– Ratio Stanson ügyét, igazgató úr – mondta Mr. Miller.

– A fiú! – fakadt ki ijedtében Coen. – Hol van most? El kell menniük innen! Nekem is mennem kell... Még nem késő!

– Hogy érti ezt? – kérdezte gyanakodva Miller. – A fiú mosdóba kéredzkedett, de biztosíthatom, hogy nemsokára itt lesz. Mr. Banks ügyel rá, hogy meg ne lógjon.

– Menniük kell, értsék már meg! – mondta az igazgató szinte könyörögve.

– Ha megengedi – szólt közbe Royce –, én sem értem, hogy most pontosan miről is van szó, de tudja, az időbeosztásom meglehetősen szűkös. Ha most elküld, nem tudom garantálni, hogy nem egyenesen a felügyelőségen fog folytatódni az ügy.

Coent ez már egy cseppet sem érdekelte.

Meg sem hallotta, amit ez az udvariaskodó hivatalnok szövegelt. Már nem törődött sem vele, sem pedig Millerrel.

Könnyedén lemondott volna róluk, akár kakukk a tojásáról.

Hirtelen az az ötlete támadt, hogy egyszerűen megindul. Nem szól semmit, csak átgázol a két férfi között, félrelökve őket, és menekül. Menekül, míg csak teheti.

Amíg még nem késő.

De már az volt.

Az kilincs nyikordult, az ajtó nyílt, majd becsapódott.

– Tiszteletem az uraknak! – köszönt hűvösen Ratio. – Remélem, nem várattam meg önöket túlságosan.

Az igazgató Ratio láttán önkéntelenül székébe huppant.

– Nem, nem, dehogy. Kérem, foglaljanak helyet. Uraim, kezdjenek hozzá!

– Nos, mint azt tudja, igazgató úr – kezdett hozzá Royce –, az iskolából több rendbeli panasz érkezett az itt jelenlévő diákjukra...

– Ratio Stanson – segítette ki Mr. Miller.

– Köszönöm. Az itt jelenlévő Ratio Stansonra. Én, mint a Körzeti Tanfelügyelőség megbízott tisztviselője, azért vagyok itt, hogy az ügyet előzetesen megvizsgálva elősegítsem a mielőbbi döntéshozatalt, s egyben felügyeljem annak szabályosságát minden vonatkozásban.

– Ha megengednek egy apró észrevételt – szólt közbe Ratio –, az igazgató úr szemlátomást elég rossz bőrben van. Csak nem szellemet látott? – fordult felé kaján vigyorral az arcán.

– Elég legyen! – utasította rendre Mr. Miller. – Nekem osztályfőnöködként az lenne a dolgom, hogy megvédjelek, hogy minden lehetséges eszközzel megpróbáljam enyhíteni az ügyed súlyát, de őszinte leszek veled, Ratio. Nagyon megváltoztál az utóbbi időben, és nem csak külsőre. Az én kezem alatt már rengeteg tinédzser megfordult; én aztán tudom, mi az, hogy „kamaszkor", de a te esetedhez hasonlót, esküszöm, hogy még sohasem láttam. Hogy valaki ilyen mértékű személyiségváltozáson essen át ennyire rövid idő alatt. Nézz magadra! Teljesen kicserélődtél! Mintha elraboltak volna az idegenek, és egy másolatot küldtek volna helyetted! Az igazság az, Ratio, hogy még ha akarnék, sem tudnék semmit felhozni a mentségedre. Soroljam a kihágásaidat csak az utóbbi hónapban?

Költői kérdés volt.

Kérés nélkül is szép rendben sorolta. Beszámolt Ratio rendszeres igazolatlan hiányzásairól, arról, hogy a házirend valamennyi pontját már nem először sértette meg, valamint, hogy – általánosnak mondható – deviáns viselkedése nem csak a tanárokat és egyéb iskolai alkalmazottakat, de a többi diákot is sérti.

Miközben az osztályfőnök és a tanfelügyelő az ügyet firtatta, Ratio éles tekintete lassan Millerről Royce-ra vándorolt, mintha csak egy láthatatlan késsel hasította volna végig a terhes levegőt. Coen szinte hallotta a vészjósló pendülését, amint gonoszul a képébe vigyorgott. Tudta jól, hogy nincs más választása. Kezébe kellett vennie az irányítást, amíg teheti.

– Uraim! – állt fel székéből határozottan, két tenyerével az asztallapra támaszkodva. – Azt hiszem, megfeledkeztek egy igen jelentős tényezőről.

Az osztályfőnök és a tanfelügyelő úgy nézett fel az igazgatóra, mint két rémült diák, akiket raportra hívtak be.

– Maguk jelenleg nem egy kávéházban vannak, még csak nem is a tanfelügyelőségen – vetett egy gúnyosnak tettetett pillantást Royce-ra –, hanem az én irodámban! Ha eddig ez nem jutott eszükbe, hát most felhívnám rá a becses figyelmüket.

Az igazgató mesterkélt színjátéka üdítően hatott Ratióra. Kifejezetten élvezte, ahogyan Coen küszködött a színlelt harag és a félelem fojtogató kötelei közt kapálózva. Elégedett mosoly ült ki karakteres arcára.

Rég nem mulatott már ilyen jól.

– Elnézését kérem, igazgató úr, de...

– Majd... azt majd meglátjuk, hogy elnézem-e, osztályfőnök úr – lihegte. – Maguk beszélnek devianciáról meg sértő viselkedésről? Mikor úgy beszélik ki ennek a szerencsétlen fiúnak az ügyét előttem, mint két pletykás kofa a nagybani piacon? Kértek engedélyt az urak, hogy megkezdhessék az ügy tárgyalását? És ha már itt tartunk, nem nekem kellene megnyitnom?

– Igazgató úr, én biztosíthatom, hogy...

– Csak semmi „igazgató úr", Miller! Ne vágjon a szavamba, nem fejeztem be! Magával hoz egy külsős hatóságot és máris nyeregben érzi magát, Miller? Máris úgy gondolja, hogy öné az intézmény? Ne válaszoljon, semmi szükség rá! Maguk ketten nem csak hogy berontanak az irodámba kéretlenül, de már le is osztják a lapokat – persze nélkülem! Nekem, gondolom, csak ülnöm kellene itt szépen csendben, felajánlva az irodámat színhelyül, míg maguk kettecskén ítéletet hoznak. Jól mondom? Rossz helyen járnak, uraim, nagyon rossz helyen! Eltévesztették a házszámot, de nagyon csúnyán, mert amíg én vagyok az igazgató ebben az intézményben, addig senki sem fog átnyúlni a fejem felett, sem pedig átlépni rajtam! A már-már röhejes közhelyparádé zene volt Ratio füleinek. Az uralkodás dallama. A hatalom édes szimfóniája.

– Ez a fiú itt… ez a gyermek – folytatta Mr. Coen, zsebkendőjével verejtékes, felkopaszodó homlokát törölgetve – már negyedik éve a diákunk. Soha egyetlen panasz nem volt még ellene, soha egyetlenegy szankciót nem kellett alkalmaznom még vele szemben. Könnyű idejönni egy külső hivatalból, egy messzi iroda kényelméből, és beleugatni mások dolgába. Maga talán ismeri a fiút? – bámult tágra nyílt szemekkel Royce-ra, szemüvegét lekapva fejéről. – Mit kérdezek? Még a nevét sem volt képes megjegyezni. Én, uraim! – Most Miller felé fordult. – Én beszéltem az édesanyjával! Én időt szántam rá, hogy megismerjem a körülményeket, hogy belelássak a részletekbe, amelyeket magának, osztályfőnök úr, nagyon is jól kellene ismernie. Maga tudta, Mr. Royce, hogy akit az imént kitárgyalt, soha nem ismerete az apját? Az édesanyja… – még szipogott is hozzá – az az önfeláldozó asszony, sosem házasodott újra, fiatal kora és kiszolgáltatott helyzete ellenére sem. És tudják, miért? Mert nem szenvedhette volna el, hogy egy idegen férfi nevelje fel az ő kisfiát, tudva azt, hogy nem édes gyermekeként szereti és védelmezi őt. Nem tudta volna elviselni, hogy lássa szenvedni a fiát, kiszolgáltatva egy másik férfi kénye-kedvének, így hát egyedül gondoskodott róla, uraim. Egyesegyedül vezette végig a felnőtté válás egész ember kívánó, rögös útján. És most, hogy ez az önfeláldozó édesanya elvesztette állását és a főbérlőjük azzal fenyegeti őket, hogy nem egészen egy hónapon belül utcára teszi mindkettőjüket, meg kellene lepődnöm azon, hogy ez a mind ez idáig mintadiákként viselkedő fiú nem bírja tovább a nyomást és összeroppan?

– Uramisten! – suttogta Mr. Miller. – Ratio, igaz ez? Miért nem szóltál erről korábban?

– Mert nem bízott magában, tanár úr! – mondta csípősen Mr. Coen. – És azok után, aminek ez imént tanúja voltam, ezt nem is csodálom. Ne haragudj, fiam, hogy kitálaltam előttük.

Tudom, hogy nem tartozik rájuk, de te is látod, hogy ezeknek semmi sem szent.

– Ne szabadkozzon, igazgató úr – mondta hűvösen Ratio. – Örömmel tölt el, hogy van egy személy az iskolában, aki megért engem.

A két utolsó szó – „megért engem" – láthatatlan torpedókként csapódtak be agyába.

Rögtön megértette, hogy mit is akar a fiú valójában.

– Igen, ez így van, fiam. Nos, uraim – zárta rövidre az igazgató. – Én nem tapasztalok semmiféle devianciát vagy sértőt Ratio Stanson viselkedésében, az önökével ellentétben, és... történetesen utánanéztem, és a hiányzásai sem érik el az osztályozhatatlanság mértékét.

– Mikor, ha megkérdezhetem, igazgató úr? – kérdezte meglepettem Mr. Miller. – Az osztálynapló most is épp nálam van. – S felemelte kézitáskáját, hogy elővegye.

– De nem volt egész nap önnél, ha jól sejtem. Igaz, Mr. Miller? A tanár nem szólt, csak visszacsúsztatta a bőrtáskát maga mellé, s megint a széknek támasztotta.

– Köszönöm! – folytatta fölényesen. – Ha többször nem zavarnak meg, talán még ma le is zárhatjuk ezt a komédiát. Nagyszerű! Stanson, mivel sem én, sem pedig a jelenlévő urak nem tudnak felmutatni semmi érdemlegeset ellened, így kénytelen vagyok úgy határozni, hogy a továbbiakban mindennemű büntető szankció alól mentesítelek. Iskolánkban maradhatsz a tanév végéig, valamint érettségi vizsgát tehetsz osztályozóvizsgák nélkül, s részt vehetsz a ballagáson, valamint a hamarosan megrendezésre kerülő végzős bálon is.

– Ugye nem gondolja, hogy a tanfelügyelőség ennyiben fogja hagyni az ügyet, igazgató úr? – kérdezte Mr. Royce, miközben hetykén felegyenesedett s megigazította öltözékét. – A szabályok mindenkire vonatkoznak, még magára is, és az oktatás intézménye nem adhat helyet az önbíráskodásnak. Biztosíthatom, hogy hivatalunk vizsgálatot fog indítani az ügyben. Az intézmény vezetésére vonatkozóan is, igazgató úr – mondta hidegen Royce, majd barátságtalanul bólintott egyet.

– Levélben várom a megkeresésüket, Mr. Royce.

– Meg is kapja, ne aggódjon, igazgató úr, de nem csak levélben, erről biztosíthatom.

Mr. Coen nyelt egy hatalmasat.

Beszédtől kiszáradt szájpadlása végigkaristolta érzékeny nyelvét.

– Mindent köszönök, igazgató úr! – nézett a szemébe Ratio gonosz félmosollyal az arcán. – El sem tudom képzelni, milyen szörnyűségesen alakultak volna a dolgok, ha ön ma nem áll ki mellettem.

Coen viszont nagyon is el tudta képzelni. Ki sem verhette a fejéből még nagyon hosszú ideig.

12.

A koradélutánok egyre fülledtebbek és vakítóbbak lettek. Ahogy a nyári napforduló egyre közelebb és közelebb vánszorgott a naptár lapjain, úgy olvadtak össze lassacskán a napsütötte délutánok órái, míg végül már a felismerhetetlenségig hasonlítottak egymásra.

Ha felnézett volna a levelek, számlák és színes reklámújságok közül, melyeket mélázva lapozgatott végig a félig elsötétített nappali közepén, talán kissé meglepődött volna, hogy mennyit is mutat a falon hosszában, szíjáról lógó, óriási karórát ábrázoló, sárgaréz borítású, retro falióra.

De Myriam nem nézett fel.

Nem akart. Igyekezett beburkolózni, akár egy hernyó mikor bebábozódik. Szerette volna meggyőzni magát arról, hogy nem csupán csapongó gondolatait próbálja kétségbeesetten kordában tartani a posta újbóli és újbóli, gépiesen automata mozdulatokkal történő rendezgetésével.

Néha sikerült mégis neki.

Elhitte. Ha csak néhány pillanatra is, de sikerült becsapnia egyre halkuló érzékeit s elterelni gondolatait a befizetni való csekkek, a légből kapott bulvár és a leértékelt termékek barátságosan ismerős, kényelmes és kiszámítható világa felé.

Kezdett elindulni az a – titkon várva várt – könnyed, szeditív bizsergés, amely feje búbjáról folyt lassan lefelé – akár a sűrű tojásfehérje –, egyre terebélyesebb idegmezőket árasztva el testének gyöngülő tagjain.

Ezernyi parányi ujjperc kényeztette érzékeny porcikáit. A fodrászánál szokott hasonlót átélni, mikor az selymes hajzuhatagát mossa és balzsamozza. Talán az egyetlen hely maradt számára, ahol igazán el tudott lazulni, még ha csak kis időre is. Ott képes volt arra, amire másutt csak nagyon-nagyon ritkán adódott lehetősége, mióta anya lett: elengedni magát s gondolatait.

Nem küszködni a felszínen maradás örökös erőfeszítéseivel. Lassan belemerülni az érzékek lágy, vibráló tengerébe. Halkan belesüppedni a primitív impulzusok örvénylő habjaiba, melyek egyre csak szívnak és szívnak le, a feneketlen mélység felé. Egy sötét és nyugodt világba, ahová minden múló pillanattal egyre kevesebb fény szűrődik le.

Fény.

Gondolat.

Érzés.

Érintés!

Hideg, mint az őszi eső, és hirtelen, akár a villámcsapás.

Myriam minden egyes izomrostja összerándult, amint szabályosan kilőtte magát a kanapéból.

– Uram Isten, Ratio! – kiáltott fel levegőért kapkodva.

– Jól mondod – mosolygott a fiú.

– Nagyon megijesztettél – mondta, még küszködve a levegővétellel. – Nem is hallottam, hogy megjöttél.

– Pedig itt vagyok – tárta szét nagy, izmos karjait maga mellett, vízszintesen a padlóval. – Magad is láthatod.

Myriam kezdte összeszedni magát. Nyelt egy nagyot, majd sóhajtott s kiengedte felgyülemlett dühét, mely egy kétségbeesett anya pengeéles rikoltásában manifesztálódott.

– Mégis, hogy képzelted ezt? – visította. – Beszéltem az igazgatóval. Mindent tudok! A hiányzásaidról, a fegyelmikről. Nem fogják engedni, hogy leérettségizz, felfogtad? Mégis mi lesz így veled? Hallgattam mindenről. Nem szóltam rád semmiért. Nem firtattam a hirtelen átalakulásodat sem, pedig jól tudom, hogy igazuk van a szteroidokkal kapcsolatban. A szemem előtt teszed tönkre magad, fiam. Egyik reggel a rendőrség kopogtat, máskor haza sem jössz. Éjszakákat nem alszom miattad, te pedig közben teljesen kicserélődsz! Már nem is tudom eldönteni, hogy amit látok, az a valóság-e, vagy én őrültem meg teljesen. Úgy érzem, mintha nem is ismernélek. Mintha soha nem is ismertelek volna igazán, fiam. Már kosarazni sem jársz – igen, tudtam róla, még ha nem is tettem szóvá. Már hetekkel ezelőtt megkeresett az edződ, de én hallgattam. Istenem, pedig emlékszem, hogy szeretted!

– Sohasem szerettem kosarazni – mondta hűvösen Ratio. – Csak azért jártam, mert azt mondtad, hogy apa is játszott... ha játszott egyáltalán.

Talán még sohasem lett annyira hirtelen és annyira mély csend abban a nappaliban, mint akkor.

Myriamnek a lélegzete is kis híján elállt.

– Voltam bent az igazgatónál – közölte egyhangúan Ratio. – Engedi, hogy leérettségizzek, nem bocsátanak el.

– Oh, fiam...

Mire Myriam befejezte volna a mondatot, már fián csüngött. Szorosan ölelte magához fatörzs keménységű izomzatát. A fiú nem ölelte viszont, s mint a kéreg, végül fokozatosan vált le arról a bizonyos „fatörzs"-ről.

– Tudod, az apád... – kezdte volna, de Ratio közbevágott.

– Leérettségizhetek. Csakhogy nem fogok. Elköltözöm.

Myriam nem jutott szóhoz. Kétségbeesetten próbált fiába kapaszkodni, aki könnyed mozdulatokkal hántotta le magáról, akár nyírfáról a kérgét.

– Ne mondj ilyet, kicsim! – suttogta Myriam. – Hogy jut ilyesmi eszedbe? Hová mennél, hisz' nincs semmid! Egy lányhoz?

Biztosan lány van a dologban! Fiam, térj észhez! Nincs végzettséged, sem munkád!

– Nincs is szükségem munkára. Van elég pénzem. Vettem egy lakást a városban, de egyelőre nem mondom meg, hol. Ma írtam alá a papírokat.

Myriam nem akart hinni a fülének. Teljesen összezavarodott.

– Mégis honnan lenne neked annyi pénzed? – suttogta félszegen. – Ugye nem, fiam? Kérlek, mondd, hogy nem vagy díler!

– Az alaptőke nagyrészt szerencsejátékokból származik, de azt már réges-rég megsokszoroztam a tőzsdén. Minden törvényes, megnyugodhatsz.

– De hát...

– Mindent itt hagyok – közölte hűvösen Ratio. – Nem tartok igény semmire innen. Megvettem mindent, amire szükségem van, és ha mégsem, hát majd a jövőben megveszem.

– Kérlek szépen, kisfiam...

– Rólad is gondoskodom. Soha többé nem kell dolgoznod, és ha van eszed, nem is fogsz. Rendszeresen foglak támogatni anyagilag. Ami azt illeti, már át is utaltam a számládra egy kiesebb összeget.

Myriam hisztériában tört ki.

Sós könnyei elárasztották vöröslő szemeit. Sötét haja fátyolként ragadt nedves arcába. Idétlen mozdulatokkal kapkodott a levegőbe, miközben keservesen zokogott.

Nyúlt, kapott, markolt volna fia után.

De az már sehol sem volt.

Ahogy feltápászkodott a nappali hideg, laminált burkolatáról s arcát megszabadította sötét fátylának tépett szálaitól, szipogva rohant laptopjához, s lassan, remegő ujjakkal pötyögte be jelszavát.

A netbank felülete feketén-fehéren szembesítette a valósággal. A weblap jobb oldalán ott vibrált a tranzakció:

Két és fél millió dollárt utaltak át neki egy ismeretlen bankszámláról.

– Jó kutya... – mondta Darius elégedetten, maga elé révedve. – Bravó, hercegem. Ez több mint találó volt.

– Örülök, hogy újfent lenyűgözhettelek, királyom – mondta Ratio kuncogva, miközben megkeverte koktélját egy szívószállal.

A palotában is közeledett a nyár.

A napsütötte kert ezer színben pompázó virágait hangosan csivitelő madarak seregei kérték táncra. Méhek és dongók karának lágy basszusa búgott a háttérben, mint andalító régi sláger egy magnetofon recsegő tűjén. Minden olyan volt, mint odaát, csak éppen színesebb, élénkebb, tökéletesebb.

– De vajon azt is tudod – kérdezte Darius, szeme sarkából odasandítva –, hogy mi nyűgözött le igazán?

Ratio hanyagul vállat vont, miközben jó hosszan beleszívott gyümölcsös frissítőjébe.

– Úgyis elmondod.

Darius lassan elfordította tekintetét az üde franciakert ragyogó látványáról, és egyenesen a fiú szemébe nézett.

– Tudod-e, hercegem, hogy miért olyan hűséges szolgája a kutya az embernek?

A fiú arcán közömbös fintor futott végig.

– Ezt mindenki tudja. Így szocializálódott. A kutyák „társadalmában" – tette zárójelbe a szót ujjaival – vagy falkavezér vagy, vagy betagozódsz a közösség alacsonyabb rétegeibe, a vezér mögé. Ebből adódóan ha a minden szempontból felsőbbrendű ember foglalja el a falkavezér helyét ebben az ösztönszerűen felépített hierarchiában, az ostoba állat mögé tagozódik be. Ennyi az egész.

– Csakugyan ennyi lenne? – kérdezte Darius játékosan.

– Hallgatlak – motyogta Ratio egyhangúan, miközben bambusz szívószálát rágcsálta.

Darius kérdőn vonta meg szemöldökét.

– Sosem kérdezel feleslegesen – tette le kiürült poharát a fiú egy ízlésesen díszített koktélszalvétára. – Ezt már rég megtanultam veled kapcsolatban.

– Nos, kár hogy a kutyákat nem ismerted ki ennyire jól.

- Pedig el kell ismerned, hogy amit róluk mondtam, az helytálló. Volt kutyám, nem is egy, míg a kertvárosban laktunk. Csak tudom, miről beszélek.

- Amit elmondtál, az csupán egy ember magyarázata egy állat viselkedésének mechanizmusáról egy bizonyos helyzetben és környezetben.

- Mert ezt kérdezted.

- Óh, nem – sóhajtott teátrálisan Darius. – Te csak egy rakás emberek által összegyűjtött ismeretet summáztál, bár meg kell adni, igen megnyerő formában. Elmondtad a „mi"-t, de nem mondtad el a „miért"-et és a „hogyan"-t. Ez tipikus. Mint azok az idióták, akik life coachnak vagy motivációs trénernek csúfolják magukat. Közlik az emberekkel, hogy mi a problémájuk, aztán közlik velük azt is, hogy min kellene változtatniuk ahhoz, hogy az a bizonyos probléma megoldódjon. Azt viszont véletlenül sem mondják el nekik, hogy nem azért vannak szarban, mert nem tudják, mi a bajuk, vagy min kellene változtatniuk, hanem azért, mert egyszerűen nincs erejük változtatni az életükön. Így végül a társadalom kap egy rakás lelkes bolondot, magára hagyva információkkal, amiknek már addig is a tökéletesen a birtokában volt, csak éppen még nem hallották senkitől ennyire meggyőzően azelőtt. Egy alkoholistának vagy láncdohányosnak nem arra van szüksége, hogy szembesítsék vele: beteg és le kell szoknia. Ezt ő is nagyon jól tudja, még ha nem is vallja be. Az igazi problémája az, hogy sosem volt elég ereje ahhoz, hogy a káros szenvedélyén uralkodhasson, és továbbra sem képes ellátni senki az ehhez szükséges erővel. Így ezek a szerencsétlenek csak egyhelyben köröznek egész életükben, mint éhes dögevők a kiszáradt tetem fölött. Megrekesztve az energiát, és ezzel bomlasztva az Örvénylő Mindenség nagy tervének gyönyörűséges szövetét.

- Szép gondolat – nyögött fel unottan Ratio –, de mégis mi köze ennek a kutyákhoz?

- Nagyon is sok – mosolygott Darius. – De még inkább a népszerű elméletnek, amit elém tártál.

- Talán azért olyan népszerű, mert igaz, nem gondolod?

– Rendben – emelte fel kezeit Darius. – Akkor hát vizsgáljuk meg.

– Állok elébe.

– Te azt állítottad, hogy a kutya ősei, a farkasok, majd később háziasított, elkorcsosult leszármazottjaik falkába szocializálódtak, s a falka egy domináns alfahím, a falkavezér köré összpontosul.

– Ezt állítom.

– Nagyon helyesen! – tört ki hangosan Darius. – Ez szóról szóra így igaz.

– De... – lökte oda cinikusan Ratio, mert már felkészült a folytatásra.

– Nincs semmi *de*. A feltevéseid a kutyák szocializációjával kapcsolatban teljesen helytállóak. Csakhogy – hajolt közelebb – nem azok az emberrel kapcsolatban.

Ratio hallgatott.

Volt valami Darius hangjában, ami felkeltette az érdeklődését, de egyben el is bizonytalanította. Nem a férfi mondanivalójában, hanem a mély, velőig lüktető hangjában.

Darius bal szája széle mosolyra görbült.

Szolidan, épp csak észrevehetően.

– Elgondolkodtál már azon – folytatta gondolatmenetét –, hogy hogyan is lesz egy kutyából falkavezér? Elmondom. Amint az alfahím meggyengül vagy megöregszik, a hierarchiában utána következő hímek egyből igyekszenek kitúrni őt a pozíciójából. A gyengeség legkisebb jelére ugranak. Ha kell, meg is ölik a hanyatló vezért. Nem gonoszságból vagy hataloméhségből teszik, mint az ember. Egyszerűen bele van kódolva a génjeikbe ez a kegyetlen versengés az élelemért és a fajfenntartásért.

– Ez így van – mondta halkan, szinte motyogva Ratio, miközben szemeit lesütve babrált az ujjaival.

– Igen. Tudom, hogy tudod ezt, herceg. – A *herceg* szót erősen megnyomta, akár egy leégett szivarvéget a hamutálba. – De akkor magyarázd meg nekem, hogy azok a házi korcsok, ezek a hűséges szolgák, ezek a remek barátok miért nem akarják átharapni a gazdájuk torkát? Mi az oka annak, hogy nem versengenek a falkavezér pozíciójáért akkor sem, ha a gazdájuk már beteg és öreg? Miért fogadják el a gyönge kisgyermeket vagy a barátokat? Miért szeretik rajongással a legrongyabb alakot is? Miért áldozzák akár az életüket is nyomorult gazdájukért, ha ő csupán a falka vezére és semmi több?

Ratio sóhajtott. Még mindig lesütötte szemeit.

– Azért, hercegem, mert az ember nem csupán gazdája és vezére annak az állatnak. – Darius egészen áthajolt a kis kerti asztalon – úgy tűnt, mintha a háta meg is nyúlt volna kissé. Közvetlenül a fiú fülébe suttogta: – A kutyának az ember az istene.

Mintha villám csapott volna belé, Ratio egész testében elektromos bizsergést érzett. Szemei tágra nyíltak és felfelé néztek. Felfelé, egyenesen Dariusra.

– Hát persze! – mondta a fiú, s hangja úgy csilingelt, mint a déli harangjáték apró csengettyűi a városi katedrálisban. – Már értelek, királyom. Igazad van. Az emberiségnek nem jó vezetőkre van szüksége, hanem egy tökéletes Istenre. Egy emberfeletti entitásra, akit imádhat, akit nem kérdőjelez meg soha, akit kényszer nélkül követhet akár a világ végére is. Így, és csakis így áramoltathatjuk egy irányba az energiát.

Darius gyengéden a fiú vállára helyezte puha tenyerét. Mintha csak könnyű, lágy palást libbent volna végig a hátán.

Érezte, ahogy lassan, apránként emelkedik fel székéből, Dariusszal egy magasságba.

– A világok régóta epekednek, hercegem, és a mi feladatunk, hogy elhozzuk számukra azt, amire mindig is szükségük volt.

– Amire mindig is szükségük volt... – ismételte Ratio révülten.

– Az igazságot.

A szó minden egyes rezdülése parányi, finom tűszúrásként hatott tompa elméjének érzékeny burkán.

„Igazság"

Ez a számára jól ismert szó még sohasem hatott ennyire ismeretlennek. Hangjai körbeugrálták agyát, mint tábortüzet a vad indiánok.

– Folyton csak azt ismételgetik: „Nincs igazság!" És ebben igazuk is van – nevette el magát Darius. – Persze csak a saját szemszögükből. Az emberek nem képesek megfogni az igazságot, mert sosem voltak vele egy szinten. *„Micsoda az igazság?"* – fogalmazódott meg Ratióban a kérdés, s már el is illant a kósza gondolat, akár egy halovány villanás a messzi, viharos égbolton.

– Pontosan erről van szó! – válaszolt izgatottan Darius. – Az igazság a legtisztább, legérintetlenebb ősi valóság.

– De minek a valósága?

– Minden teremtett dolognak, herceg! A világokban azóta nincs igazság, amióta szétváltak. Tehát mondhatjuk, hogy az idők kezdete óta.

– Tehát azt állítod, hogy a síkok kialakulása előtti Tiszta Fény volt a tökéletes valóság, amely megtörve torz síkokat eredményezett, s ezzel eltorzította a valóságot is.

– De az emberek ezt nem tudják – kopogtatta meg mutatóujjával homlokát Darius. – Számukra a világ, amiben élnek, nem torz, hanem természetes. Még az őket körülvevő, folytonos mozgásban lévő univerzumot is egyhelyben állónak látják, s bár tanulmányok által bizonyítani tudják a jelenséget, érzékelni képtelenek azt. Ezért van szükségük szabályokra, törvényekre és persze ezek elbírálóira, hogy az általuk megismert valóságot keretek közé szoríthassák. Csakhogy a Profán Síkon az igazság egy soha meg nem nyugvó, billegő mérleg. Hol az egyik, hol a másik irányba billen el, s az emberiség rögeszméje, hogy fejlődéssel és tudományos előrehaladással egyszer csak képes lesz nyugvó állapotba helyezni azt a bizonyos nyelvet. Észre sem veszi, hogy minden erre irányuló törekvésével csak újabb és újabb súlyt helyez egyik vagy másik oldalára, s ezáltal csak még inkább kilengeti a pixiseket. Vegyünk például egy adott csoportot a társadalmon belül. Ha ez a csoport hátrányokat szenved a nagy átlaghoz képest, akkor előbb vagy utóbb elégedetlen lesz. A társadalom ezt észreveszi, és megpróbálja felzárkóztatni ezt a bizonyos csoportot. Most ez a csoport előnyöket élvez a nagy átlaghoz képest, s ezzel máris egy, az előzőnél nagyobb társadalmi csoport vált elégedetlenné. De ők csak pakolják a súlyokat vég nélkül... – sóhajtott kimerülten Darius. – Mindig arra az oldalra, amelyiket túlságosan fent látják, s ezzel örök kilengésben tartják az igazság mérlegét. Meg sem fordul a csökönyös agyukban, hogy békén hagyják. Esélyt sem adnak rá, hogy magától megnyugodjon.

Darius hosszan, lassan járta körbe szemeivel a fénylő horizontot. A messzi hegyek éles taréjánál meg-megállt egy pillanatra. Elmerengett a kontraszton, mely a puha testű kékség és a kemény páncélú, durva föld között húzódott.

– Hát ez az igazság... – suttogta a messzeségbe.

– A tiszteletes szerint az igazság egy személy – jött ki Ratióból, mintha csak a reggelijét böffentette volna fel, s úgy tűnt, ez Dariusból is hasonló reakciót váltott ki.

– Mit mondtál? – kérdezte nyersen.

– Hogy az igazság egy személy. Tudom. Én is ugyanilyen baromságnak tartottam, de tudod, amióta megismertelek, eléggé átértékelődött bennem az igazság és a valóság fogalma...

– Ki mondta ezt neked? – robbant ki dühében Darius. – Mit mondtál az előbb, ki volt az?

– Hát Etele tiszteletes – válaszolt értetlenül a fiú. – Most meg min húztad így fel magad?

– A tiszteletes... tiszteletes... – motyogta magában Darius, miközben felállt díszes karosszékéből, és elkezdett önkéntelenül ide- oda topogni.

Tekintete ide-oda csapongott, mint riadt denevérraj egy sötét barlangban. Újra és újra a csodálkozó fiúra pillantott, de minden alkalommal azonnal elkapta tekintetét.

Ratiónak úgy tűnt, mintha keresne valamit. Vizsgálódva figyelte a zavart férfit, kinek arcizmai össze-összerándultak, mintha áramütés érte volna.

A bizarr közjáték mester és tanítványa között egy örökkévalóságnak hatott, s a döbbent fiú – akarva vagy akaratlanul – nem hagyta veszni a kínálkozó alkalmat.

Csak bámulta, mint valami megmagyarázhatatlan természeti képződményt, mint egy fényes jelenést elméjének éjjeli égboltján. Soha, egyszer sem látta még Dariust ilyen állapotban azelőtt, mégis úgy érezte, hogy tudja a miértjét.

Óvatosan kinyújtotta felé vaskos karját.

Egészen átnyúlt a teázóasztalka fölött. Akár meg is érinthette volna.

– Szóval tiszteletes – szólalt meg végül Darius határozott, mély hangján. Tekintetéből kitisztult a homály, mintha soha ott sem lett volna. Tagjai megnyugodtak, szeme sem rebbent. – Arra kérlek, látogasd meg őt és hozd elém. Ide, a palotába – mosolyodott el.

– A tiszteletest? – kérdezett vissza értetlenkedve Ratio.

– Ki mást? – mondta játékosan Darius. – És minél hamarabb, ha kérhetem.

– Úgy lesz, királyom – hajolt meg engedelmesen Ratio, és azzal a lendülettel intett Strike-nak, hogy kövesse. Egy szempillantás, és már ott sem voltak.

– Kíváncsi leszek, megtalálod-e... – suttogta a bajsza alatt Darius. – Nagyon kíváncsi.

13. ...vegyetek el minden botránkozást népem útjáról

Mintha csak egy viharfelhő közepe felé repülne a sötét éjben, úgy bolyong a kusza álomalagutakban a fiú.

Itt-ott kósza fények villannak fel, keresztülvibrálva tudatán. Nem mintha szüksége lenne rájuk. Odalenn nincs szükség fényre a tájékozódáshoz.

Strike most is körülötte remeg, mint egy láthatatlan, elektromos aura. Nincs valós formájuk vagy kiterjedésük. Alaktalanok, mint valami amorf szellemféreg, mely nem nagy és nem is kicsi, épp csak kitölti a rendelkezésére álló teret.

Sebességük állandó, átolvadnak időn és téren, mint izzó fémgolyó a jégkockán.

Nyomon vannak.

Strike egyre erőteljesebben serceg.

Ő maga képezi Ratio szuperérzékeny mérőműszerét.

Nagy segítséget nyújt a keresésben. Nem mintha nem boldogulna nélküle, de így mégis csak egyszerűbb. Ahogyan Darius tanította neki:

„Minél többen vannak nálad, annál jobb."

Ebben szemmel láthatóan igaza is volt. Bár a fiú csak egyetlen alattvalót vitt magával, máris megtalálta a bejáratot. Elemi erővel vágódtak neki.

Egy ilyen ütközés a felszínen végzetes lett volna. Úgy pattantak vissza a bejáratról, mint gumilabda a padlóról.

Nem ez volt az első menetük együtt, de ilyesmit még soha sem tapasztaltak azelőtt. A bejárat ott volt közvetlenül előttük, mégsem voltak képesek áthaladni rajta. Mintha egy láthatatlan fal lett volna előtte.

Ratio jelzett Strike-nak. Ezen formájukban nem szavakkal kommunikáltak egymással; ez nem is lett volna lehetséges odalenn. Tisztán érzékelték egymás akaratát, akár az idegpályák az elektromos jeleket. Arra volt kíváncsi, hogy Strike tapasztalt-e már ilyen jelenséget korábban. Strike egyértelműen visszajelzett neki, hogy még sohasem.

Pedig ez az a bejárat. Ebben mindketten tisztán egyetértettek. Nem volt más hátra, Ratio határozott: nekifeszülnek teljes erejükből.

Így is történt.

Olyan erőt fejtettek ki arra a parányi járatra, mely akár egy toronyházat is képes lett volna ledönteni a Profán Síkon, talán kettőt is. Összeolvadt asztrális féregtestük, hosszúkásból kurtává tömörült, mint egy nyúlfarok, s találkozási pontjuk a bejárattal fényesen izzani kezdett.

Egy fényes villanás...

Egy szoba félhomályban. Egy kórházi ágy, rajta egy férfi fekszik. Az arca nem látszik. Száján lélegeztető maszk, szemeit szemfedő takarja el. Infúziót kap. Mindenütt orvosi műszerek. És még valami.

Inkább valaki.

Egy nő áll lehajtott fejjel az ágy mögött, távolabb. Az arca neki sem látszik a sötétben. Rövid hajú, a sziluettje alig tűnik ki a fal egyhangú tónusából, de nő.

Ez egészen biztos.

Csak egy pillanatig tartott a látomás, mégis minden apró részlet megragadt Ratio tudatában.

Nem csak látta, érezte is. Ha csak egy rövid időre is, de ott volt. Valahol a Profán Síkon, az emberek világában.

Ratiónak fogalma sem volt, hogy kit láthatott azon a kórházi ágyon.

Valaki beteg? Megsérült vagy veszélyben van? De mégis ki? És mikor?

Az idő végtelenbe nyúló, tükörsima, nyálkás anyaga most mint egy idétlen gyermek által összegyúrt amorf agyaggolyó állt össze tompa tudatában.

Talán egy rég elfojtott emlék a múltból? – Zavaros gyerekkora volt, könnyedén előfordulhat. – Vagy éppen egy közelgő tragédia baljós előképe?

– Talán éppen most is történik! – hasított belé a gondolat.

– Olyan valóságos! Mintha még most is ott lennék…

De már nem volt ott.

Úgy esett be az átjárón, mintha csak nekifeszült volna egy ajtónak, amit hirtelen kinyit valaki a túloldalról. Újra testet öltött tenyerei jóformán belefúródtak a puha, zöldes-arany pázsitba, mely végigfutott a dimbes-dombos gyümölcsliget napsütötte lankáin.

Ameddig csak a szem ellátott, aranyszín mezők, tarka virágok és színpompás gyümölcsök alatt roskadozó fák borították a vidéket. A távoli horizontot smaragdzöld erdők szegélyezték. A hatalmas égbolt olyan mély kék volt, akár az óceán, s a felhők benne különféle állatok, növények és alakzatok formáit öltötték fel – melyeket nem érthet más, csak aki álmodik.

Minden élénk színű volt és káprázatos a lassacskán lemenni készülő nap ragyogó sugarainak táncában.

Ahogy csodálattal végigtekintett a tájon, végre megpillantotta azt is, amiért érkezett. Messze tőle, a liget egyik dombocskáján, mely enyhén kiemelkedett a többi közül, egy hatalmas cseresznyefa körül repkedtek, akár dongók a virág körül. Hol közelebbre, hol távolabbra emelkedtek el a talajtól, cikázva a levegőben, mint a papírsárkányok.

Etele volt az, családja körében.

Gyönyörű feleségével és három kisfiával játszott önfeledten.

Ahogy közelebb ért hozzájuk, egyre inkább kezdte hallani ő is a halk, lágy zenét, mely mintha a cseresznyefa belsejéből áradt volna.

– Furcsa – jegyezte meg magában. – A tiszteletes azt mondta, hogy a fiai már nagyobbak.

Megállt a szomszédos emelkedőn, tőlük nem messze.

Nem tudta, miért állt meg.

Nem tudta, mire várt. Csak figyelte őket. Ki tudja, meddig.

Az időnek ott nem volt semmi jelentősége.

Csak csendben nézte a családot. Soha életében nem érzett még ahhoz fogható békességet azelőtt.

Bárcsak elfelejthetne mindent! Dariust, a palotát. Az egész keserves életét, születésétől fogva!

Semmit sem tartana meg.

Mindent odaadna a legutolsó élménytöredékig, ha itt maradhatna.

Velük.

De nem maradhat.

A Mindenség szólítja.

Egyre erősödő, örvénylő suttogása már hűvösen szorongatja torkát. Egyenként tapad bőrére, mint szívókorongok a ficánkoló áldozatra, mely nem is sejti, hogy hamarosan menthetetlenül elnyeli a sötét, feneketlen mélység, s örökké magába zárja.

Hűvös könnycsepp szántotta végig komor tekintetét, mint éles gleccser a fagyos, sötét pusztaságot.

Elindult feléjük.

Amint leereszkedett a domboldalon, a tiszteletes – aki épp háttal ált neki – megfordult, majd egyenesen a szemébe nézett.

Ő is a tiszteletesébe.

Nem szólt semmit sem, csak nézte.

Úgy rohant rá, mint ragadozó a prédára, mégsem látott benne félelmet vagy megvetést, csak sajnálatot.

Egyszerű, keserves, és végtelenül mély sajnálatot.

El tudott volna veszni azokban a hatalmas, szomorú, barna szemekben.

Az erős kezek megragadják. A bal vállát és a tarkóját markolják meg hátulról. Képtelen megfordulni, így nem láthatja támadóját, de abban biztos, hogy emberi kezek ragadták meg. Érzi mind a tíz vaskos ujjat, ahogyan egyre inkább belemélyednek húsába, hogy majd' összeroppannak csigolyái. Egy rántás, és Etele bánatos tekintete semmivé foszlik.

Ez volt az utolsó dolog, amit Ratio ébredése előtt látott.

És ami azt illeti, ez az ébredés nem volt éppen szokványosnak mondható. Úgy is fogalmazhatnék, hogy jóval kellemetlenebb volt, mint általában, de akkor enyhén fejezném ki magamat. Nagyon, nagyon enyhén.

A falhoz csapódva tért magához, csurom vizesen. Súrlódástól felszakadt vízágya pillanatok alatt árasztotta el az egész szobát. Fájdalmas nyögések közepette törölte ki a homályt ázott szemeiből. Időbe tellett, míg realizálta, hol is van egyáltalán.

Nehéz teste kisebb rombolást vitt véghez a szobában. Minden tagja piszkosul sajgott, de leginkább a nyaka és a bal válla, ahol a láthatatlan karok megragadták. Ezek valahogy másként fájtak. Mintha égett volna a helyük.

A szoba vízben tocsogó ajtaja kivágódik, úgy, hogy a csapódó víz Ratióra is ráfröccsen. Két férfi siet be rajta. Az egyik kifejezetten nagydarab, erős testalkatú, míg a másik normál magasságú, vékonyka fickó.

– Mester! – kiált a vékonyabbik. – Hát életben vagy...

– Alig... – tápászkodott fel erőlködve Ratio.

– Mi történt, Mester? Ki tette ezt veled?

– Azt én is szeretném tudni, Strike – mondta Ratio, miközben éppen begyógyuló sebeit vizslatta.

Hamarosan már egy karcolás sem látszódott a testén.

– Fogalmam sincs róla, mester – szabadkozott. – Miután bejutottál, magamhoz is tértem. Hirtelen itt találtam magam. Ez nem sokkal ezelőtt volt, aztán már hallottuk is a becsapódást. Mintha egy meteor hasított volna bele a házba.

– Bejutottam... – suttogta halkan Ratio.

– Mind éreztük, Mester – mormogta Dromedar mély bariton hangján. – Club is megerősítette.

- Hol van most Club?

- Az irodában, Mester. Éppen az ügyvéddel tárgyal a további szerződésekről.

Ratio csak rálegyintett.

- A tiszteletes – mondta maga elé révedve, majd alattvalóira nézett. – Hozzátok őt elém. Azonnal!

Érces hangja úgy pengett, akár a hüvelyéből előrántott kard.

- Mester – hajoltak meg mindketten, s már a szobában sem voltak.

Nem szólt nekik az odalent történtekről. Ösztönösen rejtette el előlük, mint ahogyan a kutya ássa el szeretett csontját társai elől.

A házat majd kitakaríttatja az alattvalókkal. A teste is teljesen helyreállt. Kivéve a kezek helye a vállán és a nyakán. Azok még sokkal az eset után is sajogtak.

14.

- Nee mááár! Akkor ez most tutira komoly? – ámuldozott Phil, mert még mindig nem akart hinni a fülének.

- Mondom – felelte mosolyogva Ratio.

- Basszus, amikor a muterod felhívta az enyémet téged keresve, azt hittem, hogy megint csak szórakozol vele. Szegény nő... Teljesen ki volt készülve.

- Ne sajnáld! – lökte oda hanyagul Ratio. – Nincs semmi baja. Tartom vele a kapcsolatot. Néha. De ő... hogy is mondjam, ezt nem értheti. Arra pedig végképp nincs felkészülve, ami ezután fog következni. Ezért is akarom titokban tartani még egy kis ideig. Neked is csak azért mondom el, mert a legjobb barátom vagy és egyedül benned bízom meg ebben a suliban. Valamint – nézett mélyen a szemébe – tudom, hogy te hiszel bennem.

Phil lelkét némileg megmelengették a baráti szavak; nem sok ehhez hasonló jutott ki neki a gimi alatt. Ratiónak igaza volt. A fiú valóban megbízott benne, teljes mértékben, feltétel nélkül. Ami azt illeti, azóta felnézett rá, amióta csak megismerte, és mégis, most valami sötét és hideg nyugtalanság kerítette hatalmába vele kapcsolatban.

Valóban lehetséges lenne? Az ember, aki életében talán legközelebb állt hozzá, mégis miért hazudna most neki? És ha mégis hazudik, vajon milyen céllal? Tényleg elköltözött volna hazulról össz-vissz tizenkilenc évesen, érettségi előtt? De mégis hogyan és miből? És mik azok a jövőbeli események, amikre az anyukája nincs felkészülve? Tény, hogy az utóbbi időben egyre rejtélyesebben viselkedik. És ez a sok fura dolog, ami körülötte történik...

– K-kösz haver – szakította félbe saját gondolatfolyamát Phil. – Ez nagyon rendes tőled, de mondd csak, miért van az, hogy a tanárok olyan furcsán viselkednek a közeledben? Mintha... tartanának tőled. Olyan vagy köztük, mintha te lennél a keresztapa.

Ratio halkan elnevette magát.

– Ez jó volt – iIsmerte el. Phil is nevetett. – De tudod, ennek így kell lennie – suttogta. – Közeleg a nagy esemény, már nem kell sokat várnod, hogy meglásd, ahogyan én és gyönyörű királynőm elfoglaljuk méltó helyünket a trónon.

– Menj már! – lökte oldalba öklével Phil, és most hangosabban kacagott fel.

Ratio is elnevette magát, majd jobb karjával átölelve, barátságosan megszorongatta a fiút.

Jót mulattak.

– De most komolyan – kérdezte Phil. – Ha így megcsináltad magad, akkor mégis minek vagy itt?

– Ezt meg hogy érted?

– Nem vagy már iskolaköteles. Ha tényleg úgy megszedted magad, ahogyan mondod, miért jársz be még mindig?

– Már amikor.

– Tény, de most komolyan. Mi a helyzet veled valójában?

Ratio elhallgatott egy pillanatra, majd lassan barátjára sandított.

– Teljesen igazad van. Semmi keresnivalóm itt. Jössz?

– Mi? Hova? – kérdezte suttogva Phil. – Matekóra közepe van, ember, ülj már vissza!

Nem ült.

Vállára kapta félig üres sporttáskáját, és udvariasan közölte Mr. Millerrel, hogy ő és Phil eltávoznak az órájáról.

– Hogyne – válaszolt Mr. Miller, aki éppen egy másodfokú egyenletet vezetett le a táblán. Még szívélyesen intett is bal kezével az ajtó felé, jelezvén hogy részéről a dolog teljesen rendben van.

Philnek a lélegzete is elállt. Nem tudott napirendre térni a dolog felett. Sohasem – még legmerészebb álmaiban sem – gondolta volna, hogy átélhet akár csak ehhez hasonlót is a Lafayette-ben. Főleg nem az osztályfőnökük óráján.

George Miller köztudottan az egyik, ha nem a legszigorúbb tanár volt a suliban. A mi történt velük, az egyszerűen képtelenség.

– Na, jössz már, vagy tátod még a szád egy darabig? – kérdezte Ratio türelmetlenül.

– Ezt meg mégis hogy a büdös francba csináltad?

Ratio értetlenkedve nézett le rá.

– A portás simán kiengedett minket, még kilépőt sem kért, pedig az igazgató rohadt komolyan veszi mostanában az ilyesmit! – ordította Phil. – A múlt héten lyukasórám volt, és nem mehettem ki a kapun délig! Meg kellett várnom az ebédszünetet az aulában kuksolva, te meg csak legyintesz egyet, és mintha észre sem vettek volna minket.

– Jó, jó, higgadj már le, haver! – nyugtatta barátját. – Nem kell a feszkó, oké? Állandó kilépőm van magától Coen igazgatótól. És, nem mellesleg, az egész iskola a markomban van. Nem lesz semmi baj.

– Hát, azt kétlem. Nem kockáztatok meg egyetlen igazolatlan órát sem, főleg tanév végén, amíg el nem mondod pontosan, hogy hová is megyünk.

– Hát hozzám, te tökfej! – mondta értetlenkedve Ratio. – Egyetlenegy igazolatlan órád sem lesz, ígérem! Vagy nem te mondtad korábban, hogy saját szemeddel akarod látni a kecót?

– Mert azt hittem, csak kamuzol, te állat – fFújta ki magát Phil.

Szemlátomást megnyugodott egy kicsit.

– Sosem kamuznék egy igaz barátnak, te seggarc – mosolygott rá Ratio. – Nézd, ott egy taxi. Ülj be hátra, én fizetek.

Így is volt.

Phil beült a hátsó ülésre, Ratio pedig a taxis kezébe nyomott egy százast.

– Az Empire Heigts 80-hoz, haver, de minél gyorsabban, ha kérhetem. A visszajárót tartsd csak meg – mondta, majd becsapta az ajtót, de nem maga mögött.

Ő nem szállt be.

A taxi elindult, Phil pedig pánikszerűen kapkodta fejét jobbra balra barátját keresve, aki akkorra már sehol sem volt.

„Ott tali!" – csengett fülében a mondat, amit Ratio kacsintva vetett oda neki, mielőtt becsapta az autó ajtaját.

Semmit sem értett.

Áldozatul esett volna barátja egyik újabb, kegyetlen tréfájának? Az utóbbi időben már megtapasztalt párat.

Empire Heigts...

Az jó környék, nem valószínű, hogy bármilyen atrocitásnak áldozatul esik, ugyanakkor... jó messze is van a belvárostól, vagyis hazulról. Talán csak meg akarja sétáltatni.

Utál sétálni; ami azt illeti, jóformán minden mozgásformát megvet. Könnyű poén, de...

Százassal fizetett!

Ezt ő is tisztán látta. Hát, tényleg ki van tömve...

Majd a hideg is kirázta, amint megrezzent telefonja a zsebében. A taxi éppen hogy csak kifordult az utcából Phillel. Ratio hívta.

– Mizu, haver, jól utazol?

– Már megint ezek a rejtélyes baromságaid. Mit gondolsz, ki vagy te? James Bond?

– Sosem bírtam az ürgét.

– Meg akarsz sétáltatni, vagy megint mi ez az egész szarság?

– Megsétáltatni? Téged? Hülyéskedsz? Hisz' gyűlölsz gyalogolni. Ezért is ültettelek taxiba. Már alig várom, hogy végre ideérj, haver!

– Ezt hogy érted? Úgy érted, hogy te már ott is vagy? Ne húzz már fel teljesen idegileg.

Kinyomta.

Nem számított; az autó már éppen rákanyarodott a kanyargós és igen meredek Birdsong Streetre.

Szebbnél szebb házak és kúriák tornyosultak egymás fölé a kies domboldalban. A szűk útca karcsú siklóként kúszott fel Empire Heigts fennsíkjára, ahol már viszonylag egyenesen és valamivel szélesebben haladt tovább dél felé.

A taxi sietősen haladt el Phillel a játszótér és a mögötte elhelyezkedő kilátó mellett, melyet így nem is igazán tudott szemügyre venni a fiú. Bár születésétől fogva a városban élt, mégsem járt túl gyakran ezen a környéken.

Miért is járt volna?

Semmi dolga nem volt errefelé. Egyetlen barátja vagy ismerőse sem lakott itt, ő maga pedig álmodni sem mert volna róla, hogy valaha ideköltözik. Talán általánosban járt ebben az utcában utoljára, mikor egy iskolai rendezvényen vett részt a panzióban.

Nem csoda hát, hogy a legtöbb dolog újnak hatott számára ezen a környéken. Úgy érezte, mintha egy merőben másik településre tévedt volna.

Egy kicsi, de annál gazdagabb településre.

Az itteni házak fényűzőek voltak és modernek, egy-egy tizenkilencedik századvégi stílusú kúriát leszámítva, melyek viszont meglehetősen korhűen és precízen voltak restaurálva.

A megszeppent fiú bármerre is nézett, tekintete mindenütt csupa – számára izgalmas – újdonságba ütközött, ám mikor a taxi finoman lassítani kezdett, hogy félrehúzódhasson, szinte a lélegzete is elállt.

A díszes kovácsoltvas kaput mintha csak aznap hozták volna ki a műhelyből, barokk cirádái szinte dalra fakadtak a sugárzó tavaszi napfényben. Két oldalát mindjárt szomszédos udvarok kerítései szegélyezték, míg maguk a szárnyak két-, két és fél méter magasra is felnyúltak, így szinte lehetetlenségnek tűnt belátni mögéjük az utcafrontról. A jobb oldali szárnyon egy – szinte a cirádákba beleolvadó – alig észrevehető, kisebb ajtó sziluettje látszott, rögtön mellette pedig egy szemmagasságban elhelyezett, mattfekete kaputelefon lógott.

Phil biztosra vette, hogy az egész telek nem lehet ennyire keskeny, így azt gyanította, hogy a díszes fekete kapu mögött egy út húzódik – talán több tíz méteres is –, ami aztán csatlakozik a jóval tágasabb hátsó telekhez s rajta az ingatlanhoz, elrejtve azt az utcáról bámészkodó, kíváncsi szemek elől.

Jól bevett szokás volt ez a tehetősebbek körében. Kialakítanak maguk számára egy úgynevezett nyeles telket, szép hosszú útszakasszal, ezzel biztosítva a magánszférát maguk és családjuk számára.

Na de Ratty?

Pont neki lenne ilyen birtoka Empire Heigts-on?

Százassal fizetett – csak úgy odadobta a sofőrnek, mint a szalvétát.

Na és! Egy százasa bárkinek lehet. Még talán ő is össze tudná spórolni a zsebpénzéből, ha nem költene annyit chipsre meg üdítőre... Na meg videójátékokra – iszonyat, hogy milyen drágák manapság! Pár évvel korábban még fele ennyiért meg kapta őket a boltban, most meg kívánságlistára kell tennie a webshopban, hátha leakciózzák valamelyiket. Borzasztó ez a hőség, pedig még csak május van.

Mi lesz itt nyáron?

Megtörölte homlokát, majd hüvelyk- és mutatóujját a szeme sarkába mélyesztve megrázta fejét. Gyakran csinálta ezt, ha rádöbbent, hogy elkalandozott. Mire felocsúdott, a taxi már messze járt, így hát nem maradt más hátra, mint előre.

De azért csak lassan, óvatosan.

Jóformán hang nélkül közelítette meg a kaputelefont, melynek apró kamerája meredten bámult vissza rá. Nehezére esett értelmeznie a tulajdonos nevét, többször is újra kellett olvasnia, mire felfogta, hogy mit is lát.

Az elegáns tűzzománc táblácskán ugyanis csupán ennyi állt:

„A Herceg"

Ez nevetséges.

Most már biztos benne, hogy Ratio egyik újabb gonosz tréfájának az áldozata lett. Nem tudja, hogy hogyan hozta össze, vagy ki az az idióta, aki „Herceg"-ként mutatja be magát, de az biztos, hogy neki ebből ennyi bőven elég volt. Nem fogja megnyomni a csengőt. Az kizárt. Inkább gyalogol kilométereket hazáig, de nem hajlandó egy perccel sem tovább részt venni ebben a komédiában.

– Ki van ott? – recsegte a hangszóróból egy mogorva, rikácsoló hang.

Phil izomzata az utolsó rostjáig összerándult.

– Ki meri zaklatni a méltóságot? Válaszolj!

A halálra rémült fiú nem hogy válaszolni, de levegőt venni is alig tudott. Érthetetlenül nyökögött, mint egy csecsemő.

– Nem felelsz, miiii? – rikácsolt a rémisztő hang odaátról. – Majd megered a nyelved, ha rád eresztem a vérebeket! Azok majd megnyitják a szádat. Sikoltozni fogsz, ahogy szálanként szaggatják le nyamvadt húsodat a csontjaidról! Darabokra tépnek! Nem marad belőled más, csak apró, véres cafatok a csontvázadon széthintve!

Phil hátraesett a rémülettől, feneke a frissen térkövezett kocsifelhajtóra huppant.

Már hallotta a kutyák vérszomjas csaholását és morgását a kapu mögül. Nem sokra rá a szárnyak vadul kongani és remegni kezdtek, ahogy a vadállatok súlyos teste nekik csapódott.

– Kérem, ne! – sírt fel Phil lihegve, mint egy málhás szamár. – El... megyek. El... csak ne, a kutyákat ne!

A hangszóróból gonosz, kárörvendő, öblös nevetés tört ki. Phil még a földön feküdt.

Szemeit behunyva, füleit pedig két tenyerével letapasztva remegett a kövön. A vadállatok zaja lassan elcsendesedett, a sötét nevetés pedig kezdett egyre ismerősebben csengő, ártatlan kacajjá halkulni.

– Gyere már be, te hülye! – hahotázott Ratio a túloldalról. – Nyitom a kaput.

A bal szárnyon lévő kiskapu valóban kinyílt, és Ratio csakugyan ott állt mögötte. Kilépett, hogy felsegítse barátját, de az sokkal hamarabb ugrott talpra, mint azt gondolta volna.

– Te hülye fasz! – ordította torkaszakadtából. – Te hülye, idióta faszkalap! Tudod jól, hogy kiskoromtól kezdve félek azoktól a mocskos dögöktől – mondta haragtól fuldokolva. Muszáj volt pár pillanatnyi szünetet tartania, hogy levegőhöz juthasson, máskülönben újra összeesett volna a légszomjtól. Könnyeitől elázott arca bepiszkolódott koszos kezeitől.

– Igazad van – mondta belátóan Ratio. Már nem nevetett. – Túllőttem a célon, sajnálom. Ne haragudj.

Phil még mindig lihegett, arcát törölgetve, amitől az csak még piszkosabb lett.

– Az nem kifejezés, Ratty... Most kurvára haragszom rád.

– Tudom, de hadd engeszteljelek ki. Vagy legalább hadd próbáljam meg. Itt vagyunk nálam. Ezentúl semmi szívatás, ígérem. Na! Legalább gyere be és mosakodj meg. Tiszta dzsuva az arcod.

– Ja – nézett piszkos tenyerére Phil. – Miattad.

– Tudom, ezért is akarom jóvátenni.

Phil kezdett szépen, lassan lehiggadni, s ezzel együtt sikerült szétzilált gondolatait is újra egy mederbe terelnie. Bár őrülten dühös volt Ratióra, a tény, hogy újra láthatta barátját, ösztönösen nyugtatólag hatott rá.

Bármi is történt, szerette ezt a srácot teljes szívéből.

Nem volt képes tovább haragudni rá pár percnél, akármit is kövessen el ellene.

Hosszú, nagyon hosszú ideje már az egyetlen barátja volt.

– Rendben. Hiszek neked. Mindezek után elhiszem neked, hogy itt élsz, a város legpuccosabb negyedében, a saját kecódban. Még csak azt áruld el nekem, mielőtt megmutatod nekem a kis birtokodat... – mondta Phil gyanakodva.

– Bármit, barátom – válaszolt Ratio készséggel.

– Mondd el nekem, hogy mégis mire volt jó ez a drága taxizás, ha te velem sem jöttél, és ami meg lényegesebb, hogy a viharba értél ide előttünk? Úgy ment a sofőr, mint a meszes, jóformán csak akkor tudtam körbenézni, mikor lassított a pirosnál.

Ratio hallgatott. Úgy tűnt, mintha meghökkent volna egy pillanatra.

– Kocsival jöttél, mi, te rohadék? – ütögette meg finoman öklével. – Vagy talán motorral? Tuti motorral!

– El fogsz ájulni, ha meglátod a verdáimat, haver. Csak utánad.

Philnek valóban majd' szétfeszült álkapcsa, mikor megpillantotta végre az udvart s rajta a fényűző kúriát.

Igaza volt. A telek belsejéig legalább hatvan méter hosszúságú út vezetett be, bal oldalán egzotikus virágokkal a világ minden tájáról, jobb oldalán pedig magas sövénnyel szegélyezve. A kétszintes penthouse innen már nagyon is jól látszott. A távolból úgy hatott, mintha az egészet egyetlen gigantikus márványtömbből faragták volna ki. Csak itt-ott díszítették sötétebb, letisztult elemek, mint a korlátok párkánya, vagy a napernyők a tetőn. Nem is ház volt ez, inkább luxusnyaraló.

Az udvart ahol éppen nem fehér terméskövek, ott élénkzöld gyep borította. A tágas garázsajtó előtt három sportkocsi sorakozott, na meg egy quad, nem messze a bejárattól, rajta egy fényes türkizkék bukósisakkal.

A kezdeti megrökönyödés után viszonylag hamar megeredt Phil nyelve. Hirtelen mindenről mindent tudni akart, meg akart érinteni, ki akart próbálni, Ratio pedig igyekezett kielégíteni barátja csillapíthatatlannak tűnő kíváncsiságát.

– És ezek a fák... Milyen pálmák is ezek, Ratty?

– Kókusz, datolya, banán – sorolta unottan, de Phil folyton a szavába vágott.

– Ezen az égövön? Honnan hoztad őket? Mondjuk, a nyáron még ellesznek, de mi lesz velük télen?

– Ezek különleges növények, haver – mondta Ratio, megérintve az egyik fa sarjadó levelét –, sokkal ellenállóbbak, mint gyönge rokonaik. Még a fagyot is bírják.

– Na, ne mondd – hitetlenkedett Phil. – Ki vagy te, a Növény Tanszék elnöke?

– Az talán nem, de ezeket itt mind én ültettem.

– Menj már! – legyintett Phil. – És ez a sok frankó cucc? Honnan a francból volt neked ezekre pénzed?

– Mikor megvettem az ingatlant, még közel sem volt ilyen pofás – mondta dicsekedve Ratio –, de hát én végeztem rajta pár kisebb átalakítást. Úgy tűnt, a belső átalakítások még inkább Phil kedvére valók voltak.

Szabályos extázisban tört ki, mikor megpillantotta a hatalmas okostévét a falon, kedvenc játékának logójával. A tágas, letisztult nappali egész keleti oldala egyetlen hatalmas médiafalként funkcionált. A majd' száz colos televízióhoz két játékkonzol, egy kisebb erőművet is megszégyenítő PC, a legmodernebb felvevő és lejátszó készülékek, valamint több tucat hangfal és mélyláda csatlakozott. Phil egy pillanat alatt a kocka-menyországban találta magát. Azt sem tudta hirtelen, hogy merre rántsa a fejét, mit próbáljon ki először. Legszívesebben az egész hátralévő életét ebben a szobában töltötte volna el, a négy fal között.

– Tőlem – mondta könnyelműen Ratio. – Addig maradsz, ameddig csak akarsz, és akkor jössz, amikor jólesik.

– De hát hogyan, Ratty? – nézett rá komolyan barátja. – Mégis hogyan voltál képes minderre? Elhoztál ide, megmutattad azt, amiről beszéltél, és azt kell mondanom, igazad van. Hiszek neked. De amikor arról kérdezlek, hogy mégis honnan teremtetted elő minezt, csak összevissza beszélsz. Ugye nem keveredtél bele valamibe? A suliban egyre furább sztorikat mesélnek rólad.

– Tényleg tudni akarod?

– Ne értsd félre, haver, de tudnom kell, hogy minden oké-e veled.

– Hát jó – sóhajtott halkan Ratio. – Akkor hát tudd meg, hogy a felirat, amit kint a kapun láttál, nem vicc. Én csakugyan herceg vagyok, és ez a sok jelentéktelen kacat itt, sőt ez az egész vityilló a medencével és a telekkel együtt mind-mind a palotából jött.

– A palotából... – ismételte Phil hidegen és gépiesen.

– Úgy van – folytatta Ratio. – Mégpedig az én saját palotámból, de elmondhatom neked: ha most le vagy nyűgözve, akkor semmit sem láttál még. Sokkal, de sokkal több van ott, ahonnan mindezek jöttek. Sőt, még annál is több. Egy egész, gigantikus új világ. Ha akarod, megmutathatom neked is.

– Haver, te totál zakkant vagy – vágta hozzá hidegen Phil. – De az tény, hogy egy kicseszett palotában laksz! Jól van, tartsd csak meg a titkaidat, ha akarod – nevette el magát izgatottan –, nekem most nincs erre időm, ki kell próbálnom ezt a game-et!

Még be sem fejezte a mondatot, mikor a kontrollert vadul megragadva a monitor előtti nagy, puha babzsákra huppant.

A gép barátságosan csippant, Phil pedig belevetette magát a sűrűjébe.

Harcolt sűrű bozótosban, rommá lőtt városrészekben, magas hegycsúcsokon, sőt még azok felett is.

Földön, vízen, levegőben, minden terepen kipróbálta magát.

Dacolt a vad óceán tajtékzó hullámaival – éppúgy, mint a sivatag perzselő homoktengerével.

Tűző naptól és sós víztől kiszáradt bőrén érezte, ahogyan a homokszemek folyamai smirgliként dörzsölik sebesre aszott arcát.

De mindenképpen tovább kellett mennie!

Az ellenség már majdnem bekerítette őket, s ha most nem szedi össze magát, biztosan megkaparintják a zászlót.

Fegyverropogás.

Kelet felől jött. Átjutottak, ez nem jelenthet mást!

Igen, már itt is vannak a dűne mögött. Nem sokat látni a homokviharban, de biztos, hogy ott vannak.

Még erősebben szorította meg fegyvere markolatát, a tust pedig gondosan a vállgödrébe igazította. Ujja közvetlenül a ravaszon, az optika kifogástalanul működik.

Le fogja szedni őket.

Amint kibújnak a fedezék mögül, hogy megrohamozzák a zászlót, rajtuk üt. Beléjük ereszti az egész hevedert, ha kell.

Mindent a győzelemért!

Egyik társa épp megkocogtatja a vállát.

Hát nem maradt egyedül ebben a pokoli katlanban! Szemeit óvatosan leemeli a célgömbről, hogy szemügyre vehesse a mellette fekvőt.

Egy bolha sem tudott volna olyan gyorsan felpattanni helyéből, ahogyan ő. Fegyverét elhajítva, vad ordibálás közepette igyekezett egyre távolabb kerülni társától.

Ratio utánakiabált:

– Én vagyok az, Phil! Nem ismersz meg? Én vagyok, ne félj.

Csak futott rémülten összevissza, mint egy idétlen csirke. Időnként fel-felbukott a mély homokban, de akkor sem állt meg. Ha kellett, négykézláb mászott tovább.

El, mindig csak el, egyre távolabb!

Ahogy Ratio megpróbálta utolérni, kényszerült zihálásából kezdett kihallatszani pár értelmesnek tűnő szótag, később szavak, mondattöredékek is.

– Hagyj... Szörny... Hagyjbék... Ocsmány... Szörnyeteg...

– Mi van veled, Phil? – kiáltott utána kétségbeesetten Ratio. – Hát tényleg nem ismersz meg? Én vagyok! A barátod.

Végszóra sikerült utolérnie a bukdácsoló Philipet, aki a homokot kaparta félelmében, miközben keservesen zokogott.

Ratio is sírt.

– Mi van veled? Mi a baj? Nézz rám! Phil, nézz a szemembe! – Azzal megragadta a fiú mocskos arcát, és erőszakkal maga felé fordította.

Még napokkal később is kísértette barátjának kétségbeesett, fülsiketítő sikolya.

Hallotta ébren és álomban egyaránt.

A szobája falain éppúgy visszhangzott, mint a palota tágas csarnokaiban.

– Hát ez iszonyúan csúnya volt – jegyezte meg Darius, miközben jobb fülét piszkálta kisujjával. – Majd' elrepedt a teáskészletem. Régen nem hallottam már ehhez fogható szörnyű ricsajt.

– Nem értem – fogta fejét Ratio. – Még soha, egyetlen alanynál sem tapasztaltam ilyesmit. Gond nélkül bejutottam, ráadásul szokatlanul gyorsan. Minden a legnagyobb rendben ment, amíg meg nem látott... Mégis, hogyan lehetséges ez?

– Ne ess kétségbe, hercegem! – tette vállára nyugtatólag a kezét. – Csupán pár sikeres behatoláson vagy túl. Nem csoda, hogy szokatlanok számodra ezek a... hogy is fogalmazzak? Nos, felléphetnek komplikációk a gyengébb idegállapotú alanyok esetében – magyarázta Darius, mintha csak oktató orvosként tartana szemináriumot.

– Komplikációk... a francba is! Ő a legjobb barátom. Már téged leszámítva, királyom – tette hozzá óvatosan. – Mindig is tudtam, hogy nehezen bírja a stresszt. Sokkal elővigyázatosabbnak kellett volna lennem vele.

– Mint ahogyan azt már korábban mondottam, ifjú herceg – folytatta ódivatú kioktató modorával –, aggodalomra semmi ok. A fiú minden bizonnyal már éber állapotban van, s erről megbizonyosodván biztosra veszi, hogy amit ébredése előtt átélt, csupán egy rossz álom volt, semmi egyéb.

Díszes beszédét széles, tenyérbemászó vigyorral zárta le, ami egy cseppet sem nyugtatta meg a fiút. Sőt, ha lehet, még kellemetlenebb lelkiállapotba taszította.

– Még nem készült fel. – Ezzel nyugtatgatta magát. – Mindig is gyenge volt mind fizikailag, mind lelkileg. Én nem tehetek semmiről. Én csak jót akartam, és különben is! Dariusnak igaza van. Nem esett semmi baja. Rosszat álmodott. Megesik az ilyen.

– Mond csak, hercegem – lépett gondolatainak sűrű folyamába Darius –, véletlenül nem feledkeztél meg valamiről?

Ratio értetlenül nézett mesterére.

– Egy egészen apró, jelentéktelen tényezőről?

– Nem tudom, mit kívánsz tőlem, királyom.

– A tiszteletes! – emlékeztette ordítva. – A te állítólagos tiszteletesed.

Ratio megdöbbenve hallgatott.

A nyelve hegyén volt, hogy kimondja, mégis érezte, hogy nem szabad. Mintha egy láthatatlan, finom kéz gyöngéden befogta volna a száját. Szinte érezte a lágy, puha érintést ajkain.

Pedig logikusnak tűnt volna, hogy beszámoljon a szokatlan, balul elsült eseményekről. Végül is, ki más tudna rájuk magyarázatot adni, ha nem Darius. Mindent tőle tanult, amit csak erről a síkról tud.

És mégis.

Valahol, mélyen a bensőjében, lelkének legeldugottabb, mindaddig üresnek hitt, piciny zsebében érezte, hogy hallgatnia kell.

Hallgatnia mindenáron, máskülönben szörnyűséges dolgok fognak történni.

– Sajnálatos módon – szólalt meg végül szorongástól kiszáradt torkát köszörülve – ezidáig sem én, sem pedig az alattvalók nem voltak képesek rátalálni, királyom.

– Úgy – mondta Darius, immár sokkal barátságosabban. – És mindennek fényében te mit gondolsz?

– Nem tudom. Lehetetlenség, hogy valaki csak úgy felszívódjon. Főleg ilyen rövid idő alatt. Miután hiába kerestem odalent, Strike és Dromedar átkutatta utána az egész várost, Club pedig a cybertérben próbálta lenyomozni.

– És?

– Nyomát sem találták. Sem egy hivatalos irat, vagy akár okmány az aláírásával, sem egy lakcím, egy vásárlás. Sem egy nyomorult ember, aki ismerné. Mintha... mintha soha nem is létezett volna.

– Bravó! – verte össze tenyereit szépen lassan, ritmikusan Darius. – Hát végül magad mondtad ki.

– Dehát ez képtelenség! – vágott szavába Ratio. – Beszéltem vele. Megérintettem! Mások is látták, nem csak én! Odaát. A francba is, nem itt történt, hanem odaát, a való világban!

– A való világban? – nevetett Darius. – Azt hittem, hogy ezt már régen megtanítottam neked. Ez a sík, vagy világ, ahogyan te nevezed, sokkalta valóságosabb, mint „odaát". Vagy ilyen hamar elfelejtetted, hogy melyik síkból született a másik? Szörnyű tanár vagyok.

– Bocsáss meg.

– Ugyan! Hagyd ezt, nem te tehetsz róla – mondta megértően Darius. – Ahogyan a barátod, úgy te sem voltál felkészülve teljesen, és ez valahol az én hibám. Nem szóltam neked az anomáliákról. Bevallom, reméltem, nem is lesz rá szükség.

– Anomáliák? – kérdezte a fiú meglepetten.

– Tudod, az olyan... Szóval az olyanok, mint mi, akik képesek vagyunk közvetlenül kapcsolódni az Örvénylő Mindenség akaratához, elkerülhetetlen, hogy olykor szembesüljünk saját magunk számára is megmagyarázhatatlan jelenségekkel.

Ratio talán jobban figyelt rá, mint addig bármikor.

– Azt akarod mondani, hogy...

– Sajnos igen. Attól tartok, te is áldozatául estél a kozmikus anomáliák egyik legritkább megnyilvánulásának, mely nem más, mint a részleges önkivetülés.

– Mégis hogy érted ezt? – kelt ki magából. – Hogy a tiszteletest csak beképzeltem magamnak, mint a dilinyósok? Hogy lassan kezdem elveszteni a józan eszemet? Hogy az egész csak képzelgés volt, erre akarsz kilyukadni? – ordította. – Válaszolj!

– Valóság volt – mondta higgadtan Darius. – Valóság, de csak a te számodra. A teremtő erő, ami a birtokodban van, nem játékszer, Ratio. Felelősséggel tartozol az Örvénylő Mindenség felé. Mindazonáltal nem hibáztatlak, és nem is tartalak őrültnek. A hatalom, amit kaptunk, nagyobb, semmint hogy magunkban elhordozhatnánk. Ezért vagyunk itt, hercegem. Ezért választott ki kettőnket, és nem egyedül téged vagy engem. Az energia túláradt benned, s ennek hatására megszületett egy torz anomália, mely személyiséged egy bizonyos szegmensének s elfojtott vágyaidnak spontán összeolvadásából egy bizarr önkivetülést inkarnált a Profán Síkra. Remélem, eléggé érthetően fogalmaztam.

– Lehetetlen! – rángatta jobbra-balra a fejét. – Én...

– Ez történt, semmi több! – zárta le a vitát Darius. – Elfelejtjük az egészet, de többé egy árva szót sem akarok hallani a tiszteletesről!

– Megértettem – lógatta fejét Ratio.

– Sajnálom, herceg. Nem a te hibád, de tovább kell lépned. Még rengeteg dolgunk van.

– Igen, ahogy mondod, királyom – hajolt meg engedelmesen.

15.

Az ágy keservesen nyikorgott, a fal hangos koppanások kíséretében nyelte el az egyre gyakoribb és erősebb ütközések mozgási energiáját, a lány pedig hatalmasokat nyögött Ratio alatt.

Hamarosan a fiú is rákezdte, s nemsokára forró, verejtéktől gyöngyöző testük teljesen eggyé olvadt a nyögések vadul váltakozó kánonjában, mely végül lassan elnyújtott, kielégült szusz-szanásokká halkult.

– Imádlak... – lihegte halkan Christine, miközben szorosan Ratióhoz bújt. A fiú pontosan ezt akarta hallani. Nem szeretetre vágyott a lánytól, vagy holmi felszínes rajongásra. Az akarta, hogy Christine számára ne létezzen többé senki és semmi rajta kívül. A totális imádatára éhezett.

– Hát, azt meg tudom érteni – fújta ki magát önelégülten Ratio. – Hééé! – kapta fel fejét a lány, mintha valóban zokon vette volna a kijelentést. – Azért remélem, hogy én is jelentek számodra valamit – kacagott.

Ratio végignézett Christine gyönyörű, elnyúlt testén, majd ujjaival lágyan végigsimította.

Nedves ajkaitól indulva, feszesen ágaskodó mellei közt átkúszva, megkerülve köldökének mély oázisát, egészen a – szintén nedves – szeméremajkakig.

– Ha tudnád, mennyit – suttogta a lány mély, gesztenyebarna szemébe nézve, de egyáltalán nem arra gondolt, amire ő. – Sohasem láttam még nálad kívánatosabbat. Olyan vagy, akár egy tiltott gyümölcs, ami után mindenki csak epekedik, de senkié sem lehet igazán.

– De igen! – mondta a lány vágyakozva. – Te mindenestől megkaptál engem.

– Csakugyan? – kérdezte Ratio, majd hirtelen megragadta Christine fejét az arcánál fogva.

Hüvelykujját a lány szájába mélyesztette, aki azonnal nyelni és szopogatni kezdte azt, akár a jégnyalókát. – Azt akarom, hogy a bálon gyönyörűbb és kívánatosabb légy, mint eddig valaha voltál! Azt akarom, hogy a szépség és a vágy bálványa légy az oldalamon! Megértetted?

Christine nem szólt – nem is tudott volna.

Csak engedelmesen nyögött egyet, majd még erőteljesebben kezdte szopni szerelme ujját, mintha csak a fiú egész kézfejét a szájába akarná venni.

Estére már nem volt ott.

Ratio gondoskodott róla, hogy időben hazaérjen. Esze ágában sem volt összeköltözni a lánnyal, csak hitegette.

Délutánonként áthívta egy kellemesen vad együttlétre, s hogy mikor küldte haza, az mindig attól függött, hogy éppen mikor elégelte meg idegesítő locsogását, vagy egyre szánalmasabbnak ható megalázkodását.

Ratio számára is csak idővel tűnt fel, de a lány értéke napról napra csökkent a szemében, s bár kétségkívül a legjobb bőr volt a környéken, egyre gyakrabban fordult elő, hogy aznap valamiért mégsem tudott Christine-re időt szakítani.

Persze gondoskodott róla, hogy a lány helye ki ne hűlhessen kényelmes ágyán, így egyre több és több ifjú hölgyismerőse látogatta meg fényűző birtokán.

Mégis.

Akárhány csajjal is volt dolga, mióta elköltözött otthonról, soha egyetlenegy sem maradt éjszakára.

Nem merte volna megkockáztatni, hogy megzavarják, míg ő odaát van.

– A lány elhagyta a birtokot – közölte Strike tömören és udvariasan, akár egy komornyik.

– Az a kis ribi? – kérdezte Ratio, miközben derekára tekert egy puha, gyapjú törölközőt. – Mondjuk a segge kegyetlen jó, és meg kell hagyni, érti is a dolgát... Még valami?

– Amit láttál, az valóság – suttogta Strike halkan és hűvösen, mint az őszi szellő.

– Te meg miről beszélsz? – kérdezett vissza zavartan, mintha valóban nem tudná.

– Nem tudom, hogy mi történt abban az álomban, amiből kiestél – nézett a fiú szemébe –, de azt tudom, hogy mit láttál előtte.

– Mégis miről... Hogyan...

– Tudom, mert én is lattam – szakította félbe. – Ez előtt már sokszor.

A fiú arcára dermedt döbbenet ült ki.

Leleplezték, efelől semmi kétség. Strike már tudja!

És ha ő tudja, akkor hamarosan Dariushoz is el fog jutni.

Megtudja, hogy titkolózott előtte.

Hogy soha többé nem bízhat már meg benne.

Hogy történhetett meg?

Strike!

Róla aztán igazán nem gondolta volna. Ott volt vele aznap, ez tény, asztrális testük eggyé olvadt a csatornában, de az a látomás! Ott nyoma sem volt Strike-nak. Nem érzékelte a jelenlétét, ez biztos. Ott csakis ő volt, és az a két rejtélyes személy. De akkor mégis hogyan? Azt mondta, ő is látta ugyanezt, méghozzá többször. Ezekre a fejleményekre igazán nem volt felkészülve. Mint ahogyan arra sem, hogy alattvalója egyszer csak pisztolyt szegez rá. Nem is akármilyet. A sajátját. A .45-öst.

– M-mégis mit jelentsen ez? – kérdezte ijedten Ratio. Hangja el-elcsuklott a mondat közben, s ettől meglepően magassá is vált. – Mit akarsz azzal? Tudod... tudod, hogy nem árthatsz vele nekem!

– Tudom – válaszolt Strike higgadtan –, de te nekem igen – mondta, majd a pisztolyt megperdítve ujján, markolattal Ratio felé nyújtotta. – Rajta. Vedd el.

Ratio habozott. Nem igazán tudta mire vélni az eseményeket. Azóta nem lepte meg így semmi, mióta Dariussal először találkozott a Lafayette gimi sarkán.

– Elmondok valamit a mesteredről – folytatta Strike –, ha cserébe végzel velem.

– M-mi? Mégis mit akarsz, mit tegyek?

– Vedd el a fegyvert – közölte Strike lassan, szinte tagolva, de annál határozottabban –, célozz rám, majd lőj. Ha kell, többször is húzd meg a ravaszt, a lényeg, hogy a végén ne maradjon bennem élet. Megértetted, amit mondtam?

– E-ez nevetséges! – fakadt ki Ratio. – Nem. Nem teszem meg! Miért tennék ilyet?

Strike közelebb hajolt hozzá, mint eddig bármikor. Egyenesen a szemébe nézett, s a fegyver markolatát közvetlenül Ratio hasfalához nyomta.

Azelőtt sohasem engedte volna meg magának az ilyesfajta viselkedést.

Alázatos volt, és megbízható.

A fegyelmezett engedelmesség megtestesült szobra. Bármit rábízhatott mindkét síkon egyaránt, s amit csak rábízott, azt mindjárt elintézettnek is tekinthette. Most mégis itt áll előtte fölényesen, mint egy győztes hadvezér, s úgy utasítja, mint szolgát az ura.

Egyszerre helyet cserélt herceg és alattvaló.

– Mert ez az egyetlen kiút – mennydörgött Strike. Hangja mintha visszhangzott volna a nappali falai közt. – Számomra legalábbis. Én elmondok mindent, amit csak tudnod kell, te pedig megteszed ezt nekem.

A kérés nem volt alku tárgya. Ratio tisztában volt vele, hogy nincs más esély a megmenekülésre Darius haragjától.

Erősen megmarkolta a pisztolyt.

– Nagyon jó – mondta elégedetten Strike, majd elengedte a fegyver másik felét. – Tudnod kell, hogy a te mélyen tisztelt királyod, Darius is csak egy ember, akárcsak te és én.

– Igen... Ezt már sejtettem egy ideje.

– És vajon azt is sejtetted, hogy itt van? Itt, a mi világunkban.

– Az nem lehet. Bármikor is utaztam, ő mindig a palotában volt. Ez biztosan nem lehet véletlen egybeesés.

– Nem is az. Ő mindig itt van, és mindig ott is van. Így akárhányszor utazol a palotába, mindig találkozni fogsz vele.

– Képtelenség! Hogyan lenne ez lehetséges?

– Egyszerűbb, mint hinnéd, fiú. Kóma. Mesterséges kómában tartja magát valahol ebben a világban.

– Úristen...

– Pontosan. Ezt láttad a látomásodban odalent. Rainy, az ő személyes alattvalója, ápolja őt ébrenlétében. Ezért van, hogy őt csak viszonylag ritkán láthatod a palotában.

Ratiónak hirtelen bevillant első találkozása Rainyvel. Mikor először lépte át a nagy csarnok kapuit.

Akkor is az árnyékban rejtőzködött, Darius mögött.

Borzongva gondolt vissza ijesztően éles karmaira és csőré- re. Mindig is utálta, ha a közelében volt, s csak most tűnt fel neki, hogy olyankor az időjárás legtöbbször borongós, esős volt. Eszébe jutottak Darius szavai, mikor a napsütötte kertről kérdezte:

„Többnyire. Nem mindig ilyen napos..."

– Hát érted már.

– Azt hiszem – válaszolt bizonytalanul Ratio.

– Csak rabszolgák vagyunk. Te is, és mi is. Minket is az ál- mainkon keresztül talált meg, akárcsak téged. Így kényszerí- tett szolgasorba mindnyájunkat. Ratio – fogta arcát két tenyere közé. – Mi itt mind fogvatartottak vagyunk! Aki nem engedel- meskedik neki, azt örökkévalóságnak tűnő szenvedésre kárhoz- tatja a másik világban. Ott ő uralkodik. Ő írja a törvényeket. Minden óra, amit eltöltöttél nála, ebben a világban csak a má- sodperc törtrésze volt. Olyan hosszúra nyújthatja a szenvedé- seidet, amilyen hosszúra csak akarja! És ez nem minden. Amint átléped a palotája küszöbét, minden ében szerzett emléked au- tomatikusan a birtokába kerül. Ezért tud rólunk mindent, és pontosan ezért fog tudni erről a beszélgetésről is, ha csak meg nem teszed, amit most tőled kérek.

– De hát ez... Ez nem megoldás! – kiáltott fel Ratio. – Talán te végleg megmenekülsz, de velem mi lesz? Bárhogy is próbálkoz- zam, előbb vagy utóbb aludnom kell, és mindent meg fog tudni az emlékeimből! Hogyan szállok akkor szembe vele?

– Van egy mód – mondta Strike. – Nem kell feltétlenül rög- tön a palotába menned. Neked nem kell.

– Hát hová menjek?

– Tudod.

– Az Óceán.

– Pontosan. Ott el tudsz rejtőzni előle, míg megerősödsz any- nyira, hogy szembeszállhass vele. Mert tudd meg, hogy szem- be kell szállnod vele! Bár nem láttam az álmot, amiből kiestél, mégis felnyitotta a szemem. Ezért van bátorságom ahhoz, hogy megtegyem azt, amit meg kell tennem, és hogy veled is közöl- jem ugyanezt. Dariusnak igaza volt. Tényleg te vagy a kiválasztott, de nem úgy, ahogyan ő, vagy ahogyan te gondoltad. Miután láttad a látomást és eltűntél, megértettem, hogy mi a valódi célja veled, fiú.

– Kinek? Az Örvénylő Mindenségnek?

– Megértettem, hogy rajtad keresztül akar felszabadítani minket. Mindannyiunkat.

Mint egy túsz, kinek a zsákot lerántják a fejéről, úgy nyilallt hirtelen Ratio elméjébe a hideg megvilágosodás. Megértette, hogy Darius végső soron rajta is csak uralkodni akart, mint az alattvalókon. Elhitette vele, hogy ő különleges. Tanította, képezte, megjátszotta, hogy szereti és neveli őt. Még azt is elhitette vele, hogy együtt uralkodnak majd az új világban, pedig csak egy állandó, erős bástyát akart felépíteni magának ezen a síkon, hogy neki soha ne kelljen elhagynia a másikat. Látva, amit ő lát, érezve mindent, amit érez, így vált volna Ratio szépen lassan Darius lélektelen bábjává, aki által sérthetetlenül uralkodhatott volna odaátról az egész univerzumban.

Strike lassan, méltóságteljesen térdelt le elé. Ratio rászegezte a fegyvert, de habozott.

– Miért? Miért pont nekem kell megtennem?

– Mert senki más nem tudja. Én magam sem. Te döntesz. De tudd, hogy ha nem teszed meg, mielőtt elalszom, akkor már nincs visszaút. Attól kezdve mindennek vége...

A fegyver eldördült.

Majd még egyszer és még egyszer, s bár nem ugyanott és nem is ugyanakkor, de mindhárom test a földre rogyott végül, s mindhármuk koponyája koppant egyet a kemény, hideg talapzaton.

Ratiót magát is meglepte, hogy mennyire kedvére való ez a bizarr hang. Csupán egy halk, üreges ütközés a padlóval, melynek száraz rezgéseit nyomban elnyeli környezete, akár az aszott föld a harmatcseppeket, mégis úgy érezte, mintha szólnának hozzá ezek a parányi hullámok.

Mintha egy rég elveszett ősi nyelv halovány töredékeit vélte volna hallani a koppanásokban.

Sajnálkozott is, amikor szembesült vele, hogy Dromedar vaskos teste milyen nagy mértékben tompította az esést. Nehéz feje alig érintette a padlót, s ez némileg elkedvetlenítette Ratiót.

Meg is jegyezte:

– Te mentél el legszótlanabbul. Nem búcsúzhattál el úgy, mint társaid. Már nem számít. Immáron mind szabadok vagytok, hűséges alattvalóim – mondta mosolyogva, majd egy nagy lendítéssel meghúzta a kart.

A krematórium felizzott, akár a sütőkemence. Vörös sugarai vibrálva árasztották el a homályos termet.

Mindig szomjas volt.

Lángnyelvei mohón lefetyelték ki az – egykoron – életadó vizet bomló tetemeikből, míg nem maradt belőlük más, csak a száraz por, melyet undorral okád ki magából.

– Hamvaitokból egy új birodalom emelkedik majd fel – markolt bele a finom, meleg maradványaikba. – Egy új, fényesebb, szabad birodalom, mely nélkülöz minden zsarnokságot vagy elnyomást. Megszabadítom ezt a primitív, régóta szenvedő emberiséget igáitól, melyekkel önnönmagát köti gúzsba újra és újra, az idők kezdetétől fogva. Felszabadítom őket, barátaim! Ahogyan benneteket is felszabadítottalak. Létrehozok egy világot, ahol minden lélek saját meggyőződéséből, önnön elméjének megvilágosodásából követhet majd engem. Ígérem nektek!

16.

Kicsöngettek.

A Lafayette gimi végre megnyitotta széles száját és csak úgy okádta ki magából a nyüzsgő diákok sokaságát, mint ahogyan egy részeg hajléktalan üríti ki gyomra tartalmát.

Legalábbis Ratio így látta. Számára nem jelentettek többet ezek a fiatalok a társadalom szánalmas töltelékénél.

Mindre ugyanaz a sekélyes jövő vár, csak más körítéssel.

Némelyik lecsúszik majd, némelyik kifejezetten sikeres lesz a szakterületén, a karrierjében, vagy akár a sportban, a legtöbbjük viszont csak szépen lassan, észrevétlenül beleolvad a középszerűség folyamatosan mélyülő szürke árnyalatába. Nem mintha számítana. Valójában nincs semmi különbség a három csoport között. Mindnek ugyanazt a száraz, szánalmas véget tartogatja a lét: elmúlást, tudva, hogy semmit sem hagynak hátra. Hogy bármennyire igyekeztek is, nem tudtak létrehozni semmi jelentőset vagy maradandót. Minden munkájukat, minden eredményüket elhordja majd a szél, ahogyan végül őket is.

Ratio már jó ideje nem járt be. Nem ért rá.

Tele volt egyéb, jóval izgalmasabb és érdekfeszítőbb elfoglaltságokkal.

Nem mintha szükség lett volna rá. Mindent lezsírozott az igazgatóval. Hivatalosan is magántanulói státuszba lépett át családi okokra hivatkozva, melyet az oktatásügyi hivatal is készséggel hagyott jóvá.

Christine-re várt.

Nem sokat, épp csak pár perce parkolta le autóját a sulival átellenben, a posta teherportájának bejárata mellett. A tervek szerint délután beülnek majd egy kávézóba Christine barátnőivel.

A lányok „csajos délután"-t szerettek volna, de Christine persze ragaszkodott hozzá, hogy Ratio is ott legyen, és végre megismerkedjen velük.

Ratio maga sem tudta, hogy miért ment bele. Talán ki akarta szellőztetni kicsit a fejét végre. Kiszabadulni a négy fal szorongató luxusából. Vagy csak el akarta terelni gondolatait valakiről, vagy sokkal inkább valamiről, amiről nagyon jól tudta, hogy elkerülhetetlen.

Gondolatai a palota visszhangos csarnokaiban jártak, a napsütötte teraszon, a csodás franciakertben, miközben gépiesen bemutatkozott.

Indított.

Hajtott.

Megállt.

Kiszállt.

Újra leült, majd rendelt.

Észre sem vette, ahogy elszaladtak mellette a fák, a házak, az emberek, az események. Csak csendben ült és bele-belekortyolt hideg italába, miközben a világ tompán csikordult percről percre, pillanatról pillanatra körbe-körbe.

Mindig csak körbe.

– És hogy van a barátod, hogy is hívják? Fú, nem is tudom... – kuncogott Jessica, Christine egyik sötét hajú, idegesítően nyávogó hangú barátnője. Majd egy másik hozzátette:

– Hú, én sem tudom, totál nem vágom, mi a neve a gyereknek... Valami Fred, vagy ki.

Bár csak pár másodpercig tartott az egész, a lányok idétlen kacaja végiggurgulázott a sétalóutcán.

Még a Fruitable cukrászda teraszáról is hallani lehetett őket, pedig az jó háromszáz méterrel lejjebb volt.

Mind nevettek. Egytől egyig.

Kivéve Ratiót.

– Phil – tagolta komoran, miközben lassan előrehajolt székében. – A neve Phil. Mi van vele?

– Jaj, ne húzd fel magad, szívem! – próbálta megnyugtatni Christine. – Tudjátok, ők jó bar...

– Fogd be a szád! – szakította félbe dühösen Ratio. – Nem téged kérdeztelek. Szóval – fordult újra Jessicához –, mi van Phillel?

Jessica köpni-nyelni nem tudott a meglepettségtől, úgy meghökkentette Ratio hirtelen hangulatváltása.

– Hát... hát – nézett értetlenkedve barátnőire.

– Hát gyogyós. Megzakkant, nem? – segítette ki Dominica, Christine osztálytársa.

– Azt ajánlom, vigyázz, hogy beszélsz a barátomról, te ribanc! A lány vérig volt sértve. Kikérte magának, hogy ilyen hangnemben beszéljenek vele, és már peckesen fel is pattant helyéről kis kézitáskáját magára rántva, ezzel jelezvén, hogy nem kívánja a továbbiakban Ratio társaságát élvezni.

Időközben Jessica is összeszedte magát.

– Hát nem hallottad, te arrogáns fasz? – kérdezte nyávogva, mint egy újszülött kiscica. – Az egész suli csak erről beszél!

Christine nem szólalt meg. Tudta, hogy nem szabad, bármennyire kihívóan is bámultak rá barátnői.

Nem szokták meg tőle, hogy bárkinek is alárendelje magát.

– Miről? – Sürgette Ratio. – Nyögd már ki!

– Hát hogy a srác teljesen bekattant! – ordította Dominica. – Diliházba dugták! A zárton van már vagy egy hete. Phil kórházban van! A pszichiátrián...

Megőrült? Talán a múltkori eset? Talán éppen miatta történt.

Nem! Az nem lehet, Darius is megmondta: „felébred és semmi baja, csak rosszat álmodott".

Darius! Mégis mit tudna ő?

Egész végig becsapta és kihasználta. Talán most is csak félrevezette! Vagy talán...

Egyenesen az ő műve volt!

Igen, így kellett lennie! Manipulálta az álmot, hogy Phil szörnyűségesnek lássa őt, és ezzel megőrjítse. Mocskos szemétláda!

Meg kell találnia, mielőtt még az egész életét tönkretehetné!

Szó nélkül felpattant székéből és elrohant. Kis híján felborította az asztalt.

A poharak és az evőeszközök fülsiketítően csörömpöltek a földön, elnyomva minden egyéb zajt a helyiségben.

Christine síró kiáltásait is.

De hiába is kiáltott utána, nem tudta megállítani.

Csak futott, szaladt, suhant az álomcsatornák keszekusza alagútjaiban, a fal után kutatva, melybe korábban ütközött.

Mindennél jobban vágyott a becsapódásra.

Asztráltestének elnyúló, minden felgyülemlett erejével akarta betörni az ajtót. Epekedett, hogy úgy koppanjon újra megtestesült koponyája az álom falán, ahogyan Strike, Club és Dromedar koponyája tette. Bármit megadott volna, hogy újra beszélhessen vele. Hogy tanácsot kérhessen tőle.

Ha kell, kiáltozva, zokogva dörömböl az ajtaján, csak hogy újra láthassa a tiszteletest. Hogy megbizonyosodjon róla, hogy nem ment el az esze teljesen.

Arról, hogy valóban létezik.

És ha létezik, végül megölhesse.

De nem találta. Hiába járta körbe újra és újra, hiába vizsgált át tüzetesen minden egyes szegletet, az ajtónak nyoma sem volt többé.

Zihálva, fuldokolva bukott fel a felszínre. Hullámokat borzolt a Végtelen Óceánon. Felordított. Kiáltása beleveszett az Örvénylő Mindenség egyenletesen morajló forgásába.

Lehetséges, hogy Dariusnak mégis csak igaza volt? A tiszteletes csupán egyre inkább bomladozó elméjének mellékterméke, és szépen lassan kezd teljesen megőrülni?

A palotába nem térhet vissza többé, és az ember – talán az egyetlen –, aki élete során valaha megértette őt, csupán apa után vágyódó, zavarodott lelkének csalfa kivetülése volt. Egy a tudtán kívül létrehozott, szánalmas teremtmény, mely végül ugyanúgy cserbenhagyta, mint mindenki más, akibe belehelyezte bizalmát.

Sírni tudott volna.

Nem először kellett szembenéznie a magánnyal, de talán még soha, egyszer sem érezte magát ennyire végtelenül elveszettnek.

Hirtelen egy fülsiketítően hangos pittyenés hasított végig az elméjén. Úgy érezte, mintha egy szöget vertek volna bele a fejébe a fülén keresztül. A feje zsongani kezdett, majd nem sokra rá már egész testében bizsergett.

A világ kezdett lassacskán sötétbe olvadni körülötte, s ő idétlen mozdulatokkal szédült bele az egyre csak vastagodó homályba.

Fájdalmasan hunyorítva nyíltak ki bágyadt szemei.

Alig akarta elhinni, hogy felébredt. A telefon újra csippant egy nagyot a bal füle mellett s ő sietve ugrott fel ágyából, próbálva megőrizni egyensúlyát.

Még mindig szédült, akárcsak első utazásánál. Régen nem ébredt már ennyire rosszul belőle. Homályos látásával erősen próbált fókuszálni a felvillanó kijelzőre, melyről a következőt sikerült leolvasnia nagy nehezen: **Jasmine Blum.**

– Óh, igen! Hát persze... – szorította csupasz mellkasához a telefont.

Jasmine írt neki egy terjedelmesebb üzenetet, melyben kifejtette, hogy mennyire sajnálja azt, ami Phillel történt, valamint azt is, hogy Ratio már nem látogatja az iskolát. Biztosította továbbá arról is, hogy ha bármiben a segítségére lehet, akkor örömmel a rendelkezésére áll.

Ratio végre lélegzethez jutott.

Jasmine profilképét nézegette.

Csak most tudatosul benne, hogy mennyire gyönyörű is a lány. Csodálattal idézte fel ragyogó mosolyát, smaragdzöld szemét, halvány szeplőit, és arcába omló, hullámos, vörös haját. Többé már nem az a kedves, hallgatag lány volt számára, aki szemérmesen elpirult, ha csak rápillantott.

Sokkal több annál.

Megmentette őt.

Az életével tartozik neki.

Hirtelen erős, mindent elsöprő vágyat érzett arra, hogy a lány közelében legyen. Hogy hallja a hangját. Hogy megérinthesse.

Hüvelykujjai szorgosan munkához láttak.

Ratio
Köszi, Jass, tudom, hogy rád mindig számíthatok. Ami azt illeti, el sem tudod képzelni, hogy mekkora szükségem van most rád.

Jasmine
Rám? Ezt hogy érted? Persze, segítek bármiben, tudod nagyon jól, és köszönöm, hogy ezt mondtad.

Ratio
Akkor tali most? Érted megyek.

Jasmine
Most? Úgy érted, csak mi ketten?

Ratio
Igen. Csak te és én.

Jasmine

Nem tudom, Christine mit szólna hozzá, nem szeretnék kellemetlenséget okozni.

Ratio

Kidobtam. Ma délután. Hosszú.

Jasmine

Hogy miiii? Ratsy, nagyon sajnálom.

Ratio

Én nem. Akkor ráérsz?

Jasmine

Hát, azt hiszem, igen.

Ratio

5 perc múlva ott vagyok.

Ott is volt. Nem sokkal később mar a tó partján sétálgattak, University Towntól nem messze. Jasmine egyszerű volt, csinos és letisztult, mint mindig. Gyönyörű, sápadt, szeplős arcának képét vörösesbarna fürtjei törték meg itt-ott.

– Mindennél többet jelent számomra, hogy most itt lehetek veled, Jass – mondta Ratio szelíden.

– Köszönöm, hogy ezt mondod, Ratsy. Nem is tudod, hogy milyen jólesik ez nekem – mondta, s csillogó szemei apró smaragdrögökként ragyogtak a lemenő nap fényében. – Nagyon nehéz lehet ez most neked. Istenem, szegény Phil, olyan kedves srácnak tűnt. Mindig úgy fel volt dobódva a közeledben. Úgy nézett rád, mintha a bátyja lennél.

– Hát igen... – sóhajtott Ratio.

– Szörnyű lehet, hogy még meg sem tudod látogatni.

– Sajnos nem. Pedig mindent megpróbáltam, elhiheted, de még mindig a zárton van.

– Ratsy, úgy sajnálom...

– Köszönöm, Jass, de ne sajnáld, nem a te hibád és rendbe fog jönni. Biztosan tudom.

– Irigyellek, Ratsy. Te mindig olyan erős voltál. Olyan magabiztos. Én nem is tudom, hogyan tudnám feldolgozni.

– Te segíthetsz benne leginkább, Jass.

– Hogy én?

– Igen. Rám találtál, amikor a legnagyobb szükségem volt rád, és ez a tulajdonság csak nagyon kevesekről mondható el. Nagyon... nagyon kevesekről.

Jasmine elérzékenyült a boldogságtól, de vidám, ragyogó arcára hamarosan sötét, gondterhelt árnyék telepedett.

– Ratsy?

– Igen, Jass?

– Megkérdezhetem, hogy mi történt veled és Christine-nel? Persze tudom, hogy semmi közöm hozzá és hogy csak most történt, én igazán megértem, ha nem akarsz beszélni róla, csak hát...

– Nincs olyan, amit veled ne osztanék meg, Jass. A világon egyedül csak benned bízom igazán.

– Köszönöm, hogy így gondolod, Ratsy, de tudom jól, hogy Christine a legjobb csaj a suliban, és hát... én a nyomába sem érhetek.

– Ne mondj ilyet magadról, Jass. Te számomra tíz Christine-nel is felérsz. Eleinte tetszett, de elegem lett belőle meg a szánalmas barátnőiből. Tudod, tiszteletlenül beszéltek Philről, pedig ő az égvilágon semmiről sem tehet. Nem ő akart a zártra kerülni, Jass!

– Ratsy, ez szörnyű... Sosem gondoltam volna Christine-ről. Mindig olyan méltóságteljesen viselkedett.

– Hát nem az, Jass! Nekem elhiheted, ez csak a látszat. Már régóta terveztem, hogy megszabadulok tőle, csak azt nem tudtam, hogyan tegyem. Nem akartam olyan kegyetlenül bánni vele, ahogyan ő bánik másokkal. De ma betelt a pohár! Mikor Philt, a legjobb barátomat kezdték szidalmazni az orrom előtt, azt hittem, felrobbanok!

– Istenem!

– Te vagy az, Jass! Az egyetlen dolog, amit bántam, mióta magantanuló lettem, csak az, hogy nem láthattalak annyiszor. Végig hiányoztál nekem, Jass. Mindvégig!

Jasmin alig jutott szóhoz a döbbenettől. Belekarolt Ratio erős karjába, és csak szorította.

Egy csodálatos kis eldugott helyhez értek. A tópart zöldellt a mohás gyeptől, a lemenő nap arany sugarai lágyan ringatóztak a víz tükrén, melybe dús lombú szomorúfüzek lógatták buja ágaikat.

Ratio Jasmine-hez hajolt.

Félretűrte dús hajfürtjeit, ujjaival finoman megcirógatta selymes arcát, majd megcsókolta. Ledöntötte a puha mohás talajra, tenyerét óvatosan a lány lapos hasára helyezte, aki kissé összerándult a hirtelen érintéstől, majd ujjaival lassan kúszott felfelé, míg csak el nem érte formás, kerek mellét.

Tenyerében érezte a szívdobbanásait, szűkülő ereinek heves lüktetését.

– Nem! – lihegte a lány. – Nem tehetem.

– De hát miért? – kérdezte Ratio. – Te is akarod, vagy nem?

– Nagyon. De még nem lehet. Nem lenne helyes.

– Hogy érted ezt? Hisz' régóta ismerjük egymást, nem most találkoztunk először vagy ilyesmi.

– Tudom, de meg kell értened. Nagyon rég volt, hogy egyáltalán beszéltünk, és hosszú idő óta most találkoztunk először. Pedig úgy vágytam volna rá...

– Akárcsak én, édes.

– De hát akkor miért nem kerestél? Legalább rám írhattál volna – szipogott. – Most is én üzentem neked... Mikor megtudtam, hogy összejöttetek Christine-nel, napokig sírtam. Ha tényleg rám volt szükséged, ahogyan mondtad, akkor miért őt választottad helyettem? – kérdezte remegve a lány, és felzokogott.

– Jass... Meg kell értened. Egy nagyon nehéz és zavaros időszakon vagyok túl. El kellett költöznöm hazulról, mert a saját anyám ki akart semmizni!

– Tehát igaz? – törölte meg csinos kis szeplőit. – Hallottam pletykákat arról, hogy elköltöztél, de nem akartam elhinni.

Azt mondták, milliókat kaszáltál a tőzsdén és most egy luxus-
házban élsz.

– Jass. Ez mind igaz.

– És az anyukád...

– Ahogy mondom, Jass. Nem tudta elfogadni, hogy függet-
lenedtem tőle. Hogy eltartom magam tizenkilenc évesen, sőt őt
is. Hogy többé már soha nem leszek anyuci kicsi fia! Igen, elköl-
töztem, mert már nem bírtam elviselni. Bármennyit is adtam
neki, ő egyre csak többet és többet akart. Rá akart venni, hogy
minden vagyonomat írassam a nevére, mert ő jobban tudná ke-
zelni a pénzemet, mint én.

– Nem tudom elhinni. Egyszerűen nem tudom elképzelni,
hogy egy anya ennyire önző tudjon lenni.

– Hidd csak el, Jass. Amit hallottál, az mind igaz. Most Empire
Heightson élek egy luxusvillában abból a pénzből, amit magam ke-
restem meg az eszemmel, de sajnos azt kell mondanom, nem köl-
töztem elég távol tőle. Christine pedig... Ó, az a ribanc aranyásó!

– Kérlek, nyugodj meg, Ratsy! Kérlek, nem ér az ennyit az egész!

– De igen! De igen, el kell mondanom. Az a pénzéhes kis kur-
va kihasználta a helyzetemet! Látta, hogy milyen összetört és
zavarodott voltam és lecsapott rám, mint sólyom az egérre. Iga-
zi manipulátor az a szuka, higgy nekem! Mindig pontosan tud-
ta, hogy mit kell mondania. Elcsábított, mikor a legsebezhetőbb
voltam, de ma betelt a pohár. Végleg végeztem vele!

– Ó, édes istenem...

– Mindvégig kontrollált, Jass, és én észre sem vettem. Nem
hagyta, hogy kapcsolatba lépjek veled vagy másokkal. Az ösz-
szes barátom elfordult tőlem. Ő volt az... Ő vett rá arra is, hogy
magántanuló legyek, hogy ezzel végleg elszigetelhessen min-
denkitől, akit szeretek, aki fontos nekem! Sohasem szeretett!
Nem, Jass, ő mindenkit csak birtokolni akar!

– Óh, Ratsy! Hidd el... én esküszöm, hogy nem tudtam!

– Látod már, hogy miből mentettél ki, Jass? Látod, hogy mi-
lyen mély és mocskos fertőből ragadtál ki engem?

– Látom, Ratsy. Én egyetlen Ratsym. Most már itt vagyok
veled, és nem megyek sehová. Ha kell, én ápollak. Igen, majd

én meggyógyítom a lelkedet. Bármit megtennék érted, Ratsy! Bármit! Hidd el.

– Akkor légy az enyém. Légy az enyém itt és most, szerelmem! Kötözd be sebzett szívem, gyógyítsd meg összetört lelkem!

– Ó, Ratsy, én...

– Mi a baj, szerelmem? Hát mégsem akarod?

– De! De igen, akarom mindennél jobban, hidd el, de... szóval, van valami.

– Mondd, szerelmem, bátran! Mi ketten már összetartozunk. Nincs semmi, ami közénk állhatna!

– Köszönöm, drága szerelmem. Annyira szeretlek és olyan hálás vagyok neked, de tudod, én... Szóval, én még sohasem voltam fiúval. Így is szeretnél? Így is akarsz még engem?

– Jassy – simította le ujjaival a lány arcáról a könnycseppeket, mint az ablaktörlő egy viharvert szélvédőről –, így még jobban akarlak, mint eddig valaha!

Tagjaik buja, ritmikus táncot lejtettek a mohával tarkított füves parton. Megannyi vonagló ecsetként festették absztrakt képüket a természet puha, zöld vásznára. Lenyomatuk még sokáig jól látszódott a zsenge talajon.

– Köszönöm – suttogta Jasmine, fejét Ratio meztelen mellkasára hajtva.

– Szívesen, édes – mondta Ratio. – A tiéd vagyok. Mindenem a tiéd, és még sokkal több is ennél. Hamarosan az egész világot a lábaid elé teszem.

– Nekem nem a világ kell, Ratsy. Számomra mindez nem számít.

– Nem számít?

– Nem számít. Mindig is tudtam, hogy sikeres és gazdag leszel. Hogy elérsz mindent, amire csak vágysz. Hogy nagy dolgokra vagy hivatott.

Zene volt füleinek. Teljesen egyetértett a lánnyal. Örült, hogy Jasmine végre látja benne azt, amit még legjobb barátja sem látott.

– Mégis azt mondod, hogy mindez nem számít neked.

– Nem számít.

– Akkor mit köszönsz nekem, szerelmem?

– Hogy itt vagy. Velem. Csak velem.

17.

Az intézet rácsos ablakain nem sok fény szűrődik be éjjelente. Komor, kopott falait az évek során rétegesen lerakódott, letakaríthatatlan piszok, durva ütések nyomai és mély karmolások tarkítják a félhomályban. A zártosztály sohasem alszik.

Kísérteties nyöszörgések és öntudatlan vergődések zaja tölti meg a fullasztó levegőt, melyben vizelet, ürülék és okádás maróan fullasztó egyvelege érződik.

A lesoványodott, sápadt fiú mereven fekszik hanyatt a kopott, kifeküdt kórházi ágyon. Tágra nyitott szemmel motyog, épp csak finoman mozgatva ajkait. Gyógyszerektől szedált, halovány szemeinek tompa fényét egy lassan fölé magasodó, sötét árny oltja ki teljesen. Hidegebb és sötétebb, mint a többi árnyék a kórteremben.

– Mit tettek veled, barátom? Mit műveltek veled azok az ocsmány szörnyek? Mindenütt ott vannak. Az ágyad alatt, a szekrényben. Minden sötét kis repedésben ott bujkálnak. Minden kósza árnyékban, még a tiédben is, igen. Mindenhová elkísérnek. Követnek, akár a kutyák. A lábad körül szaglásznak és beléd mardosnak. Mint idétlen majmok csimpaszkodnak a nyakadba. Rángatnak, mint egy rongybabát! Az égen köröznek feletted, mint éhes keselyűk, nincs menekvésed előlük. Az ágyadnál várnak rád mikor lefekszel, hogy szívhassák a véred és húsodba vájják fogukat, míg te alszol. Marcangolnak és szaggatnak téged, míg elméd szövete teljesen meg nem bomlik. Apró foszlányokra nem hasad. Hát ilyen az emberi sors. Itt hagytak téged egyedül a sötétben, hogy martaléka légy a ragadozóknak. A vérebeknek, melyektől úgy rettegtél mindig. Nem hagyhatlak itt nekik. Velem kell jönnöd. Ne félj, én meg tudlak gyógyítani. Ne félj...

– Nem értem... – mondta lehangoltan Dawson. – Azt mondtad, semmi nyoma be- vagy kitörésnek.

– Mert így is van, polgármester úr – mondta Ryan rendőrfőnök. – A nyílászárók, a rácsok, a zárak mind sértetlenek. Semmi nyoma erőszakos ki- vagy behatolásnak.

– Ne szórakozz velem, Victor! – fakadt ki Dawson. – Akkor nyilvánvaló, hogy az intézetből vitte ki valaki. Egy orvos, egy ápoló, mit tudom én? Valaki, akinek van jogosultsága ki-be járkálni. Azt mondtad, a videófelvételek is eltűntek. Ez is azt bizonyítja, hogy egy belsős embernek kellett elkövetnie.

– Megvannak, polgármester úr.

– Hogyan? – kérdezte hüledezve Dawson.

– A videófelvételek, megvannak. Csakhogy teljesen használhatatlanok.

– Hogy érted ezt?

– Semmi sem látszik rajtuk. Minden videófelvételt megnéztünk vagy ezerszer, ami csak a kórterem közelében van, vagy akár csak kicsit is ráláthat. Semmi. Az égvilágon semmi! Egyiken sem látszik más, mint az ápoltak és a kórházi alkalmazottak, és ők is csak ritkán. De ez még nem minden. A videófelvételeket összeegyeztettük a dolgozók vallomásaival és a checkpontok adataival és minden tökéletesen egyezik. Nem történt semmi rendkívüli mozgás vagy esemény a szinten. Egyszerűen semmi nem utal erre!

– Akkor mégis hol a francban van az a fiú, Victor? Hogyan juthatott ki egy ilyen magas szinten biztosított helyről nyomtalanul? Talán madárrá változott, és kirepült a szellőzőn? Vagy egyszerűen elpárolgott? Elfújta a szél? Talán nem ártana söprögetned kicsit a saját házad táján is, nem gondolod?

– Azt akarod mondani, hogy...

– Pontosan azt! Másképp hogyan lenne ez az őrület lehetséges? Ebben az ügyben semmi nem áll össze. Amit eddig előadtál, az mind képtelenség, hacsak...

– Hacsak?

– Hacsak nem mondasz el nekem még valamit, amit tudnom kéne!

– Hogy képzeled...

– Tudod, mit jelent ez a rendőrségre nézve, Victor? Tudod, mit jelent a városomra nézve? Egy ilyen rémtörténet hosszú időre bemocskolhatja a Rivercastle-t, sőt, az egész régiót!

– Engem teszel felelőssé mindenért? – mentegetőzött a rendőrfőnök.

– Egyet mondhatok, Victor. Ha nem lesz meg a fiú... Ha nem lesz meg, és nem találtok felelőst, méghozzá rövid időn belül, abból óriási botrány lesz, és ha ez így lesz, akkor én biztosíthatlak róla, hogy fejek fognak hullani!

– Ebben biztos vagyok – közölte hidegen egy ismeretlen hang. Dawson polgármester összerándult székében a rémülettől.

– Felesleges – mondta az idegen Ryannek, aki azonnal szolgálati fegyveréért nyúlt. – Nem működik.

– Ki vagy, és hogy jutottál be? – kérdezte Ryan Dawson elé lépve, és fegyverét az idegenre szegezve.

– Nem volt nehéz. Ugyanúgy, ahogyan a zárt osztályra is. Ja, igen... az sem működik, hiába is nyomkodod.

Dawson elengedte a riasztó gombját, és szépen lassan az asztal fölé emelte mindkét kezét. Ryannek nem egyszer kellett már pályája során azonnal tűzkésszé tennie fegyverét, így – persze szabálytalanul – mindig csőre töltve hordta magánál. A biztosítószeg tompán kattant.

– Ha csak egy lépéssel is közelebb jössz, használni fogom.

– Hát még mindig nem érted? – kérdezte az idegen. – Nem működik. Ahogyan nem működik a riasztóberendezés sem, ahogy nem működnek a kamerák sem, a telefonod sem. Még ennek a vastag tölgyfaajtónak a zárja sem működik, és ha olyan bolond lennél, hogy megpróbáld kitörni ezt a szép, antik üveg ablakot, hogy kiugorj több emelet magasból, csak hogy kiszabadulj, akkor azt kell mondanom, csalódni fogsz, mert az sem működik. Úgyhogy, polgármester úr, rendőrfőnök úr, ünnepélyesen közlöm, hogy a foglyaim vagytok.

– Mégis miről beszél, maga őrült? – kelt ki magából Dawson.

– Ez a világ sem különbözik az ember alkotta virtuális valóságoktól, csak ezt nem az ember alkotta, hanem valami nagyobb... Valami sokkal-sokkal nagyobb.

– Ezt mégis hogy érti?

– Senkit nem érdekel, hogy érti! – vágott közbe Ryan. – Vagy felemeli a kezét...

– Vagy kiloccsantom az agyvelődet. Ugye így akartad befejezni? – kérdezte az idegen Ryantől, aki hirtelen saját szolgálati fegyverével nézett farkasszemet közvetlen közelről.

A rendőrtiszt a bőrén érezte a hűvös acélt.

– Megijedtél? Nem kell. Tessék. Fogd – mondta, majd markolattal Ryan felé nyújtotta a fegyverét. – Na. Vedd csak el. Nem tudsz vele ártani senkinek.

Ryan remegve vette el a pisztolyt. Dawson szótlanul figyelt, nem értett semmit abból, ami körülötte történt.

– Mint említettem – folytatta az idegen –, ti most a foglyaim vagytok.

A kakas tompán kattant egyet.

Majd még egyet.

Aztán még egyet.

A kipattanó töltények súlyosan koppantak a parkettán, ahogy Ryan újra és újra csőre rántotta fegyverét.

– Nem értem! Nem értem!

– Pedig már elmagyaráztam. Egyszerűen nem működik. Ó, nem-nem. Az ütőszeg a helyén van, nézd csak meg. – Az idegen a földön heverő töltényekre mutatott. – Vizsgáld csak meg őket.

Ryan lassan lehajolt egy töltényért és csodálkozva látta, hogy az ütőszeg behorpasztotta a hátulját.

– Tudom, tudom, nem fogalmaztam egészen pontosan, de az ütőszeg eltávolítása olyan snassz lett volna. Valójában ez esetben a fegyver hibátlan. A töltények nem működnek.

– Magam táraztam be! Ez lehetetlen!

– Igen, azt hinné az ember. Azt gondolná, hogy az ilyesmi magától működik, automatikusan, és végül is igaza is van. Ez a világ is törvényszerűségek alapján épül fel, csakúgy, mint az összes többi.

– Az összes többi? – vágott közbe Dawson.

– Igen. Az összes többi. Az, amelyikből ez előállt, és azok is, amelyek ebből. Az informatika világa például meglepően egyszerű, bár egyesek mégis nehezen igazodnak el rajta. A bináris rendszerben, ahogyan azt a neve is elárulja nekünk, minden lebontható két számra: nullára és egyre. Egy egyszerű szöveges dokumentum és a legkomplexebb program is ugyanezekből áll, nincs köztük semmi különbség. Mind csak nullák és egyesek halmaza csupán, semmi több. Ebben a világban is minden elemeire bontható és programozható – persze csak akkor, ha az illető érti, hogyan is működik.

Dawson nyelt egyet, majd reszketve felállt székéből.

– Mégis mi ez az egész cirkusz? Csak locsog itt összeviszsza mindenféle zagyvaságot, de nem tér a lényegre. Ki maga, és mit akar tőlünk?

– A nevem Herceg. És újjáformálom a világodat.

18.

A tökéletesen fényesre polírozott Porsche kabrió lépésben gördült be a takaros, külvárosi ház felhajtójára. Két kurta dudaszó, és az elegáns ifjú már ki is pattant a gépből. Jasmine a tetőablakon integetett ki neki, megnyugtatva szerelmét, hogy pár percen belül indulásra kész lesz.

Mr. és Mrs. Blum nyitottak ajtót Ratiónak, majd rövid kézfogás és ölelkezés után a nappaliba invitálták.

– Mondhatom, remekül nézel ki, Ratsy – dicsérte Mrs. Blum. – Soha életemben nem láttam még ilyen pazar szmokingot.

– Hagyd, anya! – szólt rá Mr. Blum. – Inkább hozz nekünk egy csésze kávét, míg Jassyre várunk.

Mrs. Blum nyomban eltűnt a konyhában, Ratio lehuppant a díványra, Mr. Blum pedig vele szembe, a fotelba.

– Tudod – kezdte kis hallgatás után mondandóját –, a feleségemmel mindketten nagyon örülünk, hogy te viszed el Jassyt a bálba.

– Akárcsak én – mosolyodott el Ratio.

Mr. Blum is.

– Jassy áradozott rólad. Azt mondta, sohasem találkozott még nálad jobb emberrel...

– És még szívdöglesztő is! – kiabált ki Mrs. Blum a konyhából.

– Valóban – folytatta Mr. Blum, elismerően végigmérve a fiút.

Egy darabig hallgatott, mintha össze kellett volna szednie gondolatait.

– Talán nem tudsz róla, de Jasmine-t örökbe fogadtuk. Nem volt már egészen kicsi akkor, mert sokat kellett várnunk rá. Egy örökkévalóságnak tűnt... Addig is minden áldott nap bementem hozzá az intézetbe, meglátogatni. Ő nem is mindig látott engem. Volt, hogy csak én néztem. Egy alkalommal... munkából hazafelé jövet megálltam a biciklimmel a kerítésnél és csak néztem őt. Messze voltam tőle, ő az udvar másik felében játszott. Ami azt illeti, éppen vitatkozott egy másik kislánnyal, hogy melyikük használja a hintát. Az volt a kedvence. Rángatták a hinta láncát, mindenáron fel akartak ülni rá a másik előtt, hisz' tudod, milyenek a gyerekek.

Ratio nem szólt, csak csendben mosolygott tovább.

– Szóval egyszer csak mintha felém nézett volna. Csak egy pillanatra. Azt nem láttam, hogy rám nézett-e, ahhoz túlságosan messze volt, de nem sokkal azután... elengedte a láncot. Felengedte a kislányt a hintára, majd elkezdte hátulról löködni. Tudod, hogy minél hamarabb felgyorsuljon.

– Igen, én is jól emlékszem azokra az időkre a játszótéren – mondta Ratio. – Imádtunk hintázni.

Nevettek. Mr. Blumnak könny szökött a szemébe.

– Sohasem kérdeztem meg tőle. Ő sem beszélt róla egyszer sem, de, tudod... – törölte meg elázott szemeit –, azt hiszem, felismert engem aznap a kerítésnél. Belehaltam volna, ha végül nem lehet a miénk – szipogta halkan. – Belehaltam volna.

– Parancsoljatok – érkezett meg Mrs. Blum a kávéval. – Hogy szereted, Ratsy? Feketén, kis tej, tejszín, cukor? Mindent idetettem, nyugodtan szolgáld ki magad. Veled meg mi történt, apa, megint belement valami a szemedbe?

– Egy apró bogár – felelt Ratio Mr. Blum helyett. – Már egy ideje próbálja kiszedni.

– Jaj, gyere, hadd nézzem! – tette le Mrs. Blum a tálcát a kis dohányzóasztalra. – Így ni! Már nem is látok benne semmit. Töröld meg az arcod. Mindig ez van vele. Imádják a bogarak. Hiába takarítok állandóan, mindig megtalálja egy.

Mr. Blum és Ratio egymásra pillantottak. Mindkettejük arcán egyszerre ült ki egy sanda, alig észrevehető, huncut mosolydarabka.

A fényesre lakkozott topánkák halkan koppantak az öreg tölgyfalépcső nyikorgó fokain. A fordulóban Jasmine állt meg egy pillanatra.

Talán csak egy röpke másodperc volt, talán annyi sem, de arra éppen elég, hogy minden szem egyenesen rá szegeződjön a kis nappaliban.

Olyan volt, akár egy nyíló virágszál a harmatos mezőn. Mint a megrontatlan, ősi természet burjánzó ágacskája.

– Ratsy, ez a ruha tökéletes! – szólalt meg mézédes, zümmögő hangján. – Hogy tudtad így eltalálni a méretemet, hiszen fel sem próbáltam? Ez egyszerűen hihetetlen!

– Nos – köhintett egyet illedelmesen Ratio –, volt alkalmam alaposan tanulmányozni a méreteidet.

– Naaa... apaaa! – kiáltott szemérmesen Jasmine, ahogy Mr. Blum nevetve veregette meg Ratio vállát.

– Most már menjünk, édes – nézett Rolexére a fiú, mintha szüksége lett volna rá, hogy leolvassa az időt. – Úgy értesültem, hogy a bálon maga a polgármester fog beszédet mondani. Te mindenből a legjobbat érdemled, Jass.

– Egyetértek fiam – szorította meg barátságosan a vállát Mr. Blum, majd kikísérte a fiatalokat a kocsihoz. – Vigyázz az én Bogárkámra, fiam. Ő az életünk.

– Akárcsak az enyém – válaszolt Ratio, majd összeölelkeztek.

Nagy robajjal érkeztek meg a Lafayette gimihez.

A Porsche ide már nem olyan finoman és lassan állt be, mint Jasmine-ékhez. Csikorogva farolt be a tanári parkolóba. Jass egész úton Ratio karjába kapaszkodva sikítozott az izgalom és félelem könnyen oldódó elegyétől. Mire beléptek a tágas tornacsarnok alsó bejáratán, Dawson polgármester már belekezdett ünnepi beszédébe.

Ugyanolyan volt, mint az összes többi szónoklata, melyet a Rivercastle-i polgárok jó párszor hallhattak a köztereken, különböző ünnepségek vagy megnyitók alkalmával. Nagy részük unalmas, nyakatekert locsogás a semmiről, homályos, idealizált képek a jövőről, valamint azon fantasztikus teljesítmények méltatása, melyeket a várossal közösen, „egy családként" értek el.

Mondandójának csupán egyetlen eleme nem siklott át akadálytalanul a diákok tompa agyán.

– És ma este én magam fogom ismertetni veletek a bálkirály és a bálkirálynő személyét!

A keverőpult korongjai lassan elindultak, a zene egyre hangosodva robbant ki a hangszórókból, a tömeg pedig egy emberként harsant fel. A buli megkezdődött.

Ratio és Jasmine párosa hamar a középpontba került. Nem volt olyan fiú vagy lány, aki ne próbált volna a közelükbe férkőzni, hogy gratuláljon – és persze lepacsizhasson Ratióval. Talán csak Christine-ék nem. Ő és a barátnői tisztes távolból figyelték őket, lenéző és megvető pillantásokat vetve rájuk. Úgy tűnt, Christine végül mégis csak teljesítette Ratio kívánságát.

Gyönyörűbb volt, mint valaha, és sokkal kihívóbb még a tőle megszokottnál is. Hamvas – szoláriumtól bronzos – bőrét alig takarta falatnyi ruhája, mely műkörmével harmonizáló, neon színben rikított a diszkófény alatt. Pár nélkül érkezett barátnőivel, s bár zsongtak körülöttük a fiúk, nem állt le végül senkivel. Csak flörtölgetett, míg hozatott magának egy-egy italt, s bár a bálra tilos volt szeszes italt bevinni vagy fogyasztani, nem volt diák – de tanár sem –, akinek a poharában ne lett volna némi alkohol.

Jasmine-nek nem volt szüksége sokra, hogy becsiccsentsen – távol állt tőle a vad dorbézolás. Ha néha-néha bulizott is, csak mértékkel. Nem tartotta méltónak egy nőre nézve, hogy lerészegedjen. Mindig is undorral nézte azon kortársait, akik keresztbe álló szemmel estek-keltek, a hányásukat kerülgetve.

Most azonban meglepően jól érezte magát a gyümölcsvodka mámorában. Táncolt, ugrált, nevetett, vadul dobálta magát a stroboszkóp vibráló fénye alatt.

Nem érdekelte más, csak az ő megtestesült álma. Az ő hős hercege, aki megóvja őt minden rossztól, akire az életét is szó nélkül rábízná, s aki már örökké őmellette marad, történjék bármi ezen a világon.

Jasmine egy lépésre sem akart eltávolodni szerelmétől még egy pillanatra sem, ám hirtelen megjelent egyik barátnője, a komplett végzős osztályával a háta mögött. Nevetve rángatták el Ratiótól pár – abban a pillanatban mókásnak tűnő – csoportkép erejéig. Mindenki pózolni akart Jass-szel. Először összeálltak osztályként, majd a kötelező – soha véget nem érő – baráti csoportosulások következtek.

Ratiót egy fura, ismerős érzés kerítette hatalmába. Először azt gondolta, hogy a pia, a fények és a teremben egyre növekvő oxigénhiány kellemetlen együtthatója, de egyszer csak lassan – a zene ütemére – forogni kezdett körülötte a bálterem.

Nem vele. Körülötte. Már hallotta is, nem csak érezte a forgást. A színpad, a fények, Jasmine, a nyüzsgő iskolatársak, minden és mindenki forgott.

Kivéve őt.

Zavartan az órájára pillantott – nem tudta, miért, de érezte, hogy még hasznos lehet. Kezdte elveszíteni a kontrollt. Kezdett ő is forogni a zene ütemére gyorsuló tömeggel.

Egy pillanatra kibillent egyensúlyából.

A mosdóban találta magát.

De melyikben? És hogyan került oda?

A kagylóra támaszkodva bámulta sápadt tükörképét. Kívülről tompán behallatszott a buli zaja. Nem lehet messze. Újra az órájára pillantott. Alig egy perc telt el, mióta utoljára megnézte. Hála az égnek! Még mindig erősen érezte a forgást. Vissza kell mennie a táncparkettre, mielőtt Jass észreveszi, hogy eltűnt.

Az ajtó vadul vágódott ki a karzat felé.

Ezek szerint a testnevelőtanári szoba melletti mosdóban volt.

Christine ijedten sikoltott fel.

– Jézusom, mit kerestél te ott? – kérdezte mélyen dekoltált mellkasához kapva. – Az a tanári klotyó. Mindig zárják.

– És te? – fogta fejét Ratio. Kezdett kitisztulni. – Nem buliznod kellene a csajokkal?

– Kellett egy kis friss levegő. Megfulladni odalent... Biztosan minden oké? Sápadtnak tűnsz.

– Csak egy kis áramszünet – felelt mosolyogva Ratio. – Semmi több. Már jól vagyok.

Christine nem szólt, csak nézte a fiút, majd halkan megragadta kezét, az pedig engedett neki.

A testnevelőtanárival már jóval könnyebb dolga volt; még csak be sem kellett törnie, és ami még fontosabb, volt bent egy régi heverő.

– Most menj! – mondta a lánynak, miután leszállt róla. – Vegyülj el a tömegben, jó távol Jasstől és tőlem. Nemsokára én is megyek...

– Baszódj meg, te szemét! – vágta pofon Christine. – Én szeretlek!

– Én viszont sosem szerettelek téged – válaszolt Ratio szenvtelenül, miközben felhúzta sliccét.

– Nem igaz! Hazudsz! – ordított a lány. – Miért csinálod ezt? Amióta csak az eszemet tudom, mindenki úgy bánik velem, mint egy tárggyal. A szüleim, a barátaim, a fiúk! Mintha csak egy csillogó játékszer lennék...

– Ne érj hozzám! Azért kezelnek az emberek tárgyként, mert egy ribanc vagy. Kivételesen gyönyörű ribanc, ez tény, de akkor is csak egy ribanc, és semmi több.

– Hogy mondhatod ezt azok után...

– Nem bántani akarlak, csupán az igazságot osztom meg veled, mert más úgysem fogja. Egész életedben azon fáradoztál, hogy több figyelmet kapj másoknál és csodálkozol, ha felszínesen bánnak veled az emberek. Nem tartod többre magadat egy szépen megmunkált dísztárgynál, és ezért fogja mindenki más is csak ezt látni benned, ameddig ragyogsz. Mert előbb-utóbb te is elhervadsz majd, mint a többi virág a réten. És mire teljesen elsorvadtál, már semmid sem marad, mert soha nem is volt semmid ezen kívül. De hát egy virágszálnak nem is igen van ennél többre szüksége. Igazam van? Na, én megyek a csajommal táncolni, már így is gyanúsan sokáig voltam el.

– Mindent elmondok neki, te rohadt köcsög! Elmondom, hogy egy hűtlen seggfej vagy! Hogy az előbb dugtál meg alaposan a tanári ágyon!

– Nem, virágszálam – pillantott rá vissza a szeme sarkából. – Nem fogod.

Jasmine az aulában toporgott. Telefonját szorosan a füléhez nyomva nézelődött mindenfelé. Szerelmét kereste aggódó tekintetével, éppen kicsöngő telefonjából pedig egy megnyugtató hangra várt, mely eloszlathatja minden aggodalmát, mely visszatarthatja csordulni kész könnyeit, s mely végre meg is szólalt.

Csakhogy nem a jobb fülében, ahová a telefont tapasztotta, hanem a balban.

– Itt vagyok, Mézecském – karolta át hátulról a lányt. – Megtaláltalak.

– Hol voltál? – csordultak ki mégiscsak Jasmine könnyei. – Csak úgy eltűntél egy pillanat alatt. Nagyon megijedtem! Már vagy egy félórája csak téged kereslek. Kezdtem azt hinni, hogy itt hagytál... – szipogta, miközben szorosan átölelte a fiú derekát. – Istenem, olyan jó, hogy itt vagy!

– Kicsit megszédültem. Alig kapni levegőt odabent. Kijöttem levegőzni, mert azt hittem, mindjárt rosszul leszek. Ráadásul el is kellett mennem a mosdóba. Nem akartalak zavarni a többiekkel. Aztán meg téged kerestelek. Nyilván elkerültük egymást. De a lényeg, hogy megvagy.

– Sajnálom, szerelmem, de kérlek, soha ne csinálj ilyet többet. Ígérd meg nekem, hogy sosem hagysz magamra ezentúl. Egyetlen pillanatra sem.

– Ígérem – hangzott a válasz.

Ölelkezve tértek vissza a táncparkettre, és Jasmine egy tapodtat sem volt hajlandó elmozdulni Ratio mellől az est további részében. A fiúba újra kezdett belehasítani az a korábbi érzés.

Az örökkévaló forgás, ami mintha egyre erőszakosabban próbálná lehúzni őt, mindig csak lejjebb és lejjebb.

A mélybe.

Aztán hirtelen eltűnt, mintha soha ott sem lett volna. A parti tombolt, a diákok őrjöngtek, Ratio és Jass pedig végre igazán élvezték az estét.

Észre sem vették, ahogyan a zene lassan lehalkult, s egy lágy, dallamos hangsor kezdte ismételni magát a DJ-pultban.

Elérkezett a várva várt pillanat.

Carl Dawson polgármester a színpadra lépett, és ismét megragadta a mikrofont.

– Akkor hát, kedves diákok, tanár urak és hölgyek, kedves jelen levők – cifrázta, szokásához híven. – Nagy örömömre szolgál, hogy én szólíthatom színpadra a nagy múltú Lafayette Állami Gimnázium bálkirályát és bájos bálkirálynőjét! A diáksereg felmorajlott, mint a viharos tenger. A polgármester úr gesztusaival jelezte, hogy még nem végzett mondandójával, így nyugodtan elcsitulhatnak.

– Elöljáróban el kell mondanom, hogy mikor a kezembe került ez a boríték a győztes fiatalember nevével, egyáltalán nem lepődtem meg. Nem meglepő számomra, hogy egy olyan fiatal férfit választottatok meg szinte egyöntetűen, aki nem csak az iskola legkiválóbb tanulója, nem csak a legnépszerűbb srác a gimnáziumban, de büszkén mondhatom, hogy városközösségünk hasznos tagja és tisztes polgára is. Mindennek fényében örömmel jelentem be új királyotokat, városunk szülöttét, I. Ratio Stansont!

A terem feszült csendjét hangos ováció és tapsvihar törte meg. A zajszint már-már a kritikus szintet kezdte súrolni a tágas csarnokban, főként mikor a fiú fejére került a korona. Ratiónak percekig várnia kellett a mikrofonnál, mire lejjebb ült a zajszint.

– Barátaim, alattvalóim! – A tömeg hangos nevetésben harsant fel újra. Élvezték a műsort. – Ezt a különleges estét szeretném egy számomra nagyon fontos és hozzám igen közel álló személynek ajánlani. Ez a személy, akit jó páran ti is ismertek, ma este sajnos nem lehet itt köztünk, de...

– És nem csak ma este! – pengett át a levegőn egy Ratio által nagyon is jól ismert, mély, érces hang. Majd' megfagyott ereiben a vér, mikor megpillantotta a sötét nézőtéren.

Darius volt az, méghozzá teljes életnagyságban!

Ugyanúgy nézett ki, mint mikor legelőször találkozott vele a gimi sarkánál. Dühtől izzó szemeit Ratióra függesztve haladt lassú, elegáns léptekkel a színpad felé, miközben a tömeg, pánikszerűen oszlott szét előtte. Dawson polgármester rémült kiáltás közepette rogyott össze aléltan.

Ratiót sem tartotta sok.

– Bolond! – kiáltotta, s ordításának lökéshullámától többen a földre zuhantak. – Elárultad szent kötelességedet, melyet maga a Mindenség bízott rád! Ezzel halálos veszélybe sodortad mindkét síkot! Visszajössz velem a palotába, amíg nem túl késő!

– Nem... – hebegte Ratio. – Nem megyek vissza.

– Hát még mindig nem érted, te kibaszott kis szardarab? Nem látod, hogy mire kényszerítettél? Nekem sohasem szabadott volna elhagynom a Tiszta Síkot! Az Örvénylő Mindenség őrzőként állított oda, hogy visszatartsam a sötétséget. Minden egyes pillanattal, amit itt töltök, újabb és újabb repedés hasad a világok szövetén! Velem jössz – sikoltotta –, vagy mindenkit halálra ítélsz ezen a világon.

– Nem! – harsant fel Ratio. – Nem vagyok hajlandó követni a szánalmas parancsaidat többé! Nem vagy isten. Nem vagy te semmi, csak egy nyomorult, hataloméhes kisember! Eltaposlak, mint egy férget, és egyedül uralkodom az összes világ felett!

Jasmine reszketve bámulta szerelmét. Nem volt képes megszólalni. Csak feküdt a földön és remegett a félelemtől, mégsem tudta levenni róla a tekintetét.

– Jass, figyelj rám jól, kedvesem! Mindent, amit most tenni fogok, azt csakis érted és a világunkért teszem!

– Jellemző rád – mondta megvetően Darius. – A végsőkig képmutató!

Ratiót hirtelen kezdte lehúzni ugyanaz az örvénylő valami, amit már korábban is észlelt az este folyamán, most azonban sokkal vadabbul, elemi erővel rántotta a mélybe.

A zuhanó fiú számára nyilvánvalóvá vált, hogy végig Darius állt a titokzatos jelenségek mögött, ő akarta lerántani a palotába, hogy aztán ott végezhessen vele.

Valamint az is hamar feltűnt neki, hogy nincs egyedül.

Zuhant a tornacsarnok parkettázott padlója alá, az épület szilárd betontalapzata alá, csak zuhant a feneketlen mélységbe. A végtelennek tűnő sötétségbe. Felordított fájdalmában, amint a hátára csimpaszkodó lény húsába vájta tűhegyes karmait és éles csőrét.

– Még szerencse, hogy nekem maradt alattvalóm. Igaz, herceg? – hallotta Darius nevető hangját a sötétben.

Rainy! – villant át a fiú agyán a felismerés, s már bele is vágódtak kemény márványlapokba.

A palotán úrrá lett a káosz. A falak repedeztek, a bútorok szanaszét dobálva, a valaha díszes kárpitok és zászlók pedig lángoltak, akár a gyertyabél. Odakint az idő viharos volt. Az ablakok szilánkokra törött apró darabkái ezerszámra hevertek a padlón.

– Üdv újra itthon, herceg – szólította meg ismét az érces hang.

Mikor felpillantott, csak egy nyúlánk, szőrös, fekete alakot látott, kezein és lábain ujj hosszúságú karmokkal, kerekded fején vörösen izzó szemekkel, és szájában alig férő éles agyarakkal. – Meg vagy lepve? – kérdezte Darius vicsorogva. Habzó nyála kifolyt szája szélén, miközben beszélt, eláztatva mocskos fekete bundáját. – Pedig te is hasonlóan nézel ki. Bizony, bizony, ilyen a mi valódi arcunk. Mi ketten nem különbözünk azoktól a rémségektől, amik át akarnak jutni. Egyetlen céljuk: rombolni és pusztítani. Épp ebben a pillanatban is. Már szaggatják szét a világunkat, csak idő kérdése, hogy átjussanak! Először ide, aztán az emberek világába. De ez téged és engem már úgysem érint. Már túl késő. Mindent elrontottál!

Ahogyan Ratio feltápászkodott, szemügyre vette saját torz mivoltát.

Nem borzasztotta el.

Ő maga is szörnyetegnek érezte magát. Ahogy lenézett a darabokra tört márványpadlóra, hamarosan megpillantotta a többi szörnyeteg árnyékként vibráló alakját is, ahogyan vadul kaparták és harapták a túloldalt. Az egész palota lassan egy áttetsző fóliának látszott, melynek egyik oldalán ő állt Dariusszal szemben, a másikon pedig a megállíthatatlan, kegyetlen árnyak.

– Együtt uralhattuk volna a világokat, kölyök. Minden a miénk lehetett volna, ha nem árulsz el engem. Ha nem kényszerítesz arra, hogy hagyjam el a Tiszta Síkot. Nézz körül, mit tettél! Nézd meg, hogy mivé lettél. Az önzéseddel halálra ítéltél mindent és mindenkit itt és odaát.

– Elegem van az üres locsogásodból! – hörögte cinikusan Ratio. – Egy életre eleget hallottam már a zagyvaságaidból. Egyedül téged ítéllek örökkön tartó kínokkal teli nyomorult halálra!

Éles karmait meresztve, fültépő ordítással ugrott volna neki Dariusnak, ám egy sötét árny hirtelen az oldalába fúródva lökte odébb. Nem volt képes túl nagy erőt gyakorolni rá, de ahhoz éppen elég volt, hogy megmentse urát a végzetes csapástól. Ratio azonnal megfordult, megragadta a magatehetetlen Rainyt, és éles fogaival vállába harapott. A szerencsétlen nőnek épp csak annyira futotta szűkös idejéből, hogy fájdalmában felsikoltson, mielőtt Ratio karmaival végleg kettészakította.

Mindeközben Darius is megragadta a fiú nyakát, és már kezdte belemélyeszteni mocskos agyarait.

Szaggatták egymást a földön és a levegőben egyaránt, miközben a világ körülöttük egyre csak repedt és repedt.

Végül Ratiónak sikerült elkapnia Dariust, és vad cincálás után leharapnia jobb karját.

– Nézd, mit tettél, te szörnyeteg! – sikoltott fel fájdalmában.

– Beengeded az árnyakat! Egyedül az én áldozatom tarthatta volna vissza őket... Egyedül... Én...

Darius elernyedt, tekintete megmerevedett, karmai lassan kicsusszantak a fiú felhasított húsából.

Nem volt többé.

Ratio felállt.

Pontosan tudta, hogy mi van a háta mögött. Érezte örvénylő erejét, immár fülsiketítően hangos suttogását.

Megfordult. Egyenesen szembenézett vele.

Meg fogja tenni. Végre eggyé válik a Mindenséggel – ezzel a leírhatatlanul gigantikus, feneketlen ürességgel –, és újra bezárja a világok kapuját.

Megépíti repedéseit, begyógyítja sebeit. Tudja, hogy nincs más megoldás. Megérti, hogy Darius is ettől félt valójában.

Hogy egyszer szembe kell néznie ennek a földöntúli entitásnak a soha sem csillapodó, kegyetlen éhségével, ami vagy így vagy úgy, de végül mindenképp kiszipolyozza az ember lelkét, akár egy bugyuta gyermek az üdítős flakont.

Lassan, de magabiztosan, önszántából indult el a morajló örvény felé.

Finom lépteinek szelíd hangja beleveszett a körülötte szertehulló világ vad zajába.

Megállt.

Egy kéz finom érintését érezte a jobb vállán. Ugyanazt a kezet, ami akkor és ott megragadta korábban.

A kezet, melynek nyoma napokig égette a bőrét, miután megragadta és kirántotta abból a bizonyos álomból. Azonban a kéz most nem szorongatta. Érintése kellemes volt, akár egy lágy tavaszi fuvallat a kánikulában.

Frissítő, megnyugtató, gyógyító.

Megint újra ember. Nem szörnyeteg többé.

Nem fordul hátra. Nincs szükség rá.

Pontosan tudja, hogy kié a kéz.

Az örvény egyre erősebben húzza magába.

Dühöng, zajong, tépi, szaggatja. De a kéz gyengéden tartja a fiút.

Csak egy lépés kellene.

Csak egy apró mozdulat és elengedi, de addig tartja.

És míg tartja, semmi sem szakíthatja ki belőle.

19. „Nagy útadon megfáradtál"

– Felébredt! – kiabált sírva Jasmine. – Ide, ide! Még életben van! Felébredt. Óh, Ratsy! Édesem, itt vagyok veled.

Ratio véresen, összezúzva feküdt a törmelék között.

Jasmine-re emelte fáradt szemeit, szóra nyitotta száját, de nem jött ki belőle más, csak sajgó nyöszörgés.

– Ne! Ne beszélj, kedves! Ne erőltesd meg magad. Hatalmas hurrikán csapott le a városra. Ezt mondják. Darabokra hullott a tornaterem, és… elvesztettelek – zokogott. – De, de újra itt vagy a karjaimban, soha nem engedlek el többé. Már itt is van. Már itt is van Etele tiszteletes, Ratsy, tarts ki, kérlek!

222

A tiszteletes letérdelt az összetört fiú mellé, és a véres homlokára helyezte a kezét.

– Ugye meg tudod menteni! – kérlelte sírva Jasmine. – Kérlek, mondd, hogy megmented...

A tiszteletes Jasmine-re mosolygott, majd Ratióra, aki esdekelve nézett rá.

– Hajlandó vagy elmondani velem egy imát? – kérdezte kedvesen. – Neked meg sem kell szólalnod, csak hagyd, hogy én mondjam helyetted. Megengeded nekem?

A fiú meredten bámult maga elé, majd egyszer csak egy hoszszút pislantott mindkét szemével, és Etele belekezdett. Nem beszélt sokat. Csak kimondta azokat a szavakat, melyekre a fiú valójában vágyott. Szavakat, melyeket egész életében ismert, mégsem mondta ki őket soha.

Miközben Etelét hallgatta, eszébe jutott valami, amire egyáltalán nem számított. Valami, amiről már réges-rég megfeledkezett.

A vers.

Lord Cycle versének hiányzó versszaka, mely fölött akkor elsiklott olvasás közben, most mégis úgy hangzott elméjében, mintha maga a költő olvasta volna fel számára.

> *„Megtér a lehellet, a házacska lakatlan*
> *Tűzből lobbant parázst*
> *Ha szikrája elragyog, átölelik halkan*
> *Az örök csillagok."*

Ratio összeszorította remegő szemhéjait, melyek sarkából vérrel elegyedett könnycseppek indultak rögös útjukra összekaszabolt arcán.

A tiszteletes éppen befejezte mondandóját.

A fiú minden maradék erejét összeszedve préselte ki magából a szócskát. Nem is igazán mondta. Hangja inkább kérdőn nyöszörgött.

– Á-ámen?

– Ámen. – válaszolt mosolyogva Etele.

A sajtó részletesen beszámolt a rivercastle-i katasztrófáról. A helyszínt – mondhatni – előbb lepték el a bemondók és riporterek, mint a katasztrófavédelem munkatársai. A közösségi média korában szinte bárki előbb értesül az eseményekről, mint az állami szervek.

De hát ki is hibáztathatná őket?

Senki sem számol természeti katasztrófával minden előrejelzés nélkül, egy késő májusi estén.

Egy azonban biztos.

A megmagyarázhatatlan, semmiből jött, hurrikán erejű szél, mely nem csak a Lafayette gimnáziumot döntötte romba, de vele együtt még sok más köz- és magánépületet rongált meg az iskola közelében, hosszú ideig képezte vita tárgyát geológusok, meteorológusok, de még politikusok körében is.

Voltak, akik terrortámadásként azonosították a történteket, megint mások egy, a titkosszolgálat részéről balul elsült, szándékosan manipulált időjárási kísérletre gyanakodtak.

Az amúgy is felfoghatatlanul tragikus esetet ráadásul tovább bonyolította a tény, miszerint Victor Ryant – Rivercastle rendőrfőnökét – holtan találták irodájában az ominózus eset előestéjén.

Egyenruhában végzett magával, saját szolgálati fegyverét használva.

Gyűrött búcsúlevelében csupán ennyi állt alig olvasható, szétcsúszott betűkkel írva:

Nem tehetem. Sajnálom.

Mondanom sem kell, hogy ez csak olaj volt a közrémület és általános bizalmatlanság már amúgy is lobbanékony parazsára.

Vietnam óta nem vonultak annyian a Fehér Ház elé, mint akkor, válaszokat követelve. A tüntetések hónapokig tartottak, melyekben nem egy rendőr, tűzoltó és katona is részt vett, állását kockáztatva.

A kormány több sajtóközleményben is tagadta a vádakat, miszerint bármilyen aspektusban köze lenne a szörnyűséges eseményekhez, valamint mélységes részvétét fejezte ki az áldozatok családjai és valamennyi károsult felé, melynek kapcsán a miniszterelnök nemzeti gyásznapot rendelt el.

Még Ciudad Juarezben is sokkal fényesebb állapotok uralkodtak, mint Washington DC-ben azokban a napokban.

Egy híres-hírhedt bordélynak például meglepően megnőtt a forgalma, miután egy fiatal, szőke amerikaival bővült a kínálata. A rémült lányra hiányos öltözékben talált rá a kartell egyik embere a város közvetlen közelében, iratok, telefon és pénz nélkül. A nyelvet alig beszélte, ráadásul senki sem kereste.

Mintha csak az égből pottyant volna Mexikóba.

Carl Dawsont – a valaha legtöbbször megválasztott polgármestert Rivercastle történetében – holtan emelték ki a Lafayette Gimnázium törmelékei alól. Három nappal a katasztrófa után találtak rá összezúzott holttestére.

A zártosztály hamarosan új lakóval bővült.

Emile Coent, a Lafayette Gimnázium volt igazgatóját egy balul elsült öngyilkossági kísérlet után szállították be sürgősen a Rivercastle-i Megyei Oktató Kórház Pszichiátriai Osztályára, s mivel az intézmény falain belül sem hagyott fel ezen kritikus törekvéseivel, rövid időn belül az elkülönítőben találta magát.

Négy évvel később hunyt el szívelégtelenségben.

Ötvenkét éves volt.

Nem messze, a Rivercastle-től délkeletre eső erdőkben egy felismerhetetlenségig roncsolódott, bomló tetemre lelt kirándulók egy csoportja.

Vadállatok téphették darabokra – állapították meg az orvosszakértők –, valamint, hogy neme kétséget kizáróan férfi, korát illetően pedig a legvalószínűbb, hogy egy tinédzser vagy egy fiatal felnőtt az áldozat.

Soha senki nem azonosította a holttestet.

A jóformán egy időben bekövetkezett hátborzongató események sorozata kapcsán több dokumentumfilm, tudományos értekezés és összeesküvés-elmélet is napvilágot látott, de egyik sem tudott egyértelmű bizonyítékokkal szolgálni teóriáját illetően.

Amint a fülledt forró nyár tovaszállt s a szürke, őszi napok hűvös lehelete felfrissítette a fullasztó levegőt, úgy enyhült meg a közhangulat is Amerika-szerte.

Az emberek szépen lassan feldolgozták a történteket, s ezzel együtt meg is feledkeztek róluk. Mindenki visszatért régi, megszokott életéhez, mintha mi sem történt volna.

A New York Times évekkel később egy közepesen hosszú cikkel emlékezett meg a gyászos eseményekről, melynek a „Rivercastle-i tavasz" címet adta. A városkában történt borzalmak azóta is ezen a néven élnek a köztudatban.

A temető halk árnyai közt lassan, suhanva andalog végig a fülledt nyári szellő, messzi virágok illatával frissítve fel a hideg kövek mohával tarkított, komor felszínét. Lágyan megcirógatja a nagy platán sűrű lombkoronáját, mely kellemesen hűs árnyékot vet a frissen hantolt sírra.

A hosszú, egymásba fonódó fürtök vörös és fekete gyászfátyolként takarják el a fehérbe öltözött nők arcát, kik egymásba ölelkezve hallgatják csendben a tiszteletes beszédét.

**Nagy útadon megfáradál, és még sem mondád:
mind hasztalan!
Erőd megújulását érezéd, így nem levél beteg.
És szól egy szó: Töltsétek, töltsétek,
készítsétek az útat!
Vegyetek el minden botránkozást népem útáról.
Mert így szól a magasságos és felséges,
a ki örökké lakozik, és a kinek neve szent:
Magasságban és szentségben lakom, de a megrontottal és
alázatos szívűvel is, hogy megelevenítsem az alázatosok
lelkét, és meggyógyítsam a megtörtek szívét.
Mert nem örökké perlek, és nem mindenha haragszom,
mert a lélek előttem megepedne, és a leheletek,
a kiket én teremtettem.
Mert a telhetetlenségnek vétkéért haragudtam meg, és
megvertem őt, elrejtém magamat és megharagudtam;
és ő elfordulva, szíve útjaiban járt.**

Útait láttam, és meggyógyítom őt!
Vezetem őt, és vígasztalást nyujtok néki és gyászolóinak,
Megteremtem ajkaikon a hálának gyümölcsét.
Békesség, békesség a messze és közel valóknak!
Így szól az Úr; én meggyógyítom őt!

A szerző

A szerző 1992-ben született Kaposváron. Érettségi
után külkereskedelmi üzletkötőnek tanult, ám soha
sem dolgozott a szakmájában. Házas. Szabadidejét
leginkább a testedzés, az írás az utazás és persze
családja tölti ki. Gyermekkora óta érdekli a mesék
és mítoszok csodás világa s mindig is kedvét lelte
az eredeti és izgalmas történetek kitalálásában. Bár
képzelete szárnyalt, ezen történeteket mégsem vetette
papírra ... egészen mostanáig. „Örvény" című első
regényével, ezen szeretne most változtatni.

A kiadó

Aki feladja,
hogy jobbá váljon,
feladta,
hogy jobb legyen!

E mottó alapján a novum publishing kiadó célja az új kéziratok felkutatása, megjelentetése, és szerzőik hosszútávú segítése. Az 1997-ben alapított, többszörösen kitüntetett kiadó az egyik legjelentősebb, újdonsült szerzőkre specializálódott kiadónak számít többek között Ausztriában, Németországban és Svájcban.

Valamennyi új kézirat rövid időn belül egy ingyenes, kötelezettségek nélküli kiadói véleményezésen esik át.

További információkat a kiadóról és a könyvekről az alábbi oldalon talál:

www.novumpublishing.hu

Értékelje
ezt a könyvet
honlapunkon!

www.novumpublishing.hu